DA LUSITANIDADE À LUSOFONIA

Fernando Cristóvão

DA LUSITANIDADE
À LUSOFONIA

ALMEDINA

DA LUSITANIDADE À LUSOFONIA

AUTOR
FERNANDO CRISTÓVÃO

EDITOR
EDIÇÕES ALMEDINA. SA
Av. Fernão Magalhães, n.º 584, 5.º Andar
3000-174 Coimbra
Tel.: 239 851 904
Fax: 239 851 901
www.almedina.net
editora@almedina.net

PRÉ-IMPRESSÃO | IMPRESSÃO | ACABAMENTO
G.C. – GRÁFICA DE COIMBRA, LDA.
Palheira – Assafarge
3001-453 Coimbra
producao@graficadecoimbra.pt

Abril, 2008

DEPÓSITO LEGAL
275207/08

Os dados e as opiniões inseridos na presente publicação
são da exclusiva responsabilidade do(s) seu(s) autor(es).

Toda a reprodução desta obra, por fotocópia ou outro qualquer
processo, sem prévia autorização escrita do Editor, é ilícita
e passível de procedimento judicial contra o infractor.

Biblioteca Nacional de Portugal - Catalogação na Publicação

CRISTÓVÃO, Fernando, 1929-

Da Lusitanidade à lusofonia
ISBN 978-972-40-3445-4

CDU 811.134.4
     316.73
     821.34.3A/Z.09

ÍNDICE

9 PREFÁCIO – por *Roberto Carneiro*

13 INTRODUÇÃO: *Da 'capo' à formação da Lusofonia*

17 Uma Nova Política Linguística para o Novo Tempo de Globalização e Multiculturalismo

43 As Viagens e os Viajantes para os Portos da Lusofonia

65 A Nossa Língua como Património Português e Património de Outros Patrimónios

85 Evolução Histórica do Relacionamento Cultural Luso-Brasileiro

111 O Projecto Cultural Lusófono e as Dinâmicas Desfavoráveis

135 As Literaturas de Língua Portuguesa em Áreas Tropicais

163 Agostinho da Silva: Um Contributo Utópico-realista para a Lusofonia

179 Inédito Nemesiano: Um Relatório sobre a Divulgação da Língua e da Cultura Portuguesas

189 Ensinar/ Aprender Português na China

201 O Direito à Diferença Linguística e Cultural

213 Érico, o Escritor Brasileiro mais Popular em Portugal

219 TEXTOS DE APOIO: Unidade e Diversidade da Lusofonia

A todos os sócios da Associação de Cultura Lusófona pelo apoio prestado.

Dum modo especial aos colaboradores mais directos, sem os quais as edições ACLUS não seriam possíveis:

Hernâni Boaventura
Maria Adelina Amorim
Maria José Craveiro
Maria Lúcia Garcia Marques
Maria Eduarda Carvalho
Susana Brites Moita

Bem hajam.

PREFÁCIO

Neste *Ano Vieirino* em que se celebram os 400 anos do nascimento do "Imperador da Língua Portuguesa" – na justa consagração por Pessoa de Vieira como figura superlativa da língua e cultura de matriz portuguesa – é inequivocamente oportuna a publicação de "Da Lusitanidade à Lusofonia", obra da autoria do Professor Fernando Cristóvão.

Afirmo isto por três ordens de razões fundamentais.

Primeiro, na convicção firme de que a Lusofonia é a expressão mais extraordinário do diálogo multissecular de povos e culturas que, tendo por suporte material a Língua Portuguesa, se foi decantando pelos interstícios da história e pelas miscigenações de alma que tiveram lugar nos diversos continentes onde a nossa matriz comunicacional floresceu. Citando o oráculo do século XXI – a Wikipedia: "Lusofonia é o conjunto de identidades culturais existentes em países, regiões, estados ou cidades falantes da língua portuguesa como Angola, Brasil, Cabo Verde, Galiza, Guiné-Bissau, Macau, Moçambique, Portugal, São Tomé e Príncipe, Timor-Leste (…) Este longo processo histórico tem como consequência, na actualidade, uma identidade cultural partilhada por oito países, unidos por um passado vivido em comum e por uma língua que, enriquecida na sua diversidade, se reconhece como una. Estes países – Angola, Brasil, Cabo Verde, Guiné-Bissau, Moçambique, Portugal, São Tomé e Príncipe e Timor-Leste –, com os respectivos núcleos de emigrantes, fazem do idioma português uma das línguas mais faladas do mundo, constituindo uma comunidade de cerca de duzentos milhões de pessoas."

10   Da Lusitanidade à Lusofonia

A segunda razão, funda-se no entendimento de que o diálogo intercultural, tema tão actual quanto complexo, acusa especial fecundidade quanto sustentado na partilha de um código comunicacional comum. Assim vem acontecendo numa estranha cumplicidade lusófona que une nações e pessoas com percursos acentuadamente diferentes mas irmanadas numa maneira linguisticamente singular de ver o mundo. Neste Ano Europeu do Diálogo Intercultural (2008) celebra-se um facto maior que é a riqueza da diversidade humana, sem discriminação de raça, etnia ou condição, como a não consente a dignidade da pessoa e os avanços na esfera dos direitos humanos fundamentais ; mas esse activo da humanidade adquire, pardoxalmente, a sua mais plena significação quando confrontado com outro facto maior que é a riqueza indiscutível da semelhança humana que subjaz a todas as diferenças superficiais ou adjectivas que possam ser exibidas. É nesta misteriosa dualidade entre diferença e unidade que a lusofonia se vem cerzindo no espaço e no tempo aproximando o que, doutro modo, se veria afastado, concertando o que, noutras condições, se veria dividido. A partilha da língua comum – resistindo a pulsões "proprietárias" egoístas – será, porventura, um dos testes mais decisivos à *Arte de Viver Juntos*, desafio incontornável do planeta num momento histórico particularmente difícil da sua peregrinação.

A terceira razão, prende-se com o Autor. Fernando Cristóvão é um lúcido e notável combatente pela afirmação da lusofonia nas mais diversas instâncias e comunidades espalhadas pelo mundo onde ela aprofundou raízes. Na Universidade, na Academia das Ciências, na ACLUS, no ICALP (a cujos destinos presidiu e que brilhantemente dinamizou na década de 80), na produção científica e literária, na formação de novas gerações de comunicadores e jornalistas, no papel "invisível" mas decisivo que desempenhou na valorização de pensadores como Agostinho da Silva, Fernando Cristóvão merece ser lido com interesse e estudado com afinco. Numa conjuntura em que o pragmatismo impera e a consistência de pensamento não faz regra, é refrescante acompanhar o percurso de uma personalidade que se bate vincadamente por valores de coerência ao longo de quatro décadas de intenso labor intelectual em prol da lusofonia. E, sobretudo, porque esta colectânea de ensaios/conferências, como modestamente o Autor denomina a obra nascente, é marcada pela qualidade de bem pensar e pela arte de bem escrever.

Se, como propõe Fernando Cristóvão, a Lusofonia traduz uma melhor representação intemporal dos ideais do Quinto Império, protagonizados em escritos luminosos de Bandarra, Vieira, Pessoa, Agostinho da Silva e tantos outros insignes sonhadores lusitanos, então desafiamo-lo a continuar a compor em modo *da capo* na certeza de que a revisitação do tema por tão inquieta – e criativa – mente nos brindará continuadamente com novas e frescas *arias*.

ROBERTO CARNEIRO

INTRODUÇÃO

Da 'capo' à formação da Lusofonia

A construção da Lusofonia tem sido mais impulsionada pelos factos que pelas ideias. Factos que se consolidaram, nos nossos dias, à volta de uma realidade indesmentível: que a Portugal se juntaram sete nações independentes, antigas colónias, e várias regiões de outros países, porque adoptaram ou adoptam a língua portuguesa como sua língua materna, oficial, ou de património. Por razões, às vezes muito paradoxais, pois quase tudo parecia indicar o contrário.

A todos esses povos chamamos lusófonos. Porque "português" é simbolizado mitologicamente pelo deus Luso, em sinonímia várias vezes repetida em 'Os Lusíadas', para designar os que falam ou usam a "língua do Luso" (= fala do português). Daí o dar-se o nome de lusófonos aos que falam português, e à comunidade formada por eles – a Lusofonia.

A partir desse facto, simultaneamente linguístico e político, de que múltiplas realizações derivaram, é que se tem elaborado a teoria lusófona, por analogia com outras formulações semelhantes, de países associados por falarem uma mesma língua, mas baseados em motivações diferentes.

As nossas razões assentam no retomar de uma longa tradição cultural, sistematizada, primeiramente, pelo padre António Vieira, que recolheu e elaborou o sonho português de construir um império. Esse império, iniciado com a conquista de Ceuta, em 1415, alargou-se às dimensões do mundo inteiro.

Como, inicialmente, tal sonho era motivado e apoiado pelo outro ideal, o da dilatação da fé cristã, esse império foi imaginado no quadro da predestinação divina, como o derradeiro e definitivo império assente nas sólidas bases da fé cristã no mundo. Ou seja, o QUINTO IMPÉRIO que ia suceder aos quatro impérios anteriores, evocados no sonho bíblico do livro de Daniel: os impérios do ouro, da prata, do bronze, do ferro, que uma pedra rolando do alto destruiu, porque seus pés já eram de barro.

Fernando Pessoa retomou esse ideal messiânico, mas reelaborando a ideia de Vieira, por entender esse império, não como da religião cristã, mas como de domínio cultural: "Que mal haverá em nos prepararmos para este domínio cultural, ainda que não venhamos a tê-lo?", pergunta num dos seus papéis, até há poucos anos inédito.

Na esteira de Vieira e Pessoa, outros portugueses e brasileiros também sonharam com este Império.

Mas não será esse sonho, pelo menos, nos nossos dias, um ilusório projecto de neo-colonialismo cultural?

O famoso gramático espanhol Nebrija afirmava, tal como os portugueses: "Una cosa allo Y: saco por concluir mui certa: que siempre la lengua fue companera al imperio; y de tal manera le seguió que juntamente fué la caída de entrambos".

Afinal, seria a própria língua a desmentir gramáticos e políticos, porque, como se viu no caso português, a língua "traiu" os "imperadores", e alinhou ao lado do "inimigo" — o Império. Precisamente porque é próprio da língua absorver, como por osmose, a cultura e a evolução cultural do seu povo, independentemente dos seus protagonistas políticos e outros.

Com ela triunfou, sem muitos darem por isso, a passagem da exclusividade lusitana para a solidariedade com os povos do império que a aceitaram, e passaram a considerá-la também como sua.

Não foi Amílcar Cabral que disse "A língua portuguesa é uma das melhores coisas que os tugas nos deixaram, de quinhentos anos de colonialismo"?

Ainda, recentemente, no IV Simpósio Internacional da Escola Portuguesa de Maputo, o escritor moçambicano Juvenal Bucuane explicou como se deu essa "traição": a língua portuguesa foi adoptada em Moçambique porque "era a única em condições de servir de meio de comunicação entre as pessoas oriundas de culturas e línguas díspares dentro do mesmo espaço territorial, uma língua em que os guerrilheiros se pudessem comunicar. A língua portuguesa foi proclamada, deste modo, língua de unidade nacional (...) a luta armada de libertação nacional conduzida pela frente de Libertação de Moçambique privilegiou o uso massivo e célere da língua portuguesa (...) como veículo de comunicação, para se atingir a unidade nacional". Por outras palavras, foi a língua portuguesa que tornou possível a união dos guerrilheiros moçambicanos para combaterem o exército colonial português...

Poderíamos acrescentar, citando o Visconde de Santarém, David Lopes, Sebastião Dalgado, Marius Valkhoff e muitos outros, que já antes, por razões de religião, comércio e comunicação em geral, a língua portuguesa, sem abandonar a Lusitânia, se tornou também língua de outros povos e culturas.

Mas não em situação de domínio, antigo ou novo, como ainda supunha Pessoa. Bem o explicou o pensador e visionário Agostinho da Silva, ao afirmar: "Apenas haverá Quinto Império se não existir um Quinto Imperador".

Como essa é a realidade actual, é preferível abandonarmos a expressão Quinto Império e usarmos a que melhor exprime a realidade e os nossos ideais — a Lusofonia. É que nela cabem, em pé de igualdade, a unidade da língua e as suas diversas variantes, nacionais e regionais.

É desígnio desta colectânea de ensaios/conferências, de diversos tempos e lugares, sugerir uma reflexão sobre os fundamentos e a legitimidade da Lusofonia, dentro da qual tudo é possível nos diversos domínios da cultura, da ciência, da religião, do comércio, da política...

Algumas repetições ocorrem nos textos, e devem ser interpretadas como numa partitura musical, em que a prática do 'da capo' põe em evidência o encadeamento das ideias e a sua lógica.

FERNANDO CRISTÓVÃO

Uma nova política linguística para o novo tempo
de globalização e multiculturalismo

Passada que foi a época dos pioneiros que, na colonização, sobretudo do Brasil e da África, se guiavam pela opinião de Nebrija, de que «a língua era a companheira do Império», nos tempos mais chegados da primeira metade do século XX, tanto a língua portuguesa como as outras europeias viviam na doce tranquilidade da retórica dos usos linguísticos respeitáveis: o português, como língua materna que era, recomendava-se para as utilidades habituais, o latim para a erudição, a medicina e o direito, o alemão para a filosofia, o francês para a diplomacia e vida social, etc.

Nas colónias, tal como em outros países europeus, fazíamos cumprir as orientações do Abbé Grégoire, da Revolução Francesa, de que era preciso esmagar os *patois* e impor a língua do Centro.

Nos tempos modernos, com o acender das guerras, sobretudo da de 1939-1445, alterou-se o uso das línguas, postas agora ao serviço de propagandas bélicas e outras. Importância esta que foi alargada a usos diversos na reconstrução da Europa que o plano Marshall possibilitou.

Alterado assim o quadro tradicional da inocência dos usos linguísticos, diversos tipos de política se esboçaram, sobretudo depois que as estratégias políticas englobaram as culturais.

Começaram essas novas políticas com os agrupamentos de países diversos em blocos de poder, aglutinados por uma língua comum, desde que o Presidente Wilson, dos Estados Unidos, lançou a ideia em 1916, passando por diversas formulações até se chegar à Francofonia e à Lusofonia.

É neste contexto de blocos político-linguísticos que se enquadra a conhecida frase de Pessoa «a minha pátria é a língua portuguesa», que outros, como Camus em França, também usaram, com a diferença relevante de que «bloco», em Pessoa, é Império, Quinto Império da Cultura, na tradição de Vieira.

E no mesmo contexto e para o mesmo fim foram criadas organizações (Instituto de Alta Cultura, ICALP, Instituto Camões, Alliance Française, British Council, Instituto Cervantes, Goethe Institut) para servirem não só a «defense et illustration» das línguas, mas também a sua expansão, invertendo-se a frase de Nebrija, pois agora é a língua que arrasta consigo o Império, entendido este como simbólico. «Império da Cultura» chamou Pessoa ao nosso, mas sem quinto imperador, como explicou Agostinho da Silva.

Alterado assim o modo de entender a língua, uma nova política linguística se vem estabelecendo entre nós, com fases bem diversificadas.

A primeira delas teve como objectivo prestigiar sobretudo a nossa cultura e língua em universidades estrangeiras, desígnio iniciado em 1936, ao dar-se continuidade e desenvolvimento aos leitorados no estrangeiro, inaugurados em 1930[1].

Uma segunda pode ser identificada a partir dos anos 80, claramente voltada para a prioridade ao ensino e difusão da língua, urgida também pela existência e solidariedade com os países lusófonos.

Uma terceira fase, provocada pela queda do império soviético e pelo desenvolvimento das comunicações, da globalização e do multiculturalismo, se afirma desde o início dos anos 90, e nos nossos dias.

1. Foi em 1936, com a criação do Instituto para a Alta Cultura, que novo caminho se percorreu até, sensivelmente, ao fim dos anos 80.

A perspectiva seguida foi a do desenvolvimento e multiplicação dos leitorados em Universidades estrangeiras, ao mesmo tempo que se fomentava a investigação científica e se incentivava o intercâmbio de docentes, em simultâneo com a publicação de edições de autores de prestígio, como Gil Vicente ou Camões.

---

[1] João Trindade, «50 anos ao serviço da Cultura Portuguesa», *Revista ICALP*, Agosto-Dezembro de 1985, Lisboa, ICALP, p. 7.

Mais tarde, esta actividade seria complementada com o envio de professores para o estrangeiro para o ensino básico dos filhos dos emigrantes.

Com efeito, desde o primeiro leitorado, de 1930, desempenhado por Leite Pinto, na Sorbonne, que o grande objectivo era desfazer ambiguidades com outras línguas e culturas, e acabar com a fama de menoridade cultural do português.

De modo indignado, relatava o leitor/professor em Montpellier, Vitorino Nemésio, em 1934, em relatório para a Junta de Educação Nacional: «é posição viciosa a que o português ocupa, no entender pouco informado de maior parte dos alunos, no quadro das línguas e literaturas românicas.

A tendência consiste em considerá-lo, sensivelmente, no plano, não direi do Galego, mas do Catalão, isto é: «uma espécie de co-dia-lecto ou de língua minoritária do castelhano que, mercê de maturação política que se considera, em regra, ligeiramente artificial, tomou a aparência de uma língua e literatura autónomas. Não fazem ideia clara dos oito séculos de maturação de uma cultura portuguesa, nem dos nomes e obras que a preenchem, nem do génio que a marca.»[2]

Foi sobretudo um esforço para prestigiar a língua e a cultura nacionais, até porque então se viviam tempos de intenso nacionalismo.

À realização deste objectivo se veio juntar outro: o de se apoiar e acompanhar os emigrantes no estrangeiro, facultando aos seus filhos o ensino da nossa língua feito por portugueses enviados de Portugal para os ensinos primário, preparatório e secundário.

Para isso, o «Serviço de Ensino Básico de Português no Estran-geiro», SEBSPE, foi integrado no ICALP, que sucedeu ao Instituto de Alta Cultura, durante os anos de 1980 a 1987.

Foi um esforço gigantesco feito por Portugal, pois não deixa de ser considerável que, em 1989, o ICALP mantivesse nas universidades es-

---

2 Fernando Cristóvão e Outros, *Nemésio Nemésios*, Lisboa, Colibri, p. 220.

22 Da Lusitanidade à Lusofonia

trangeiras 132 leitorados, e que o SEBSPE, em 1985, contasse, só na Europa, com 624 professores portugueses em diversos países de emigração.[3]

2. A segunda fase foi iniciada nos anos 80 com o grande estímulo da publicação da obra dirigida pelo embaixador francês Philippe Rossillon, intitulada *Un Milliard de Latins en l'an 2000*[4], em 1983. Nessa obra que compilava estatísticas das diversas línguas latinas, verificava-se a grande expansão da língua portuguesa no mundo, ultrapassando mesmo a francesa.

A grande divulgação dada pelo ICALP a esses dados, e a sua presença combativa em todos os fóruns internacionais em favor da língua portuguesa, criaram uma dinâmica colectiva que envolveu o próprio Estado.

Dinâmica essa que muito deveu ao esforço que vários professores de português vinham fazendo, especialmente através da sua Associação profissional, chamando a atenção para o modo desleixado e permissivo com que era tratada a nossa língua.

Do mesmo modo, as discussões em torno do projecto de Acordo Ortográfico proposto pelos então sete países lusófonos, em 1986, colocaram na ordem do dia a questão da língua.

De tal modo que o próprio Estado a levou para os programas do Governo e para a *Constituição da República*, para que nesse diploma fundamental ela tivesse lugar mais digno.

Nas Constituições políticas do Estado Novo, tanto na de 1933 como na revista de 1971, nada vinha referido em relação à língua. Em seu primeiro título e capítulo «Das garantias fundamentais sobre a Nação Portuguesa», apenas se definia como propriedade inalienável o território espalhado pelos vários continentes.

---

[3] *Anuário Icalp – 1984-1987*, Lisboa, ICALP, 1989, pp. 104-108; 190, 191.

[4] Philippe Rossillon, *Un Milliard de Latins en l'an 2000*, Paris, L'Harmattan/Union Latine, 1983.

Após a Revolução de Abril, na sua primeira Constituição, de 1976, também nada constava.

Timidamente, na primeira revisão de 1982, já se dispunha, no artigo 74.º, de maneira indirecta e utilitária, que na questão do ensino era preciso «assegurar aos filhos dos emigrantes o ensino da língua portuguesa.» Disposição essa que na revisão de 1989 é ampliada, no seu artigo 9.º referente às tarefas fundamentais do Estado, pois uma delas é a de assegurar o ensino e valorização permanente, defender o uso e promover a difusão da língua portuguesa (alínea f).

Com as citadas controvérsias geradas pelo projecto de acordo ortográfico de 1986, mais avultou a importância da língua, até porque, diferentemente dos acordos anteriores, só elaborados ou colaborados por Portugal e o Brasil, eram agora sete Estados lusófonos a subscreverem, por unanimidade, esse documento.

Só na revisão de 2001, no artigo 11.º, e depois de na revisão de 92 se ter consagrado a protecção e valorização da língua gestual portuguesa (artigo 74.º), é que é estabelecido como um valor em si mesmo, no título, que «A língua oficial é o Português». Referência mesmo assim pobre, mas, apesar de tudo, salvando o reconhecimento do português como língua materna maioritária dos portugueses ajudando a compreender uma das componentes essenciais da cultura e identidade portuguesas, e do seu património.

A revisão de 2004 nada acrescentou.

Tão importante se revelou a afirmação da língua portuguesa, que não é demais lembrar que o Presidente da República, Mário Soares, iniciou o seu segundo mandato, em Abril de 1986, com uma homenagem à Língua Portuguesa diante da estátua de Camões, no Chiado, tendo assim justificado esse acto: «No dia em que tomei posse do cargo de Presidente da República, quis honrar a memória de Camões como acto de significado simbólico. Com esse gesto procurei pôr em relevo a continuidade histórica da cultura e da língua portuguesa, e homenagear todos aqueles que, no passado e no presente, têm dignificado essa cultura e essa língua, realizando obras contra as quais o tempo nada pode».[5]

Atingido assim o auge do reconhecimento, o entusiasmo esfriou, até porque, paradoxalmente, esse reconhecimento ocorria quando o contexto cultural e linguístico nacional e internacional mudava substancialmente, com a afirmação e as graves consequências de três novos intervenientes: a globalização, o multiculturalismo, as novas tecnologias da informação, todos eles a exigirem novas situações, novas condicionantes, novas leis.

3. Uma terceira e nova fase da política linguística se impôs e se impõe nos nossos dias. E também agora os responsáveis pela política de língua andam muito distraídos, pensando e agindo como se continuássemos na fase anterior.

Novas ideias e novas estratégias são, porém, necessárias para enfrentar estas novas realidades.

Antes de mais, tomando consciência de como o quadro linguístico e cultural mudou quase de repente.

Sobretudo a partir do colapso do império soviético em 1989, as migrações africana, brasileira e do Leste europeu – mudaram de sentido, se é que em tempos de globalização se pode ainda falar em migração, em vez de deslocação de povos num mundo globalizado, desde que Marconi construiu a nova teia de comunicações, e há que agir em consequência.

Tal como ocorreu em toda a Europa, ainda com maior intensidade do que entre nós, também Portugal se está a transformar, progressivamente, num *melting pot* de culturas, línguas, religiões.

A transformação populacional começou logo depois do 25 de Abril de 1974, com a vinda dos africanos e dos brasileiros.

Depois, vieram os povos do Leste da Europa. Assim, de cerca de 50 000 em 1980, passou-se para o dobro; mais de 100 000 em 1975;

---

[5] *Revista Icalp*, n.º 4, Lisboa, Março de 1986, pp. 5-8.

mais de 200 000 no ano de 2000, perto de 500 000 no final do mesmo ano, isto se considerarmos apenas os migrantes legais, pois os outros são em número dificilmente controlável, talvez mais de 200 000 nessa mesma data.

Os brasileiros, em 2002, entre legais e ilegais, ascenderam a 80 000, sendo os legais africanos lusófonos cerca de 120 000, os de Leste cerca de 200 000. Outros migrantes, em muito menor número, como chineses, indianos e paquistaneses acentuaram, sobretudo, a diversidade.

Deste modo, populações oriundas de outras raças, culturas, religiões, usos e costumes passaram a preencher 5% da população portuguesa.

Desta massa humana, os migrantes de Leste (russos, ucranianos, moldavos, romenos em especial) destacam-se pelo seu nível cultural e técnico, integrando-se cada vez mais, e em maior número, nas profissões liberais (p. e., médicos e engenheiros), em contraste com as populações africanas pouco qualificadas, e a viver em situações de pobreza, em bairros periféricos e problemáticos.

É dentro deste mosaico populacional que veio pôr termo a uma situação portuguesa monocultural e monolingue, que uma nova política de língua tem de ser construída, até porque o país se confronta com uma baixa de natalidade que, actualmente, já atingiu nível negativo, num gráfico que deixou de ser ascendente.

Desta globalização, que começou por ser das comunicações, nasceu o fenómeno do multiculturalismo, que nos Estados Unidos já leva mais de dois séculos, e que, quase repentinamente, se apossou da Europa.

Situação esta que cria, inevitavelmente, para os países de acolhimento, problemas não só de convivência e harmonia social, mas também de identidade e soberania. Segundo os teóricos do multiculturalismo, como Will Kymlicka, Andrea Semprini ou Chris Barker, entre os direitos essenciais dos novos cidadãos estão os da diferença e da identidade, que sempre devem ser respeitados.

Diferença e identidade que passam pelo uso das suas línguas e culturas. E não apenas no seu reconhecimento teórico pelas comunida-

2. A Lusofonia, um neocolonialismo cultural?

Impõe-se, assim, também, uma reflexão sobre a Lusofonia, sua natureza e abrangência.

Comecemos pela palavra, contra a qual, descontando a subjectividade dos gostos, nada se pode dizer em desabono, se imparcialmente interrogarmos a sua etimologia: lusofonia = fala dos lusos, dos portugueses.

Palavra apropriada, e eufónica, que a síntese de abreviaturas "PALOP", isto é, povos africanos de língua oficial portuguesa, não consegue realizar, sobretudo por estabelecer divisões entre os que usam a mesma língua: africanos para um lado, portugueses e brasileiros para outro.

Em "Lusofonia" cabem todos os lusófonos, isto é, os que usam a língua portuguesa, independentemente do lugar. Em "palop", só cabem os africanos.

Rejeitam-na alguns, talvez pela analogia que existe com "Francofonia", por discordarem da política linguística e cultural francesas. Mas nós os lusófonos participamos de outra filosofia cultural. As raízes da Lusofonia mergulham na tradição mítica de um "Quinto Império" sonhado por Vieira, Sílvio Romero, Pessoa, Agostinho da Silva e outros.

Também há os que rejeitam a Lusofonia por suspeitarem seja o seu projecto neocolonialista, na área da cultura. Segundo eles, perdidas as colónias, conservava-se o domínio da língua e da cultura.

Assim pensam, por exemplo, Alfredo Margarido que nesse sentido interpreta não só o projecto de Acordo Ortográfico, mas toda a Lusofonia: "O discurso actual limita-se a procurar dissimular, não a eliminar, os traços brutais do passado. O que se procura de facto é recuperar pelo menos a sua fracção da antiga hegemonia portuguesa, de maneira

Uma nova política linguística para o novo tempo

a manter o domínio colonial, embora tendo renunciado à veemência ou à violência de qualquer discurso colonial, pretende manter-se o colonialismo, fingindo abolir o colonialista, graças à maneira como o colonizado é convidado a alienar a sua própria autonomia para servir os interesses portugueses"[6].

No mesmo sentido vão as declarações do escritor italiano António Tabucchi ao afirmar ao *Le Monde* no artigo "Suspecte Lusophonie" que as autoridades institucionais de Portugal começaram a fazer circular este conceito fundado na ideia da língua como pátria ou como bandeira nacional, ou como "coagulante da ideia de nação. O leitor que se lembrar da reabilitação da ideia da francofonia há alguns anos atrás (diga-se que de débil sucesso) sabe como um país que perdeu o seu império ou as suas colónias pode oferecer terreno fértil para uma invenção metahistórica como esta que funciona como sucedâneo, no imaginário colectivo"[7].

Para além deste processo gratuito de intenções, fazendo por ignorar o passado do movimento lusófono, Tabucchi reprova a ideia de nação como ilegítima ou maléfica, afirmação não menos gratuita, nem menos equívoca.

Talvez estas tomadas de posição se devam a um menor contacto com a realidade portuguesa, como se fossem de "novos estrangeirados" que, sem deixarem de apreciar ou mesmo servir o país, ficaram demasiado agarrados a ideias feitas, que já têm pouco a ver com o nosso tempo.

Em perspectivas diferentes, mas com alguma proximidade com estas tomadas de posição, estão as de Jacinto do Prado Coelho e de Eduardo Lourenço, ao interpretarem, um, o nacionalismo de Fernando Pessoa como irreal e contraditório, e o outro a "pátria da língua" como um simples mito.

---

6 Alfredo Margarido, *A Lusofonia e os Lusófonos: Novos Mitos Portugueses*, Lisboa, Ed. Univ. Lusófonas, 2000, p. 76.

7 António Tabucchi, *Le Monde*, de 18 Mars, 2000 (T.A.)

Com efeito, Jacinto do Prado Coelho, ao estudar o que designou por "nacionalismo utópico de Pessoa", chamava a atenção para que a sua pátria era a língua portuguesa e que tal pátria não devia ser entendida num sentido literal, mas como expressão de um misticismo patriótico. Segundo ele, não era a realidade portuguesa do passado ou do presente que interessava a Fernando Pessoa, mas "Portugal como virtualidade, como promessa". O poeta de *Mensagem*, acrescentava, estava a "inventar Portugal fechado na sua Torre de Marfim".

Esta análise tem, pelo menos, o mérito de acautelar interpretações demasiado literais da obra de Pessoa e de, muito oportunamente, ter chamado a atenção para o que as suas ideias têm de estimulante como mito fecundador de um futuro.

Porém, como o próprio ilustre professor reconhecia "para Fernando Pessoa tudo é bifronte, ambíguo. A própria verdade é e não o é"[8].

Se um pouco mais atentasse neste critério, Jacinto do Prado Coelho não teria ido tão longe na desvalorização da língua portuguesa como Pátria, até porque, segundo passagens múltiplas da obra editada de Pessoa e, sobretudo, dos seus inéditos, existe não só a afirmação clara e insistente do modo como a língua portuguesa é o fundamento *de uma pátria linguística*, de um Quinto Império cultural, como especificou em que condições é que a língua podia ser tal instrumento privilegiado[9].

Para Eduardo Lourenço, em vários textos da colectânea *A Nau de Ícaro, Seguida de Imagem e Miragem da Lusofonia*, a ideia de Quinto Império, como a da "pátria da língua" como a de "lusofonia" são mais parte de um sonho que da realidade: "E é o sonhar como unido o espaço dessa língua ou a ideia de o reforçar para resistir melhor à pressão de outros espaços linguísticos – não como um império –, hoje impensável, à Albuquerque, ou nem sonhavel à maneira de Vieira, como

---

[8] Jacinto do Prado Coelho, "O nacionalismo utópico de Fernando Pessoa", in *A Letra e o Leitor*, Lisboa, Portugalia, 1969.

[9] Fernando Pessoa, "Textos e Fragmentos", in *Sobre Portugal*, Dir. de Joel Serrão, Lisboa, Ática, 1978, p. 229.

o de Cristo Senhor do Mundo – que os portugueses (sem o quererem dizer em voz alta) projectam no conceito ou na ideia mágica de lusofonia"[10].

E, em outro lugar: "a lusofonia não é nenhum reino mesmo encartadamente folclórico. É só – e não é pouco, nem simples – aquela esfera de comunhão e de compreensão determinada pelo uso da língua portuguesa com a genealogia que a distingue entre outras línguas românicas e a memória cultural que, consciente ou inconscientemente, a ela vincula. Nesse sentido, é um continente imaterial disperso por vários continentes onde a língua dos cancioneiros de Fernão Lopes, de Gil Vicente, de Bernardino, de Pêro Vaz de Caminha, de João de Barros, de Camões se perpetuou essencialmente a mesma para lhe chamarmos ainda *portuguesa* e *outra* na modelação que o contacto com novas áreas linguísticas lhe imprimiu ao longo dos séculos"[11].

Sem dúvida que a ideia de Quinto Império de Vieira, Pessoa e Agostinho da Silva releva de um sonho utópico que, por ser isso mesmo, reforça, corrige e aperfeiçoa a realidade. Mas tantas cautelas, tantas prevenções, tanta insistência no mito, minimizando-se ou ignorando-se a realidade, deixa-nos a impressão de um combate quixotesco contra ameaçadores gigantes imaginários, pois não se vê quem, com alguma autoridade e visibilidade, defenda um Quinto Império de dominação.

E, quanto à língua do Quinto Império, dessa "pátria da língua", não há dúvida alguma de que se trata da autêntica língua portuguesa e não de uma língua meramente simbólica ou mítica. Pessoa claramente o explicou, nos seus inéditos, definindo as qualidades dessa língua para ser a língua do "Império da Cultura":

"Condições imediatas do Império de Cultura:

1. Uma língua apta para isso, isto é: a) rica; b) gramaticalmente completa; c) fortemente «nacional».

---

10 Eduardo Lourenço, *ibidem*, p. 164.
11 *Ibidem*, p. 174.

30   Da Lusitanidade à Lusofonia

2. O aparecimento de homens de génio literário, escrevendo nessa língua e ilustrando-a: a) de génio universal e [...] dentro da humanidade; b) de génio de perfeição linguística; c) [a concorrência de outros factores culturais para o conteúdo dessas obras de génio].

3. A base material imperial para se poder expandir (ainda mais) essa língua, e impô-la. (Imposição material): a) número de gente falando-a inicialmente; b) extensão da situação geográfica; c) conquista e ocupação perfeita [?]

Complexidade vocálica (mais que consonantal); a complexidade tónica (...)"

3. A opinião dos lusófonos

Pelo contrário, abundam as vozes autorizadas que, sem perder a dimensão utópica de Vieira, Pessoa ou Agostinho da Silva, reconhecem a existência da Lusofonia, e contribuem para a sua construção.

Precisamente porque algumas dúvidas sobre a legitimidade da Lusofonia são atribuídas à falta de vontade em pertencer a essa Comunidade, por parte dos não portugueses, vale a pena demorar-nos um pouco nos testemunhos daqueles que representam o maior e mais promissor país lusófono – o Brasil.

Celso Cunha, já em 1964, bem longe até do projecto do Acordo Ortográfico de 86, escrevia sobre a unidade da língua, hoje, da Lusofonia: "Chega-se assim à evidência de que para a geração actual de brasileiros, de caboverdianos, angolanos, etc., o português é uma língua tão própria, exactamente tão própria, como para os portugueses.

E, em certos pontos, por razões justificáveis na România Nova, a língua se manteve mais estável do que na antiga Metrópole"[12].

---

12   Celso Cunha, *Uma Política do Idioma*, Rio, S. José, 1964, p. 34.

Mais tarde, aproveitando esta ideia de se entender a unidade e diversidade da língua portuguesa comum em vários países como "Nova Românía", por analogia com esse conceito linguístico de base, Silvio Elia, substituindo "Românía" por "Lusitânia", assim explica a unidade existente entre todos os que falam português:

"Esse será o espaço próprio da «Lusofonia»; os seus usuários são os lusofalantes (…) vejo cinco faces na Lusitânia actual (…). A *Lusitâ-nia Antiga* compreende Portugal, Madeira e Açores. A *Lusitânia Nova* é o Brasil. A *Lusitânia Novíssima* abrange as nações africanas constituídas em consequência do processo dito de "descolonização", e que adopta-ram o português como língua oficial: Angola, Moçambique, Guiné-Bissau, Cabo Verde e S. Tomé e Príncipe. *Lusitânia Perdida* são as regiões da Ásia ou da Oceania onde já não há esperança de sobrevivência para a língua portuguesa. Finalmente, *Lusitânia Dispersa* são as comunidades de fala portuguesa espalhadas pelo mundo não lusófono, em conse-quência do afluxo de correntes migratórias"[13].

Barbosa Lima Sobrinho, outro linguista eminente do Brasil, assim revela a unidade lusófona que compreende as variedades nacionais: "Há que pensar num idioma que não seja monopólio de portugueses e brasileiros (…) nenhuma nação do mundo lusofónico pode ter a pre-tensão pueril de querer ditar normas e usos linguísticos às demais. No caso, o que todas as nações devem fazer é proceder ao conhecimento das diferenças, sempre em busca de uma unidade superior. Até porque a norma culta da língua comum estará sempre onde houver o desen-volvimento de cultura e civilizações como hoje ninguém ignora. Sem outras palavras, todas as nações do mundo lusofónico falam a mesma língua, mas cada uma a seu modo"[14].

Refira-se, a modo de comentário, que nas sessões realizadas em 1986, na Academia Brasileira de Letras, onde estavam representados os

---

13 Silvio Elia, *A Língua Portuguesa no Mundo*S. Paulo, 1989, pp. 16 e 17.
14 Barbosa Lima Sobrinho, *A Língua Portuguesa e a Unidade do Brasil*, Rio, 1958, p. 117.

países lusófonos, e em que tive a honra de participar, todas as bases foram decididas por unanimidade, pois foi norma primeira aprovada em todas as reuniões, coordenadas por António Houaiss, que nada seria decidido que não fosse por voto unânime.

Registe-se ainda a expressão usada por Barbosa Lima Sobrinho "Língua Comum", e a afirmação do direito de cada país falar a seu modo. Esta é, aliás, a teoria sempre defendida pelos principais cultores da Lusofonia.

Não referimos testemunhos abonatórios de portugueses, para não serem acusados de defenderem causa própria.

E para não alargar demasiado esta exposição, limito-me a transcrever, pela sua força e clareza, quanto à África, a afirmação de Mia Couto, em 1989: "O português vai-se deslocando do espartilho da oficialidade para zonas mais íntimas (...). Em Moçambique, como aliás em Angola, Cabo Verde, S. Tomé e Guiné-Bissau existe uma relação descomplexada com a língua portuguesa.

Essa atitude não é comum noutros países africanos, relativamente às suas línguas oficiais. Os povos das ex-colónias portuguesas assaltaram o português, fizeram do idioma estrangeiro, algo que vai sendo cada vez mais da sua propriedade"[15].

A Lusofonia não é, pois, uma operação neo-colonialista.

Resulta da vontade conjunta de Portugal, do Brasil e dos países africanos que foram colónias portuguesas.

Antes de ser uma teoria ou um projecto, é um facto indesmentível, o da vontade dos oito países em utilizarem o português como sua língua, materna ou oficial, e que, por ela e por uma história comum se sentem ligados uns aos outros como grupo sócio-cultural que procura também organizar-se em grupo político.

A Lusofonia está no seu começo, em construção, com todos os idealismos e fraquezas de um grupo de países que nem são potências

---

15 Mia Couto, *Revista Icalp*, Lisboa, Setembro de 1989, p. 244.

industriais nem ricos, mas aos quais não faltam valores que partilham ou reconhecem comuns.

A partir desta união linguística, é óbvio que outras se podem e devem construir para a consolidação: económica, religiosa, política...

Dos ideais míticos se pode e deve, progressivamente, passar à realidade, até porque sem eles nem a própria nação teria consciência.

4. Sem utopia não há ambições nem realizações ousadas

Razão tinha António Quadros para comentar esta metáfora e mito imperiais: "Para os nossos contemporâneos, neste tempo de esvasiamento de valores espirituais resultará estranha, desconcertante, bizarra ou louca a forma como estes homens, um Camões, um Frei Bernardo de Brito, um Vieira, um Pessoa e os mitogenistas portugueses do Quinto Império foram capazes de pensar e escrever, aparentemente contra a lógica e o plausível, a partir de um país autodiminuído, tão vilipendiado, com tantas fraquezas económicas, sociais e psicológicas, com tantos complexos de inferioridade como o é o Portugal moderno. Por isso, terminando, propomos à sua reflexão este pequeno texto, também de Fernando Pessoa: «podermos vir a ter esse império não prova é certo que viremos a tê-lo; porém se o não pudermos ter é que, concerteza o não teremos»"[16].

Por isso, certa insistência no que há de mítico e inatingível, ou o acentuar obsessivo de alguns erros do passado parecem ter menos a ver com a Lusofonia do que com preconceitos e inflação de valores.

Aliás, a vontade concreta de construir a Lusofonia realizando o sonho, já vem do início do século XX, quando o pensador brasileiro Silvio Romero, em conferência notável, constatando a organização das nações por blocos de poder, preconizava para os países e colónias por-

---

16 António Quadros, *Fernando Pessoa, Vida, Personalidade e Génio*, 3.ª ed., Lisboa, D. Quixote, 1988, p. 305.

34 Da Lusitanidade à Lusofonia

tuguesas uma nação defensiva, tomando como base a língua e história comuns, frente às cobiças imperialistas e racistas que então se desenhavam, no seguimento da Conferência de Berlim de 1884:

"Sim, meus senhores: não é isto uma utopia, nem é um sonho a aliança do Brasil e Portugal, como não será um delírio ver no futuro o império português de África unido ao império português da América, estimulados pelo espírito da pequena terra da Europa que foi o berço de ambos (...) que transplantou para aqui a nossa língua para marcar ao português o lugar que ele ocupa em nossa vida, em nossas lutas, em nossas aspirações: bastaria a língua para definir-nos e extremar-nos de quaisquer concorrentes estranhos (...) ela só por si, na era presente, serve para individualizar a nacionalidade"[17].

A utopia lusófona encontra nas afirmações de Silvio Romero um projecto bem concreto para a construção de uma comunidade que nos nossos dias abrange oito nações, e procura institucionalizar-se estruturando-se através da CPLP e, sobretudo, através dos múltiplos laços que todos os dias se tecem entre organizações lusófonas.

Comunidade que não é só de oito nações, mas que agrega outros territórios e pessoas sem qualquer ideia de subordinação ou dominação.

5. Os três círculos da Lusofonia

Por isso a entendemos como formada por três círculos concêntricos de interdependência e solidariedade.

• *O primeiro círculo*, nuclear dos três concêntricos, é o das oito nações lusófonas, e de regiões de outros países independentes onde a língua teve ou tem presença importante, como a Galiza, Casamansa, Goa, Macau...

---

17 Silvio Romero, *O Elemento Português*, Lisboa, Companhia Nacional Editora, 1902, pp. 32-33.

Se a língua é o elemento aglutinador de pessoas, instituições, nações e regiões, e se não se preconiza a existência de uma só cultura e língua, pois são múltiplas as culturas e línguas até dentro de cada uma das várias nações lusófonas, há que reconhecer que o principal elo de ligação entre todos é a língua que lhes é mais comum, a portuguesa. E ela, não só não é substitutiva das outras línguas nacionais ou regionais, mas com elas convive, pois todas têm funções específicas diferentes. Aliás, uma coisa é a "língua de cultura" comum a toda a Lusofonia, e outra as diversas variantes e normas cultas dos vários países.

"A emergência de variedades linguísticas postulou a existência de duas ou mais normas cultas dentro de uma mesma língua de cultura. É o que ocorre com o nosso idioma no Brasil, em Portugal, em Angola, em Moçambique, em Cabo Verde, na Guiné-Bissau e em São Tomé e Príncipe. O conceito de língua culta, conexo ao de norma culta não coincide, pois, com o de *língua de cultura*. As línguas de cultura oferecem uma feição universalista aos seus milhões de usuários; cada um dos quais pode preservar, ao mesmo tempo, usos nacionais, locais, regionais, sectoriais, profissionais"[18].

Celso Cunha adiantava ainda, em opúsculo especial: "Essa república do português não tem uma capital demarcada. Não está em Lisboa nem em Coimbra; não está em Brasília nem no Rio de Janeiro. A capital da língua portuguesa está onde estiver o meridiano da cultura"[19].

As oito nações lusófonas só têm a ganhar em pertencerem a esta "república" ou "império", quer pelos diversos tipos de diálogo e iniciativa que estabelecem entre elas, quer por melhor puderem resistir às invasões de outros grupos linguísticos de ambições hegemónicas, que agora são, sobretudo, de carácter comercial e cultural, mas poderão voltar a transformar-se em projectos de dominância territorial.

---

18 Abgar Renault e outros, *Diretrizes para o Aperfeiçoamento da Aprendizagem da Língua Portuguesa*, Brasília, ME, 1986, pp. 5-6.
19 Celso Cunha, op. cit., p. 38.

A resistência principal é ao inglês, mas o chamado "internautês" pode representar alguma preocupação a ter em conta.

É neste grande círculo que se joga o futuro da Lusofonia. É nele que se situa a "Comunidade dos Povos de Língua Portuguesa" (CPLP), criada em 1996, que tarda em impor-se na cena internacional; não só, pela circunstância da instabilidade organizativa dos países de África, propondo outras fidelidades estritamente africanas, ou mais vastas de natureza económica, como a do Commonwealth, mas também por não se ter posto a funcionar, previamente, o Instituto Internacional da Língua Portuguesa, IILP, criado no papel de 1989. Sendo este Instituto o da ilustração e defesa da língua e da cultura, a sua acção poderia contribuir em muito para estimular a base de apoio popular e institucional da sociedade civil, que facilitaria os passos seguintes de iniciativas políticas e económicas.

• *O segundo círculo* concêntrico deste, que envolve o primeiro, é constituído pelas outras línguas e culturas de cada um dos oito países em que, naturalmente, se estabelece o diálogo e colaboração entre a língua e a cultura comuns e as outras línguas e culturas do país, com vista a estimulá-las e protegê-las, tanto nacional, como internacionalmente.

Porque nem a língua de comunicação internacional prejudica as línguas locais, nem estas aquela, pois todas possuem espaço e funções próprias, e não é admissível, hoje, o imperialismo linguístico de uma língua, dentro ou fora do seu território, reprimindo ou enfraquecendo as outras.

Entendemos que nas funções do Instituto Internacional da Língua Portuguesa, que melhor se chamaria Instituto Internacional Lusófono, está a de apoiar a valorização das outras línguas de cada um dos oito países, a sua escolarização, edição, etc.

Até porque, se não for a "língua de cultura" internacional a proteger as línguas regionais ou locais, em pouco tempo elas desaparecerão, por efeito desse grande agente descaracterizador cultural que é a globalização.

Uma nova política linguística para o novo tempo

• *O terceiro círculo* da Lusofonia, também concêntrico, e o mais amplo, é formado pelas instituições, pessoas e grupos alheios aos países lusófonos, mas que mantêm com a nossa língua comum, e com as culturas e literaturas lusófonas um diálogo de erudição, de amizade, de simpatia, de interesses vários.

É integrado por professores e alunos dos ensinos universitário, politécnico, secundário, por familiares e conviventes de emigrantes, empresários, religiosos, eruditos, técnicos...

São milhares de pessoas de uma qualificação especial, de outros povos, línguas e culturas que se interessam por nós.

Estão estes lusófonos especiais, ou lusófilos, em situação de algum dinamismo social e intelectual, em condições de intensificarem o intercâmbio entre os nossos países e os seus, de outras línguas e culturas, por isso, há que encorajá-los.

6. Ensinar português em perspectiva multicultural e lusófona

Sendo a Lusofonia uma das componentes do multiculturalismo, sobretudo quando entendida na perspectiva atrás enunciada, dos três círculos que conjugam a unidade da língua e de tradições comuns com a diversidade das outras línguas e culturas a elas ligadas, é fácil concluir que não deve ensinar-se português sem ter em conta estas duas realidades.

Porque a língua se ensina e aprende em prática oral tanto na comunidade familiar como na social, e em prática também escrita na comunidade escolar através de textos que remetem para um imaginário de referência. Há que formar o aprendente tanto no exercício da convivência aberta, como através de textos que tanto evoquem os valores e tradições do país de residência, como os valores e tradições do país de origem.

É, pois, a primeira e mais importante exigência do multiculturalismo o *direito à diferença*.

E essa diferença só pode cultivar-se efectivamente em *escola livre*. E só é livre aquela que é escolhida, no início, pela família, e depois, pelos próprios aprendentes.

E só há opção pela escola livre, que não existe infelizmente, entre nós porque a família ou os próprios se vêm obrigados a aceitar a escola pública, por debilidade financeira. Liberdade que, também, obviamente, não exclui a opção pela escola pública.

Só há escola livre quando os pais escolhem para os filhos aquela escola que eles julguem educar e instruir segundo os seus princípios e a sua cultura. Escola essa que, dificilmente, será a escola pública única, pois ela não tem o direito de impor uma cultura, nem uma religião, nem um sistema laico, nem uma ideologia e que, não impondo nem sugerindo, acaba por deixar um vazio em que as boas ideias da tolerância não chegam para formar a diferença. A escola tem de afirmar-se pela positiva, e não pela negativa, e não chegam princípios importantes como são os direitos humanos, pois ficam de fora outros princípios, referências e direitos tanto ou mais importantes que os explicitados.

Para que a escola multicultural seja um facto, deve encontrar-se um processo de financiamento, como o do cheque-educação, que tanto pode levar à Escola pública como à Escola privada, bem como à aceitação natural de uma autoridade e disciplina, e a práticas pedagógico-didácticas adequadas e mais eficazes.

Então sim, o direito à diferença será uma realidade de facto.

Deste modo, a diferença de orientação das escolas, dentro de normas pedagógico-didácticas comuns, concorrerá para a efectivação dos outros ideais do multiculturalismo, os do reforço da identidade e do seu reconhecimento público, em pé de igualdade, afastando as discriminações racistas e outras.

Liberdade de escolha esta que deve sempre, como é óbvio, respeitar tanto os Direitos do Homem, como a coesão nacional.

Will Kymlicka, que tão lucidamente defende os direitos da liberdade e da diferença, alertou também para a imperiosa necessidade de as minorias observarem duas limitações fundamentais: em primeiro lugar a de que "uma concepção liberalizadora dos direitos das minorias não pode justificar, excepto em circunstâncias fundamentais, a restrição das liberdades básicas civis e políticas dos seus próprios membros"; em segundo lugar, que essa "justiça liberalizadora não pode aceitar a existência de quaisquer direitos que habilitem um grupo a oprimir ou explorar outro grupo, como no apartheid"[20].

Por exemplo, dentro de um grupo cultural deve respeitar-se a liberdade de escolher e de se mudar de crenças, a liberdade de votar, de estudar, etc.

Por outras palavras: nem tudo nas culturas e grupos culturais é positivo, pois, sempre existem práticas boas e práticas reprováveis, e ninguém deve poder argumentar em defesa das práticas negativas que elas pertencem à sua cultura, portanto, legítimas, sobretudo quando esse grupo cultural vive integrado numa outra sociedade, em situação de interdependência.

A mitificação que se tem operado do conceito de cultura como supremo legitimador de tudo conduz, não poucas vezes, à irracionalidade e à violação de direitos fundamentais maiores.

Orientações estas que, na interpretação excelente de M. Rey na sua obra sobre educação intercultural[21] se podem resumir no ideal da criação de iguais possibilidades educativas e sociais das crianças das mais variadas proveniências sociais, religiosas e étnicas, bem como da igualdade de oportunidades no todo social.

Também a educação multicultural deve prestar especial atenção a duas situações antagónicas, que podem ser ultrapassadas, no relacionamento com as minorias: as que recusam a integração no todo nacional e preferem o guetto, perfilhadas pelas "national minorities", e as que procuram essa mesma integração nas sociedades em que estão inseridas, as da "cultural diversities".

---

20 Will Kymlicka, *ibidem*, pp. 52-53.
21 *Former les Enseignements à l'Education Interculturelle*, Strasbourg, Conseil de l'Europe, 1986.

Às primeiras (comunidades anteriores à colonização ou colonizadas há muito tempo) podem ou devem ser reconhecidos direitos especiais; às segundas, resultantes dos fluxos migratórios, deve-se dar apoio no sentido de não esquecerem ou de recuperarem a sua memória cultural.

Naturalmente que, nestas respostas às exigências do multiculturalismo, a Escola desempenha um papel fundamental.

Assim, considerando a diferença da Lusofonia, podíamos resumir, em algumas sugestões de carácter prático, como podem estas dinâmicas ser veiculadas no ensino/aprendizagem da língua portuguesa.

A primeira delas é a de que a Lusofonia é uma das nossas principais diferenças e que deve ser tida em conta em todo o ensino, desde o da história da língua ao seu uso literário e utilização específica nas actividades escolares reflectindo a diversidade e a unidade.

Há um vaivém de comunicação e de solidariedade estreita entre os que pertencem aos oito países lusófonos do primeiro círculo, mas não nos são indiferentes aos outros países que connosco se relacionam especialmente, falando ou usando a nossa língua, pelo que não devem ser excluídos nem minimizados.

Sabido como é que os melhores textos para o ensino/aprendizagem da língua são os literários, por serem polissémicos, explorando ao máximo significantes e significados, devemos caminhar cada vez mais para que as escolas contemplem todas as variedades lusófonas: portuguesa, brasileira, africana, timorense e das regiões de outros países, como a Galiza, Goa ou Macau.

Atrevo-me mesmo a sugerir, apesar do seu aspecto polémico, ou por isso mesmo, que numa antologia ideal multiculturalista e lusófona, 51% dos textos sejam portugueses, 40% dos outros países e regiões lusófonas e 9% de países que connosco se relacionam especialmente, através das suas comunidades migrantes (ucranianos, russos, romenos...). E que, em qualquer país lusófono, a proporcionalidade fosse a mesma, na percentagem, óbvia, de 51% para o próprio.

Com isso ganhavam o estudo da língua, da literatura, e das culturas representadas, tanto nos aspectos mais directamente linguísticos como nos da tradução.

É que a lógica do ensino alargou-se da preocupação exclusivamente lusitana à perspectiva lusófona, e destas à multicultural, para um ensino/aprendizagem de verdadeira literacia.

Há já algum tempo que não somos um país monolinguístico e monocultural e, até por isso, as instituições da defesa e ilustração da língua no país, e da sua difusão no estrangeiro devem ter em conta as novas realidades.

Por isso voltamos a urgir na entrada em funcionamento do Instituto Internacional da Língua Portuguesa que, incompreensivelmente, se arrasta e enleia em confusões de tarefas e burocracias, e muito longe de assumir a liderança que lhe compete na renovação e actualização da língua, na sua promoção no estrangeiro e no campo científico e técnico.

E já agora, para terminar, para quando a organização de um "Thesaurus" dos autores lusófonos, a editar em colecção de prestígio e difusão internacional?

Lisboa, Universidade Técnica, XV Encontro da AULP, 2005

As viagens e os viajantes
para os portos da lusofonia

A viagem rumo à Lusofonia tem sido longa de séculos, feita de muitas viagens, viajantes, momentos de euforia e disforia, em processo de maturação permanente.

Construção moderna, a Lusofonia mergulha as suas raízes mais profundas nos descobrimentos portugueses e no diálogo étnico de cultura miscegenada, que a aventura dos mares possibilitou.

Diversificados foram os seus viajantes-protagonistas, como diversificados foram os ancoradouros aonde aportaram, as gentes que se misturaram com os "lusos" e estabeleceram, através de uma língua comum, a convivência que, modernamente, se estrutura de maneira cada vez mais abrangente.

1. A rota das naus

Desde cedo que o rumo das naus foi traçado, quer pelas treze razões apresentadas pelo Rei D. Duarte, de que a primeira é o "serviço de Nosso Senhor Deus", e pelas "cinco razões por que o Senhor Infante (D. Henrique) foi movido" para a aventura dos mares, segundo Zurara, na *Crónica dos Feitos da Guiné*: "mandou ele contra aquelas partes seus navios, por haver de tudo manifesta certidão (…) que se poderiam para este reino trazer muitas mercadorias, que se haveriam de bom mercado (…) querer saber o poder do seu inimigo (…) saber se se achavam em aquelas partes alguns príncipes cristãos (…) acrescentar em a santa fé de Nosso Senhor Jesus Cristo e trazer a ela as almas que se quisessem salvar".[1]

---

[1] Gomes Eanes de Zurara, *Crónica dos Feitos da Guiné*, ed. De Torquato Sousa Soares, Lisboa, Academia Portuguesa de História, 1978 [1453].

46   Da Lusitanidade à Lusofonia

De forma poética foi assim que Fernando Pessoa traduziu este empreendimento: "Esta é a primeira nau que parte para as Índias Espirituais buscando-lhes o Caminho Marítimo. Através dos nevoeiros da Alma que os desvios, erros e atrasos da actual civilização lhe ergueram".[2]

Foi a partir deste projecto e sonho que os portugueses iniciaram a longa viagem dos Descobrimentos durante o qual, provados pelas tempestades e bonanças, ambições e desfalecimentos, pela hybris conquistadora e martírios de corpo e alma, fé e dúvidas, temperaram o carácter e conseguiram levar a sua teimosa persistência até ao êxito, com a flexibilidade e capacidade de adaptação próprias da "aventura e rotina".

Era a nossa vocação marítima que nos impelia para o mar, por isso o romancista Vergílio Ferreira afirmou em discurso de agradecimento pelo prémio da Europália, em 1991: "a alma do meu país teve o tamanho do mundo (…) uma língua é o lugar donde se vê o mundo, e em que se tratam os limites do nosso pensar e sentir. Da minha língua vê-se o mar. Da minha língua vê-se o seu rumor, como da dos outros se ouvirá o da floresta ou o silêncio do deserto. Por isso a voz do mar foi a nossa inquietação."

Assim, os navegadores portugueses desde muito cedo se aventuraram ao oceano desconhecido.

Se nos é permitido um breve excurso cronológico dos séculos XV e XVI[3], ficará mais claro o significado das viagens e da expansão da língua, até à moderna Lusofonia.

Tudo começou com a viagem para a conquista de Ceuta (1415), tendo-se-lhe seguido as viagens para Porto Santo e Madeira (1418--1419), às Canárias e aos Açores (1424-1427). Os incansáveis nautas dobraram depois o Cabo Bojador (1434) e o Cabo Branco (1441).

---

2 Teresa Rita Lopes, *Pessoa Inédito*, Lisboa, Horizonte, 1993.
3 Síntese extraída principalmente de Luís Filipe Barreto, *Portugal Pioneiro do Diálogo Norte/Sul,* Lisboa, INCM, 1988.

Chegaram a Cabo Verde, à Costa da Guiné (1444 -1445), às Ilhas de Fernando Pó, S. Tomé e Príncipe, Ano Bom (1471), a S. Jorge da Mina, Cabo Lobo (1482) ao Rio Zaire, Congo, Angola, Benguela (1482--1485) ao Benim (1484), ao Cabo Negro (1485) procuraram o Prestes João, penetraram no interior de África e dobraram o Cabo da Boa Esperança (1487), descobriram a península do Labrador (1492), Vasco da Gama fez a primeira viagem à Índia (1497), aportaram a Moçambique (1498), descobriram a Flórida (1497-1499), chegaram ao Brasil e à Terra Nova (1500-1501), a Samatra e Malaca (1509), à China (1511-1512), a Timor (1514), construíram a fortaleza de Ceilão (1518), empreenderam a primeira viagem à volta do globo (1519), alcançaram as costas da Califórnia (1542), entraram no Japão (1542- 1543).

Por aqui se pode ver a razão que assistiu a Camões para dizer em *Os Lusíadas* que Vasco da Gama teve acesso aos recônditos conhecimentos encerrados na famosa e misteriosa "Máquina do Mundo" que foi, desde a Antiguidade, um dos enigmas mais estudados pela Astrologia e Astronomia, pois nela se encerravam alguns desígnios de Deus e muitos segredos do Universo:

> Vês aqui a grande máquina do Mundo,
> Etérea e elemental, que fabricada
> Assi foi do Saber, alto e profundo,
> Que é sem princípio e meta limitada.
> Quem cerca em derredor este rotundo
> Globo e sua superfície tão limada,
> É Deus: mas o que é Deus ninguém o entende,
> Que a tanto o engenho humano não se estende.
>
> (X/80)

Para tal, cometeram-se feitos nobres e inúmeras crueldades, e também os nautas foram cruelmente castigados, conhecendo tanto os heroísmos de Albuquerque ou Pacheco Pereira, como as desditas trágicas de Manuel de Sousa Sepúlveda e a morte infamante de sua mulher.

Olhai que ledos vão, por várias vias,
Quais rompantes liões e bravos touros,
Dando os corpos a fomes e vigias,
A ferro, a fogo, a setas e pelouros,
A quentes regiões, a plagas frias,
A golpes de Idólatras e de Mouros,
A perigos incógnitos do mundo,
A naufrágios, a pexes, ao profundo.

(X/147)

É sobre este mapeamento das navegações lusitanas que é possível entender-se o "porquê" e o "como" da união de países e regiões que irão formar a Lusofonia, com tudo o que ela significa de lugares, amores, ódios, solidariedades baseadas numa forma de relacionamento que, especialmente para o Brasil, Gilberto Freire chamou luso-tropicalismo e que, em outros modos e contextos, algo afins, vigorou também na África e Oriente.

Fundo antropológico que, mesmo no pecado universal do racismo o foi menos, como o reconheceu o crítico implacável da colonização portuguesa Charles Boxer: "can truthfully be said is that in this respect they were usually more liberal in pratice, than were their Dutch, English and French sucessors".[4]

2. Os viajantes

São bem conhecidos os principais protagonistas dessas viagens: Gil Eanes, Diogo Cão, Vasco da Gama, Pedro Álvares Cabral, Afonso de Albuquerque, S. Francisco Xavier, Fernão Mendes Pinto...

Mas não iam sozinhos, levavam consigo três outros viajantes, "clandestinos", que os ultrapassaram em longevidade, importância e

---

[4] Charles Boxer, *Four Centuries of Portuguese Spansion, a Succint Survey 1415-1825*, Joanesbourg, 1961.

eficácia: a língua, a cultura, a religião, sendo destes três o mais importante a língua, até porque serviu de intérprete e companheira permanente aos outros dois.

A língua que os navegadores portugueses transportaram era a portuguesa, que no início das aventuras dos mares já se tinha separado da convivência irmã da galega, e evoluía em rumo próprio, dando e recebendo, assumindo aquela função que Nebrija atribuía ao castelhano, a de "companheira do império".

Assim o entendia também o nosso primeiro gramático Fernão de Oliveira que, na sua *Gramática de Lingoagem Portuguesa* tanto se empenhava em fixar e valorizar a língua portuguesa, como em prepará-la para ser divulgada em outros povos: "Porque Grécia e Roma só por isto ainda vivem, porque quando senhoreavam o Mundo mandaram a todas as gentes a eles sujeitas aprender suas línguas e em elas escreviam muitas boas doutrinas".[5]

Por isso não tolerava que Portugal independente ainda estivesse demasiado sujeito à tradição das línguas clássicas – o latim era de uso corrente – , pois era preciso emancipar-se: "desta feição nos obrigam a que ainda agora trabalhemos em aprender e apurar o seu, esquecendo-nos do nosso, que é tempo e somos senhores, porque melhor é que ensinemos a Guiné que sejamos ensinados de Roma (...) não trabalhemos em língua estrangeira, mas apuremos a nossa com boas doutrinas que a possamos ensinar a muitas outras gentes".[6]

Doutro modo, à medida que as caravelas viajavam pela costa de África, Brasil e Oriente, o uso da língua como companheira do império não só se consolidava mas entrava também em rivalidade com a língua do navegador castelhano, uma emulação regida por um outro imaginário Tratado de Tordesilhas.

Pêro de Magalhães de Gândavo, que viveu na passagem do século XVI para o XVII, bem o entendeu, pois não se limitou a escrever

---

5 Fernão de Oliveira, *Gramática da Lingoagem Portuguesa*, Lisboa, INCM, 1975 (1536).
6 *Ibidem*, p. 45.

regras de ortografia do português, mas acrescentou-lhe um "Diálogo que adiante se segue em defensam da mesma língua" em que Petrónio (português) demonstra a Falêncio (castelhano): "esta nossa portuguesa língua de que todos praguejais sendo ela em si tão grave e tão excelente, assi na prosa como no verso que só a latina pode nesta parte fazer vantagem. Quisera logo então, como sabeis, provar-vos esta verdade e mostrar-vos per razões claras quanto esta nossa excede a vossa".[7]

Difundiu-se, em consequência, por todo o mundo, a língua portuguesa, umas vezes falada correctamente, outras sob a forma de dialectos, crioulos e pidgins.

Sobre essa extraordinária viagem da língua que chegou à situação de língua franca na Ásia e lugares vários de África, não poucos especialistas, tais como David Lopes, Mons. Sebastião Dalgado, Visconde de Santarém, George le Gentil, Alexandre Hamilton, Buchanan, Marius Valkhoff, Sebeock... a têm inventariado.

Deles nos basta citar as afirmações de dois, nos anos de quinhentos.

Referindo-se ao papel do português enriquecendo vocabularmente inúmeras línguas asiáticas e compondo gramáticas e dicionários, diz le Gentil, citando Dalgado: "Leur vocation a fourni un grand nombre de termes. Mgr. Dalgado en a dressé le compte exact, aux langues des familles aryenne, dravidique, indo-chinois, malaio-polynésique. De cette action qui s'est prolongée plus longtemps que leur hégémonie, il reste des traces dans l'arabe, le japonais, l'indo-anglais, l'indo-français, l'anglo-chinois. C'est aux portugais, d'autre part, que nous devons les premières grammaires, les premiers dictionnaires des langues indigenes (tamoul, concani, bengale, cinghalais, annamite, etc). On les verra même au Brésil, transformer la « língua geral » (le tupi-guarani) en instrument de propagande ».[8]

---

[7] Pêro de Magalhães de Gândavo, *Regras que Ensinam a Maneira de Escrever e a Ortografia da Língua Portuguesa*, Lisboa, Biblioteca Nacional, 1981 (1574).

[8] George le Gentil, *Littérature Française*, Paris, 1935, p.56.

Por sua vez, Sebeock pôs em evidência a criação de pidgins e crioulos: "the portugese were the first Europeans in sub-Saharan Africa, South Ásia, The East Indies, and the Western Pacific. They carried features of European culture, not the least of wich was the Portuguese language, wich had an influence on the entire south and west Pacific area by Spawning the pidgin that saved as lingua franca for a long period of time, surviving Portugese military and political influence. The Dutch, two centuries later, were still using Portuguese pidgin to communicate their commercial needs (...). A lasting influence of Portuges is apparent in the pidgins of Oceania, still found today in places the portugese left long ago".[9]

Foi a língua companheira do império, mas "à portuguesa". Quer isto significar que a sua difusão não foi tão rígida e imperativa como o podia parecer.

Com efeito, no Brasil, a língua portuguesa não só conviveu com a "língua geral" dos índios (tupi-guarani), como foi por esta vencida, a ponto de o Marquês de Pombal em 1757 e 1758 ter de tomar medidas drásticas proibindo o seu ensino e obrigando ao ensino do português em todo o Brasil. Com a expulsão dos jesuítas, em 1759, que a falavam e ensinavam em seus colégios (públicos e gratuitos), o português passou a ser a principal língua do Brasil.

Desta situação é muito significativa a atitude de Anchieta que não escreveu qualquer gramática de português mas sim uma de tupi-guarani assim intitulada: *Arte de Grammatica da Língoa Mais Usada na Costa do Brasil*, copiada várias vezes à mão, e publicada em Coimbra em 1595.

Situação semelhante ocorreu nas colónias de África, nomeadamente em Angola, onde o General Norton de Matos, quando foi governador de Angola, teve de tomar atitude semelhante à de Pombal, ordenando o apagamento das línguas regionais e substituindo-as pelo português, através do Decreto n.º 77, em 1921, onde se declarava

---

[9] Thomas A. Sebeok, *Linguistics in Oceania, vol. VIII*, Den Haag, 1971, pp 940-941.

ser "obrigatório" em qualquer missão, o ensino da língua portuguesa (artigo 1.3) sendo vedado o ensino de qualquer língua estrangeira e "não sendo permitido ensinar nas escolas das missões línguas indígenas" (artigo 2), não sendo também permitidas nos livros de ensino religioso (artigo 3), concedendo-se nestas apenas a possibilidade de uma versão paralela.

Aliás, este imperialismo linguístico que era igualmente praticado pelas outras potências coloniais, vinha sobretudo da Revolução Francesa, em que o ideólogo da Revolução, o Abbé Grégoire, em vários documentos, entre os quais o "Rapport sur l'usage de la langue française, pour les inscriptions", obrigava ao uso do francês proibindo o latim, e na lei de Prairial, 4 juin, inseria um relatório à Assembleia "Sur le moyen de faire disparaitre de France les patois et les idiomes et de faire du français la langue de toute la nation", política esta que, dado o grande prestígio da Revolução Francesa, se tornou o modelo a seguir. Maximamente, depois da Conferência de Berlim de 1848, e até quase aos nossos dias, em que o multiculturalismo moderno exige agora o multilinguismo.

Em todo este processo, a tolerância e coexistência linguística observada em todas as colónias portuguesas permitiu um prolongamento ou fixação da memória colectiva dos diversos povos, através dos seus veículos privilegiados, as chamadas línguas indígenas.

A língua portuguesa foi, sem dúvida, mais companheira do império, que dos "imperadores", evoluindo com ele e com a sua emancipação.

Miscegenação, cultura e religião

Sobretudo quando os viajantes são marinheiros de longas viagens, o contacto com as mulheres nativas dava aso a toda a espécie de uniões e casamentos, de larga população mestiça.

Assim aconteceu, especialmente, no Brasil.

Gilberto Freire no seu famoso estudo sobre a colonização portuguesa do Brasil – *Casa Grande e Senzala*, de 1933 –, chamou a atenção

As viagens e os viajantes para os portos da lusofonia

para a conjunção da grande escassez da população portuguesa (segundo Rebelo da Silva[10], no século XV não ultrapassaria 1.010.000 habitantes), com a sua extrema mobilidade e miscibilidade: "uma mobilidade espantosa. O domínio imperial realizado por um número quase ridículo de europeus correndo de uma para outra das quatro partes do mundo então conhecido. Como num formidável jogo dos quatro cantos (...) a miscibilidade, mais do que a mobilidade, foi o processo pelo qual os portugueses compensaram-se da deficiência em massa ou volume humano para a colonização em larga escala e sobre áreas extensíssimas".[11]

Outros casos notáveis foram sobretudo os de Cabo Verde e de Goa.

Neste território da Índia, durante a colonização portuguesa, foi particularmente relevante a iniciativa de Afonso de Albuquerque na promoção de uma política de casamentos de que se originaria não propriamente uma população extensa, mas um elevado nível de aproximação social, ultrapassando muito o ancestral regime das castas.

Outros viajantes "clandestinos" nas caravelas foram a cultura portuguesa e europeia, bem como a religião cristã.

Foi, sem dúvida, através das viagens de portugueses e espanhóis que chegou aos quatro cantos do mundo uma visão humanista, técnica, científica e religiosa do melhor que a Europa possuía.

Porém, através de diferentes políticas dos países ibéricos.

Diferentemente de Espanha que, logo no século XVI, abriu universidades no México e no Peru, Portugal seguiu outra política no Brasil, cuja população era muito reduzida.

Segundo Corrêa da Serra, em 1798, essa população seria de 2.300.000; para Adriano Babbi, rondaria os 3.817.000.[12]

---

10 Rebelo da Silva, *Memória sobre a População e Agricultura de Portugal desde a Fundação da Monarquia até 1885*, Lisboa, 1868.

11 Gilberto Freire, *Casa Grande e Senzala*, 22.ª edição, Rio, J. O., 1983, p 9.

12 Altiva P. Balhana, "Composição da População", in *Dicionário da Colonização Portuguesa*, Lisboa, Verbo, 1994, p.650.

54 Da Lusitanidade à Lusofonia

Consistia essa política em trazer para a Universidade de Coimbra[13] os jovens intelectuais: no século XVI, foram treze os estudantes, no século XVII, 354, no século XVIII, 1753, decrescendo o número com a independência, até porque, com a deslocação da Corte para o Rio de Janeiro, em 1808, foram criados nessa capital estudos superiores.

Mas, nem por isso, a ausência de imprensa ou da universidade impediu a criação de uma elite intelectual e o florescimento de estudos literários e humanísticos em Minas Gerais. Aí atingiu grande nível a poesia com a chamada "plêiade mineira" que tanto cultivava as letras clássicas como se interessava pelas novidades da Revolução Francesa. E com o florescimento das letras seguiu de paralelo o das artes nos seus vários registos clássico, barroco, arcádico, até ao romântico da Independência, desde a arquitectura e escultura às artes decorativas, de que o Aleijadinho é o representante maior.[14]

Em paralelo, do outro lado do império, em Goa em outros pequenos territórios da Índia, também se evidenciaram as letras e as artes.

Ao ponto de se poder falar de uma literatura indo-portuguesa[15], e também da influência da mitologia hindú[16] na literatura da metrópole.

Do mesmo modo, foram de grande brilho as diversas formas de arte ali desenvolvidas, desde a arquitectura, escultura e pintura às artes decorativas de carácter indo-português.

Diferente também foi a política seguida no Brasil e no Oriente quanto à "famosa arte de imprimissão":

---

13 Francisco de Morais, "Estudantes da Universidade de Coimbra nascidos no Brasil" in *Brasília* n.º 4 suplemento, 1949.

14 Wilson Martins, *História da Inteligência Brasileira*, 7 volumes, S. Paulo, Cultrix, 1976--1978.

15 Vimala Devi e Manuel de Seabra, *A Literatura Indo-Portuguesa*, Lisboa, Junta de Investigação do Ultramar, 1971.

16 Selma de Vieira Velho, *A Influência da Mitologia Hindu na Literatura Portuguesa dos Séculos XVI e XVII*, Macau, ICM, 1988.

As viagens e os viajantes para os portos da lusofonia

Ao mesmo tempo que não era promovida, ou era reprimida, no Brasil (até 1808) era incentivada e consolidada no Oriente, pela mesma organização religiosa, a Companhia de Jesus, presente num e noutro continente.

Aliás, dum modo geral, se poderá dizer que, a Ocidente, Portugal promovia sobretudo as letras e as artes, e a Oriente as ciências e as técnicas.

Segundo Américo Cortez Pinto,[17] foi na Abissínia que primeiro os portugueses introduziram os caracteres tipográficos, em 1515, na Índia em 1557, na China e em Macau em 1588, pala mão dos jesuítas.

Em Rachol, na Índia, já em 1532 se imprimiu a explicação da *Doutrina Christã Coligida do Cardeal Bellamino e outros Authores*.

E não só se publicava em latim, mas também nas línguas regionais: tamil, canarim, famuel, abexim, concani, brâmane.

Viajou a tipografia também para o Japão com os jovens quatro príncipes japoneses que vieram à Europa e a Lisboa em 1590, e que no regresso levaram uma tipografia de caracteres móveis, acompanhada de dois jesuítas tipógrafos. Como não se conheciam no Ocidente caracteres tipográficos japoneses, foram também os jesuítas que procederam à sua fundição e ensinaram o modo de a realizar. Nagasaki e Amacusa tiveram livros impressos em 1598. Das técnicas que viajaram para o Japão[18] e a Ásia, a mais famosa foi a das armas de fogo, em 1543, em Tanegaxima, que passou a produzi-las, e possibilitaram a unificação do Japão que assim entrou na Era Moderna.

Mas não viajaram só as armas, também a medicina ocidental pela mão do mercador Luís de Almeida que, depois de ser jesuíta, construiu e geriu, em 1557, um hospital em Oika, principalmente para o combate à lepra.

Os jesuítas dedicaram-se também ali ao ensino da medicina Ocidental, salientando-se nessa tarefa o P.e Cristóvão Ferreira, tendo sido

---

17 Américo Cortez Pinto, *Da Famosa Arte da Imprimissão*, Lisboa, Ulisseia, 1948.
18 Kiichi Matsuda, *The Relation Between Portugal and Japan*, Lisboa, 1965.

editadas várias obras científicas nas áreas da medicina, astronomia, cartografia, etc.

Também foi relevante o número de escolas fundadas, e a influência na música (introdução, p.e., da harpa e da flauta), na ourivesaria e na pintura. Desta são notáveis os 60 biombos namban-byoba, do princípio do século XVII, com motivos portugueses e europeus.

Na China, é de relevar, especialmente, a viagem dos conhecimentos astrológicos e astronómicos que levaram consigo os "jesuítas astrónomos" instalados na Corte Imperial de Pequim, por terem mostrado a superioridade dos conhecimentos e da matemática ocidentais, sobre os conhecimentos dos sábios chineses. Conhecimentos que eles desejavam o mais exactos possível, pois toda a sua vida social era regida pela conjugação dos astros e outros fenómenos metereológicos.

Com os padres Ricci, Adão Schall, uma plêiade de jesuítas portugueses, dentre os quais se destacava Gabriel de Magalhães "Presidente do Tribunal das Matemáticas", levaram as ciências ocidentais ao Celeste Império, adquirindo através delas crédito suficiente para pregarem o Cristianismo, de tal modo que o Padre Verbiest assim resumia a situação: "A religião cristã (...) pela Astronomia foi introduzida na China; pela Astronomia se tem conservado, pela Astronomia foi sempre chamada do desterro a que por vezes a condenaram, e restituída com honras à primeira dignidade".[19]

Nestas viagens, sobretudo por regiões exóticas e orientais, a natural curiosidade e iniciativa do tipo pequeno comércio, ou de curiosidade dos nautas, leva-os a permutarem, entre Portugal e os países visitados, toda a espécie de coisas transaccionáveis, ou mesmo bugigangas independentes do grande comércio, sem excluir plantas, animais e alguns "selvagens" habitantes, que maravilhavam as populações da Metrópole.

Gilberto Freire, referindo-se ao Brasil, assim resume algumas dessas permutas: "Resta-nos salientar o fato, de grande significação na

---

[19] Francisco Rodrigues, *Jesuítas Portugueses Astrónomos na China*, Macau, ICM, 1990, p. 9.

história social da família brasileira, de ter sido o Brasil descoberto e colonizado (...) na época em que os portugueses senhores de numerosas terras na Ásia e África, haviam-se apoderado de uma rica variedade de valores tropicais. Alguns inadaptáveis à Europa. Mas todos produtos de finas, opulentas e velhas civilizações asiáticas e africanas. Desses produtos o Brasil foi talvez a parte do império lusitano que, graças às suas condições sociais e do clima, largamente se aproveitou: o chapéu-de-sol, o palanquim, o leque, a bengala, a colcha de seda, a telha à moda sino-japonesa, o telhado das casas caído para os lados e recurvado nas pontas em cornos de lua, a porcelana da China e a louça da Índia. Plantas, especiarias, animais, quitutes. O coqueiro, a jaqueira, a mangueira, a canela, a fruta-pão, móveis da Índia e da China".[20]

Da viagem das plantas se ocupou especialmente Mendes Fernão, historiando o trânsito de plantas idas de Portugal relativas sobretudo à alimentação dos marinheiros em viagem, e sua reprodução depois dela. Plantas de origem americana "como o abacate, a mandioca, o amendoim, o ananás, feijoeiro, milho, tabaco, tomate, batata-doce. Plantas originárias do Oriente (arroz, banana, coqueiro, especiarias...); plantas originárias de África (cafeeiro, inhame, palmeira...).

Da disseminação destas plantas foram os navegadores ibéricos os grandes obreiros. Permutas estas que permitiriam o descobrimento e bem-estar de muitos povos.

De tal modo foi importante esse transitar, que o Conde de Ficalho e Gourot foram de opinião de que "o sucesso das plantas americanas foi tal que a raça negra morreria hoje de fome sem a mandioca e o milho.

Estas "dádivas" à África, do milho, mandioca, batata-doce e outras plantas de origem americana, que tanto contribuíram para o desenvolvimento do continente, foram como que uma compensação da mão de obra escrava que, compulsivamente, foi levada deste continente e cons-

---

[20] Gilberto Freire, *Casa Grande e Senzala*, 22.ª ed., Rio, J.O., 1983, p. 259.

58   Da Lusitanidade à Lusofonia

tituiu uma das bases do desenvolvimento agrícola da América, nos séculos XVI a XIX.

Se admitirmos, porém, que os africanos destas terras, se serviam da flora espontânea e de um número não muito elevado de plantas introduzidas e já adaptadas, talvez se compreenda melhor a influência que esta parte de África recebeu no seu desenvolvimento, onde os portugueses foram, sem dúvida, os primeiros europeus a chegar (…) Recentemente, De Wildeman quando, ao dedicar a sua atenção ao estudo das plantas cultivadas no então Congo Belga, verificou que, num conjunto de 500 plantas mais utilizadas, 484 foram aí introduzi-das, das quais 377 do Oriente e 107 provenientes do continente ame-ricano. E só encontrou 16 plantas integradas naquele grupo que eram originárias, indiscutivelmente, de África".[21]

Mas o relacionamento com a África não foi só de natureza mate-rial, também foi de cultura. Com a particularidade significativa de não serem só os portugueses a permutarem valores. Também outros, de outras terras descobertas, como os brasileiros, influenciaram os escritores africanos, indirectamente, através de publicações como o *Almanach das Lembranças Luso-Brasileiro* ou, directamente, pela obra de sociólogos, poetas ou romancistas como Gilberto Freire, Manuel Ban-deira ou Jorge Amado.

Quanto à viagem da religião cristã

Como afirmou Zurara na *Crónica dos Feitos da Guiné,* uma das razões do Infante D. Henrique para a expansão era a da dilatação da fé cristã, pelo que nas naus viajavam sempre missionários que se esta-beleceriam nas terras descobertas ou conquistadas, evangelizando segundo um modo próprio da maneira dos portugueses se instalarem nas novas terras: à volta da presença militar e das relações comerciais

---

21 José E. Mendes Ferrão, *A Aventura das Plantas dos Descobrimentos Portugueses*, Lisboa, IICT, 1992, p. 11.

As viagens e os viajantes para os portos da lusofonia

em vez de persuasões e acções autoritárias de proclamação directa[22], mas, de harmonia com o "direito do Padroado". Segundo esse acordo entre o Estado e a Igreja portuguesa, o Rei tinha o direito de aprovar os "benefícios" eclesiásticos, incluindo a nomeação de bispos, e a Igreja o direito a que a Coroa procedesse à construção, de edifícios e manutenção e sustentação dos missionários.

Deste modo, a criação de novas cristandades foi acompanhada pela criação de dioceses, o que, por si só, representava uma situação de autonomia e gestão locais em relação à missionação dependente da Metrópole.

No início, foi à diocese do Funchal, criada em 1514, que coube a jurisdição sobre todas as ilhas e territórios descobertos ou conquistados, tornando-se, durante algum tempo, a maior diocese do mundo, estendendo a sua tutela ao Brasil, África, Índia e outras terras do Oriente.

A primeira das novas dioceses criadas foi a de Ceuta, donde partira a invasão muçulmana da Península, e por onde agora se iniciava a "réplica" (1421). Seguiram-se Goa (1532), Bahia (1551), Etiópia (1555), Malaca (1558), Japão (1588), Pequim (1690).

Na evangelização de tão grande parte do globo, alguns desses missionários podem ser tomados como verdadeiros símbolos da cristianização de vários continentes.

No Brasil, os jesuítas, nomeadamente o padre José de Anchieta, evangelizaram os índios e, entre outras obras, deram início à povoação que viria a ser a grande cidade de S. Paulo, e também se notabilizaram os franciscanos, especialmente frei Cristóvão de Lisboa, notável naturalista e grande opositor à escravatura.[23]

Na África, é de relevar o facto simbólico da escolha de um negro para o episcopado, sendo sagrado bispo D. Henrique, filho do rei do

---

22 Miguel de Oliveira, *História Eclesiástica de Portugal*, Ed. revista e actualizada, Lisboa, Europa-américa, 1994, pp. 137-140.

23 Arlindo Rubert, *A Igreja no Brasil*, Santa Maria, Pallotti, 1981.

Congo, em 1521.[24] Num continente tão carecido, notabilizaram-se várias ordens religiosas, masculinas e femininas, na formação das populações ensinando artes e ofícios, construindo hospitais e prestando assistência, especialmente a leprosos, doentes da malária, doença do sono, etc.

Na Índia, "a Goa dourada" transformou-se na "Roma do Oriente", difundindo o cristianismo e tornando-se o maior centro de peregrinações do Oriente pelo culto a S. Francisco Xavier. Emblemática também a figura do mártir S. João de Brito (em 1693) que inovou e aculturou os métodos de apostolado, evangelizando os párias.

Mas, sem dúvida, a grande figura de missionário é Francisco Xavier, que chegou a Goa em 1542, e estendeu a sua acção a outras regiões: Costa da Pescaria, Malaca, Molucas, Japão, só não entrando na China por entraves que lhe moveram, e a morte que lhe sobreveio.

Na China, foi particularmente relevante a acção dos missionários que, sob a égide da já referida ciência astronómica, evangelizaram sobretudo os intelectuais, tendo vencido, em momentos de perseguição, e nos tribunais, as ofensivas dos "Regentes Tártaros". Em 1669 foi-lhes passando solene documento em chinês e latim, reconhecendo a liberdade de evangelizar.[25]

Da cristandade do Japão[26] é significativo que a sua projecção tenha sido tal que deu origem ao "século cristão", iniciado por Francisco Xavier e que, após a conversão dos daimios de Omura e Arima, e da embaixada dos quatro Príncipes à Europa, atingiu elevado número de convertidos, quase meio milhão.

Seguiram-se depois as perseguições, com numerosos mártires, cerca de 205, especialmente em Nagasaqui.

---

24 Fortunato de Almeida, *História da Igreja em Portugal,* Nova Edição, Porto, Civilização, II vol., 1968.

25 Horácio Peixoto de Araújo, *Os Jesuítas no Império da China*, Macau, Ipar, 2000.

26 Roberto Carneiro e Teodoro de Matos (Coord.) *O Século Cristão no Japão*, Lisboa, UCP, 1994.

3. Os portos/países de desembarque

Toda esta viagem de epopeia teve desembarques em variados continentes. Durante mais de quatrocentos anos deles deriva uma convivência, ora pacífica ora conflituosa, mas que se saldou positivamente.

Através de acções conduzidas segundo mentalidade e processos que variaram conforme os séculos, houve um enraizamento solidário, miscegenação, desenvolvimento, permuta cultural, acção catequético-civilizacional, apesar de alguns comportamentos negativos como os da escravatura, do racismo que, embora menor que o de outras potências colonizadoras não deixou de o ser, destruição ou minimização de valores locais, abusos na extracção de recursos.

Criou-se, assim, um fundo cultural comum de empatia e de solidariedade que persistiu em sete portos principais de desembarque, Angola, Brasil, Cabo Verde, Guiné, Moçambique, S. Tomé e Príncipe, Timor. Daí vieram a formar-se nações independentes, seguindo o seu próprio rumo, e regiões (Galiza, Casamansa, Goa e outros pequenos territórios asiáticos, Macau) integradas em outros países de outras culturas, que não esqueceram laços linguísticos, culturais, patrimoniais que as associam ao grupo dos países lusófonos.

A Lusofonia não é, pois, uma criação artificial decidida por qualquer tratado, é o ponto de chegada de muitas viagens que agora prosseguem para novas etapas, guiadas por uma certa concepção e projecto de unidade e entreajuda.

Por isso a Lusofonia é, simultaneamente, utopia criadora e realidade que se constrói todos os dias, formulada à volta do mito do Quinto Império.

É que, na esperança e expectativa de um messianismo sebastianista, mergulham as raízes da utopia do Quinto Império, entre o pessimismo do *Tratado da Quinta Monarquia- Infelicidades de Portugal Profetizadas*, de Frei Sebastião de Paiva, e o optimismo de Vieira nos *Sermões*, *História do Futuro*, *Clavis Prophetarum*. Para Vieira era preciso "converter e reformar o Mundo, florescendo mais que nunca o culto divino, a justiça, a paz e todas as virtudes cristãs", como se preconiza na *História do Futuro*.

Fernando pessoa reformulou este sonho criando, na lógica da sucessão dos Impérios da Antiguidade, um futuro para o Quinto Império português, na *Mensagem*, no *Livro do Desassossego* e em textos que deixou inéditos, hoje em grande número publicados. E quanto ao "Império", ele já não é de natureza religiosa, mas cultural, linguística.

Nessa etapa da sucessão não haveria lugar para um Quinto Império material, mas espiritual, inspirado na história cultural grega, na linha de sucessão do Quarto Império da Europa laica do Renascimento.

É nesse império, onde se irá ultrapassar a "fraqueza do sebastianismo tradicional", que a língua portuguesa desempenha papel essencial, por estar dotada de "condições imediatas do império da cultura", baseadas nas suas capacidades de plasticidade, riqueza expressiva, expansão e geografia linguística amplas, e número considerável de falantes, como consta dos textos que têm vindo a ser publicados.

Daí que a expressão do heterónimo Bernardo Soares no *Livro do Desassossego* "Não tenho sentimento nenhum político ou social, tenho, porém, num sentido, um alto sentimento patriótico. Minha Pátria é a língua portuguesa", não possa ser entendida de maneira abstracta ou simplesmente simbólica, mas como opção a favor de uma realidade concreta que é preciso consolidar e projectar no futuro.

Estas concepções da língua e da cultura como pátria exigem uma leitura que vai, em consequência, muito para além de algumas interpretações meramente simbólicas ou míticas.

Pessoa afirma claramente: "a base da pátria é o idioma, porque o idioma é o pensamento em acção, e o homem é um animal pensante, e a acção é a essência da vida", descendo o poeta à minúcia das citadas "condições imediatas do Império da cultura", objectivadas em itens e alíneas que contemplam tanto a sua aptidão expressiva, como a sua situação geográfica e o considerável número de falantes.[27]

---

[27] Joel Serrão e Outros, *Fernando Pessoa-Sobre Portugal*, Lisboa, Ática, 1979, p. 121.

Requisitos esses totalmente preenchidos pela língua e cultura portuguesas e as línguas e culturas de outros povos a elas associadas.

Por isso é que já não falamos hoje em "Império", quinto ou outro, porque império significa dominação, e falamos sim em Lusofonia, porque ela significa diálogo na língua comum.

Estas têm sido as viagens em direcção aos portos da Lusofonia.

Sem elas, a Lusofonia não passaria de criação artificial. Através delas, a Lusofonia é uma confluência de ideais e de vontades.

Invitación al Viaje, Mérida, 2006.

A nossa língua como património português
e património de outros patrimónios

Nos últimos tempos, em que os problemas do ensino do português e a constatação da Lusofonia têm ocupado a atenção e a consideração, cada vez maior, não apenas de professores, linguistas e políticos, mas também do grande público, alguns conceitos fundamentais sobre a língua tornaram-se comuns: as expressões "língua materna", "língua segunda", "língua oficial"...

Por língua materna já todos entenderam a que é aprendida com o leite da mãe; por língua segunda, a que, sendo também própria, se usa em contextos especiais, menos próximos, e com um grau de socialização mais amplo que o doméstico, reservando-se para o conceito de língua oficial a que, segundo a Unesco, é utilizada nas diversas actividades oficiais: legislativas, executivas e judiciais, de um Estado.

Impõe-se, contudo, acrescentar a estas designações, uma outra, de cuja importância tanto nós os portugueses, como os outros, vamos tomando consciência, a de "língua de património" que encerra um conteúdo que só indirectamente está incluído nas outras designações: isto é, o tesouro das "provas" da nossa identidade, da herança de ideias, sentimentos e realizações acumuladas durante séculos. Tesouro esse que é também daqueles que connosco partilharam no passado, e partilham no presente, a mesma forma de comunicação.

O conceito de "língua do património", embora solidário com o conceito de "língua histórica", especialmente no seu aspecto de fautora de unidade e identidade, contudo o ultrapassa, ou até dele se afasta um tanto, ao valorizar mais a funcionalidade dos usos ao longo da História, do que o aspecto da exemplaridade.

E a razão é simples, devida ao facto de, conforme registam os Dicionários, por património se entender, em conformidade com a sua etimologia, o que se recebeu do *pater*, do pai, que é herdado, e que não só se está a usufruir, mas que é também para transmitir.

A herança dos bens herdados dos antepassados tanto pode ser de bens materiais como espirituais, bens que tanto podem consistir no nome e prestígio da família, como na sua genética, ou nos chamados bens de raiz. Bens esses que têm uma relação matricial com os detentores da herança, sejam pessoas ou seja a própria nação e que, por isso, se distinguem dos outros bens patrimoniais. Vínculo esse que Camões celebrou nos *Lusíadas* ao interpelar o Rei para que veja o que o liga ao seu povo, e o que une esse mesmo povo: "vereis um novo exemplo/De amor dos pátrios feitos valorosos/Em versos divulgados numerosos/ (...) Vereis amor da Pátria, não movido/ De prémio vil, mas alto e quase eterno(...) Ouvis, vereis o nome engrandecido/Daqueles de quem sois Senhor superno/E julgareis qual é o mais excelente/Se ser do mundo Rei, se de tal gente"[1].

I. A língua património da identidade portuguesa

Entendemos, por isso, por "língua de património", a língua da nação portuguesa que, solidária com a pátria, a formou e foi por ela formada, ao longo dos séculos. Língua que foi recolhendo e valorizando ideias, sentimentos, factos traduzidos e conservados na escrita dos mais variados domínios: expressão linguística, literatura, religião, arte etc. e tanto positivos como negativos.

Por sua vez, com a gesta dos Descobrimentos, essa nossa língua de património também contribuiu para a construção e conservação, através da escrita, do património cultural de outros povos, o que, de modo reversivo, amplia na nossa língua a sua feição universalista, por incorporar, através de elementos de outras línguas e culturas, uma maior plasticidade e capacidade de diálogo.

---

[1] Luís de Camões, *Os Lusíadas*, Canto I, 9-10.

Porque tem sido essa a história da língua portuguesa: inculta e rude nos formulários tabeliónicos ou religiosos do século XII, rapidamente se emancipou da fase galego-portuguesa, adquiriu feição literária já no século XIV em textos como a *Crónica Geral de Espanha*, ataviando-se depois com latinismos eruditos no século XV.

Com as navegações oceânicas, tornou mais ampla e flexível a sua estrutura gramatical, enriquecendo-se com o léxico trazido pelos marinheiros das naus, das mais variadas línguas do mundo.

No século XVI, os gramáticos que, entretanto, surgiram, se encarregaram de a apurar e disciplinar modernizando-a, como é patente nos *Lusíadas*.

Sensível às correntes culturais dominantes, ora ia cedendo à pressão castelhana dos séculos XVI e XVII, ora à sedução francesa dos séculos XVIII e XIX.

Mas tendo-se tornado língua adulta e de expansão mundial, sacudiu orgulhosamente o excesso do latinismos, castelhanismos e francesismos, afirmando a sua plenitude soberana. Primeiro com Vieira e Bernardes e, depois, alienando o que havia nela de sisudez, fazendo-se plástica com Garrett ou Eça de Queirós.

E assim, a língua se foi formando, guardando tesouros, afirmando-se, consolidando o património da identidade nacional de que a língua é, simultaneamente, causa e efeito.

E por identidade nacional (do latim *idem*, o mesmo) entendemos a capacidade da nação se reconhecer em si, e ser reconhecida na sua diferença com as outras, o que envolve coerência e continuidade, simbólica e social, aberta a outros contributos culturais que a enriquecem ao longo dos tempos.

E é na língua, através da sua forma escrita, em especial, que esse património se vai explicitando, encadeando e transmitindo, reforçando a unidade e a coerência. Até porque, como explicam os linguistas, cada língua possui mundividência própria no entendimento da realidade, modulando a percepção da vida e dos acontecimentos, articulando a sua estrutura com formas gramaticais próprias de tipo sintático ou morfológico, distinguido ou ignorando modos de dizer, criando uma coesão entre os que a têm por sua, e marcando uma fronteira em relação aos outros.

O nosso património da língua escrita

Todos os países têm na sua língua guardado um património precioso, mais antigo ou moderno, conforme as suas idades.

Por nossa parte, orgulhamo-nos do nosso, de longos anos de existência e de excepcional riqueza, sabendo que esse património é também parte do património de outras línguas e culturas.

É que nesse património escrito nos reconhecemos em continuidade com os antepassados e com o que nos legaram, desde os Cancioneiros até às crónicas históricas, à ficção, ao ensaismo inquiridor e de problematização, a todas as forma de poesia e teatro.

Deste modo, entendemos como primeira e mais importante riqueza do nosso património, aquilo a que Paul Ricoeur chamou "identidade narrativa", ao explicar a unidade psicológica do indivíduo, e que é também colectiva.

Há pois uma "identidade narrativa" do colectivo da nação portuguesa, formada pela multiplicidade de narrativas da nossa vivência ao longo dos séculos, e que transparece na literatura, ao ponto de, auscultando-se-lhe as características, conhecer-se a identidade do povo que criou essa mesma literatura.

Características essas que vão do optimismo ao pessimismo, do derramamento lírico aos atrevimentos épicos, como as definiram Teófilo de Braga, Teixeira de Pascoais, Oliveira Martins, João de Castro Osório, Latino Coelho, António Sardinha, Cunha Leão, Fidelino Figueiredo, Jacinto do Prado Coelho e tantos outros.

Assim se exprimia Teixeira de Pascoais: "Cada pátria tem o seu verbo, e uma alma inconfundível, portanto. Ora, ter uma alma própria, original, corresponde a ter um modo específico de compreender a vida, o amor, a piedade, a fraternidade, a justiça. Cada Pátria criará a sua justiça futura, assim como criou a sua língua, o seu aspecto moral, etc. (…) Dar à Pátria portuguesa a consciência do seu ser espiritual, é dar

A nossa língua como património português e património de outros patrimónios 71

mais relevo, nitidez e vida à sua presença entre as outras nações e prepará-la, sobretudo, para o cumprimento dum alto destino"[2].

De forma pragmática, Fidelino de Figueiredo vai definir como características do património literário português, homólogo do património nacional, aquilo que nos permite "esboçar as predominantes feições morais e estéticas de cerca de oito séculos de produtividade literária, deste modo: "reconhecemos como mais relevantes características desse desenvolvimento: o ciclo das descobertas, o predomínio do lirismo, a frequência do gosto épico, a escassez de teatro, a carência do espírito crítico e do espírito filosófico, a separação do público, um certo misticismo do pensamento e sentimento".[3]

E, no mesmo sentido de Fidelino, com algumas propostas de actualização, se situam os autores que Jacinto do Prado Coelho analisou na sua obra *Originalidade da Literatura Portuguesa*, por sua vez concluindo que "se tivermos em conta os autores como Fidelino de Figueiredo, Aubrey Bell, António Sérgio, António Salgado Júnior, e também algumas achegas de historiadores, etnólogos e ensaístas como Jaime Cortesão, Jorge Dias, etc., poderemos talvez concluir que duas tónicas fundamentais individualizam a cultura e literatura nacionais: o subjectivismo e a acção."

Se dessas características gerais, quiséssemos passar à menção dos escritores que integram o nosso património literário, demasiado longa seria a lista, bastando evocar apenas os maiores: Gil Vicente, Camões, Vieira, Herculano, Camilo, Eça, Ramalho, Pessoa, Torga, Sofia, Agustina, Saramago.

Deste modo, parece claro que a língua escrita regista e conserva, para além do património literário, todos os outros, desde o histórico ao religioso e artístico.

Mais voltados para a objectividade dos factos, os cronistas e historiadores registam em anais, crónicas, hagiografias, livros de linha-

---

[2] Teixeira de Pascoaes, *O Génio Português*, Porto, Renascença Portuguesa, 1913, pp. 12-13.
[3] Fidelino de Figueiredo, *Características da Literatura Portuguesa*, Lisboa, Clássica Editora, 1915, pp. 10-11.

gens, epistolografia, legislação, etc. que se guardam em arquivos como a Torre do Tombo, o Arquivo Histórico Ultramarino, o Arquivo de Goa, as Bibliotecas Nacionais de Lisboa, a do Rio, a da Ajuda, as das Academias das Ciências e da História, bem como os arquivos regionais do Porto, de Coimbra, de Braga, de Évora. E que dizer de manuscritos e impressos sem conta?

Aí se conservam por escrito as inquirições e reflexões dos cronistas e historiadores como Fernão Lopes, Zurara, Pina, Damião de Goes, Castanheda, Galvão, Alexandre Herculano, Visconde de Santarém, Oliveira Martins, Damião Peres, Jaime Cortesão... até os dias de hoje, com Oliveira Marques, Magalhães Godinho, Veríssimo Serrão ou José Mattoso.

Património esse que tanto se refere à história política da formação e expansão de Portugal, como à história antropológica na relação homem-meio-sociedade, como à história cultural, intimamente ligada à literatura, à filosofia, às artes, tal como à história eclesiástica das relações Igreja-Estado, e da evangelização e à criação de inúmeras dioceses em todo o império português, como à história das mentalidades, quer dos comportamentos, quer das representações do inconsciente colectivo.

Património escrito do pensamento português, aceite-se ou não a existência de uma filosofia portuguesa. Não se podem ignorar os nossos filósofos e pensadores, como Paulo Orósio, Álvaro Pais, D. Duarte, Infante D. Pedro, Frei João Claro ou Pedro Hispano, e obras como *Horto de Esposo* ou *Boosco Deleitoso*. Pensamento continuado e enriquecido por Duarte Pacheco Pereira, Francisco Sanches, Leão Hebreu, Samuel Usque, Pedro da Fonseca, Frei João São Tomás, Serafim de Freitas, Vieira, e continuado pelos filósofos iluministas como Rafael Bluteau, Pina e Proença, Luís António Verney, Ribeiro Sanches, Teodoro de Almeida, e depois por Antero de Quental ou Teófilo de Braga, iluminando os nossos tempos com as reflexões de Teixeira de Pascoaes, Leonardo Coimbra, António Sérgio, Álvaro Ribeiro, Delfim Santos. Ou, já em quadro de autêntica utopia, de Agostinho da Silva, que na expressão do filósofo José Marinho "se insere de modo explícito e

A nossa língua como património português e património de outros patrimónios 73

directo na corrente missionário-profética (…) visão profética e consequente interpretação da história e de vida dos portugueses, intimamente ligadas ao Brasil."[4]

Património escrito de carácter religioso, também registado em vastíssima bibliografia de cartilhas para ensinar as primeiras letras, catecismos, tratados de ascética e mística, de teologia, inumeráveis sermões da liturgia do tempo, especialmente Advento e Quaresma ou em honra da Virgem, ou de panegírico por sucessos colectivos ou exéquias, pastorais dos bispos, poesia ascética e mística, epistolografia, sobretudo das chamadas "cartas ânuas".

Obras saídas da pena de religiosos e escritores como Santo António, Heitor Pinto, Amador Arraes, Tomé de Jesus, Vieira, Bernardes, Sena Freitas, Silva Rego ou Vitorino Nemésio – um dos maiores poetas cristãos contemporâneos.

Seria interminável inventariar ainda outro inestimável património escrito relativo às ciências, às artes, ao jornalismo.

A língua portuguesa património da lusofonia

A nossa língua também é património para outros sete países que usam a mesma língua, por isso chamados "lusófonos".

Património oral e escrito, pela adopção que, soberanamente, esses países, antigas colónias, fizeram da língua, em uso materno ou oficial, nos diversos usos da comunicação, do ensino, da religião, da ciência, ao ponto de todos sermos condóminos de um bem comum.

Referindo-se não só a Cabo Verde, mas a todos os outros países lusófonos, Manuel Ferreira assim explicou na decisão de adoptarem a língua portuguesa:

"Partiram do princípio de que a língua é um facto cultural e os factos culturais começam por pertencer a quem os produz, é certo,

---

4 José Marinho, *Verdade, Condição e Destino no Pensamento Português Contemporâneo*, Porto, Lello e Irmão, 1976, p. 246.

mas a partir daí deixam de ter dono: são de quem os quiser ou tiver necessidade de os utilizar. Reapropriaram-se da língua portuguesa como se deles fosse. Assumiram-na com toda a dignidade e naturalidade, e agora reintroduzem-na por todo o seu espaço nacional, privilegiando--se, difundindo-a, dando-lhe um estatuto nobre, ao tempo que a vão interiorizando-a, tornando-a totalmente sua. Tão sua que a modificam, a alteram, a adoptam ao universo nacional ou regional, e a transformam, no plano da oralidade, e no plano da escrita (...) A língua portuguesa deixa de ser, portanto, de Portugal, para ser de todos os países. Do Brasil, da Galiza, de Timor Leste, de toda a parte onde ela se fala com expressão numérica e social".[5]

Em consequência, a língua portuguesa é também o grande património escrito dos países lusófonos, devido a séculos de convivência linguística e cultural, de tal modo que é impossível esses países conhecerem o seu passado sem recorrerem à documentação escrita em português, desde questões como a delimitação de fronteiras, ao regime hidrográfico do território, às crenças, usos, costumes, toponímia, antroponímia etc.

Alguns exemplos: pode o Brasil ignorar textos de decisões tão amplas como o Tratado de Tordesilhas, ou restritas, como os Tratados de Lisboa, de 1750, e do Pardo de 1761 sobre conflitos de soberania no Norte do Amazonas?

Pode Angola ignorar a *História Geral das Guerras Angolanas* de António de Oliveira Cadornega de 1680, não só para conhecer a ocupação e desenvolvimento de Angola, mas também da sua relação com o Brasil?

Pode Moçambique ignorar os documentos arrolados na *Documentação Avulsa de Moçambique* do Arquivo Histórico Ultramarino ou os *Documentos sobre os Portugueses em Moçambique e na África Austral (1497--1840)*?

---

5 Manuel Ferreira, *Que Futuro para a Língua Portuguesa em África*, Linda-a-Velha, Alac, 1988, pp. 77-78.

Poderão Cabo Verde, Guiné, S. Tomé e Príncipe dispensar a documentação encerrada nos diversos volumes das Fontes para a *História do Antigo Ultramar Português* da Academia Portuguesa da História?

E sobre a história religiosa, e não só, Timor também poderá dispensar a *Documentação para a História das Missões do Oriente – Insulíndia* da Agência Geral do Ultramar?

E o que se passa em relação aos países lusófonos é semelhante ao que é necessário saber quanto às regiões lusófonas situadas em países não lusófonos, como Galiza, Goa, Macau, Casamansa... quer quanto à História, quer quanto às peculiaridades próprias dessas regiões em que, desde a língua aos costumes, a aculturação criou identidades próprias, diferentes das circundantes.

Património também de povos de outras línguas, especialmente da áfrica e da ásia

A expansão portuguesa pelo mundo, apesar da escassez de recursos, foi possível também pelo carácter próprio do português que facilitou as aproximações, desde a miscegenação às aculturações, às permutas de ideias, de cultura, de outros bens, como o reconhecem povos com os quais se esteve em contacto.

No domínio cultural, a permuta linguística foi bilateral, de tal forma que a nossa língua, para outros povos de outras culturas, é também património histórico, artístico, militar, religioso.

Ilustremos este aspecto com referências, sobretudo, à África e à Ásia:

Com toda a objectividade de quem fez justiça, o antropólogo francês Joseph Lafitau, em 1733, ao contrário de muitos dos historiadores seus compatriotas que querem ignorar a nossa importância histórica na Expansão, vê nos descobrimentos portugueses, motivo de gratidão para o mundo inteiro. Após várias considerações de ordem religiosa afirma: «Nous devons sentir que notre reconnaissance lui est engagée pour nous les avoir procurés surtout si nous faisons attention qu'ils sont le

fruit de près de deux cents ans de travaux et de fatigues immenses (...)
Vaincre les obstacles les plus insurmontables par une patiente et un
courage à l'épreuve, mettre de grands hommes en tout genre des scè-
nes, prendre l'ascendant partout où ils se montrent, malgré leur petit
nombre, établir leur reputation et leur domaine sur la ruine des Empi-
res, et forcer, en quelque sorte la fortune à les seconder toujours
d'heureux succès».[6] Por estes motivos, aquele que tem sido apelidado
de pai da Antropologia Comparada, julgou ser seu dever publicar uma
obra sobre os Descobrimentos Portugueses, para que os franceses os
conhecessem: "Les découvertes et les conquêstes des portugais ont eu
trop d'éclat dans leur temps pour être ignorées (...) une nation a qui
le monde se trouve si redevable, et dont les actions méritent si fort
d'être transmites en détail à la postérité ». Por isso, escreveu *Histoire
des Découvertes et Conquêstes des Portugais dans le Nouveau Monde*, de
cujo prefácio constam estas afirmações.

A este testemunho parece importante juntar outros, dentre muitos
semelhantes. Por exemplo de um goês, Mons. Sebastião Rodolfo Dalgado que, no prefácio do seu monumental *Glossário Luso- Asiático*, afirma: "Mas nem por isso ficará de todo olvidado o glorioso nome da
heróica nação que, descerrando as portas do Oriente, foi a primeira a
implantar a civilização do Ocidente, conquistando terras para o rei e
ganhando almas para Cristo.

As colossais fortalezas com que se depara a cada passo, e que são
como os padrões na África: o padroado eclesiástico que, se bem que
cerceado, ainda cobre uma vasta área; e os apelidos portugueses que
ressoam por toda a Índia, atestam eloquentemente a sua passagem
luminosa que, embora efémera em várias partes, exerceu, todavia,
poderosa influência e deixou vestígios por todo o Oriente".[7]

Foi essa expansão portuguesa acompanhada de um tipo de relacionamento humano que facilitou o diálogo e o intercâmbio, porque,

---

6 Joseph François Lafitau, *Histoire des Découvertes et Conquêstes des Portugais dans le Nouveau
   Monde*, Paris, Sangrain Père, 1733.
7 Mons. Sebastião Dalgado, *Glossário Luso-Asiático*, Hamburg, Buske, 1982.

como explicou Mons. Dalgado, os portugueses "adaptarem-se ao ambiente em que viviam; faziam-se índios com os índios, chineses com os chineses, japões com os japões, naires com os naires, brâmanes com os brâmanes".[8]

Tornou esse tipo de adesão mais fácil o estabelecimento da língua portuguesa como língua franca mundial, isto é, língua de uso universal de que todos se serviam, quer para o relacionamento com povos que falavam línguas diferentes da sua, quer para mediar a paz pondo fim a guerras, quer para o comércio e religião.

É bem conhecida a insuspeita constatação do francês Marius F. Valkhoff: "Fora de Portugal pouca gente sabe que o português foi a língua mundial antes que o francês começasse a desempenhar esse papel e, mais tarde, o inglês. Essa velha *língua franca* portuguesa assumiu várias formas mais ou menos criToulizadas segundo os lugares e as circunstâncias"[9]. Igualmente o demonstraram, segundo David Lopes, Purchas, Hamilton, Niecamp, Buchanan...

Assim acontecia, por exemplo, na África, onde desde muito cedo a nossa língua foi introduzida.

Refutando as afirmações erróneas e preconceituosas de alguns historiadores franceses, o Visconde de Santarém demonstrou, sobretudo na sua obra *Prioridade dos Descobrimentos Portugueses*, como a colonização portuguesa antecedeu as outras, pois quando outros colonizadores entraram em terras africanas, já lá ouviam falar e comerciar em português.

Nessa obra mostra como "os antigos portugueses frequentam a África perto de dez séculos antes que os Normandos ousassem passar além da Mancha".[10]

---

8 *Idem*, *ibidem*, p. XIV.

9 Marius F. Valkhoff, *Miscelânea Luso-Africana*, Lisboa, Junta de Investigações Científicas do Ultramar, 1975, apresentação.

10 Visconde de Santarém, *Prioridade dos Descobrimentos Portugueses*, Lisboa, Comissão do V Centenário do Infante D. Henrique, 1958, p. 12.

E, refutando "um certo Villaut de Bellefond que fez a viagem à Costa da Guiné em 1666 e escreveu "Remarques sur les Côtes d'África" e pretendeu que foram os navegadores franceses os primeiros a viajar na África, provou através da cartografia que os portugueses, desde 1415, até ao fim do reinado de D. João II (1495), já conheciam toda a costa daquele continente desde o Cabo Bojador até para além do grande Golfo da Guiné". Mais, chamou a atenção para o facto das "cartas hidrogeográficas servirem de elemento às de todas as nações, desde o século XV".[11]

E, até como prova dessa prioridade portuguesa, vai buscar ao próprio relato de Villaut a confissão de que os povos por ele encontrados já falavam português. Por exemplo, nestas afirmações: «il est surprenant que ces peuples qui ne savent ni lire ni écrire, et qui parlent tous portugais…» (p.53) ; «il s'Y trouve des catholiques, outre des portugais, qui y demeurent en grand nombre» (p.55) ; «tous, tant hommes que femmes, parlent un portugais corrompu» (p.59).

Conclui o Visconde: "Com efeito, ele encontrou na costa e em toda a parte nomes portugueses, e os naturais não só falando português, mas, o que é mais, é que em algumas partes aqueles povos falavam a língua portuguesa corrompida, prova de relações conservadas por longo tempo, e que os mesmos habitantes conduziam os portugueses pelo interior, e os transportavam a lugares remotos, uns dos outros, em plena segurança, o que não acontecia aos outros europeus."[12]

Nesta mesma tarefa de mostrar como os portugueses e a sua língua serviram os outros povos, também o Visconde escreveu, entre outros, *Estudos de Cartographia Antiga*[13] onde dá notícia de manuscritos fazendo a descrição de rios como o Nilo, ilhas, cartas de cidades como "Jerusalém ao centro do Mundo", montanhas como a do Atlas, regiões longínquas como a Líbia, a Nova Holanda, o Mar Cáspio.....

---

[11] *Idem, ibidem*, p. 131.
[12] *Idem, ibidem*, p. 41.
[13] *Idem, Estudos de Cartographia Antiga*, Lisboa, Imprensa Nacional, 1919.

A nossa língua como património português e património de outros patrimónios   79

Em relação aos árabes, as obras de David Lopes incidem, sobretudo, no que em nosso património linguístico recebemos deles, considerando em *Toponímia Árabe de Portugal* vasto vocabulário proveniente de vocabulários de origens várias peninsulares e que, "passando pela fieira do árabe, por ele se hão-de explicar", e vocábulos puramente árabes ou que eles introduziram na Península".[14]

Do mesmo se ocupou em *Cousas Luso-Marroquinas*, alinhando ao longo de 15 páginas "notas filológicas sobre as particularidades vocabulares do português das praças de África".

Também considerando a herança linguística que recebemos dos árabes, Frei João de Sousa organizou um léxico das "palavras e nomes portugueses, que tem origem arábica, em *Vestígios da Língua Arábica em Portugal*."

É que era grande a influência e a familiaridade árabe entre nós ao ponto de, referindo-se aos séculos XII e XIII, Álvaro de Córdova poder dizer, "Ai! os mancebos cristãos que mostram talento só conhecem a língua e a literatura árabes; lêem e estudam, com o maior entusiasmo, os livros árabes; formam com eles grandes bibliotecas e proclamam em toda a parte que essa literatura é admirável. Falai-lhes de livros cristãos e eles responder-vos-ão, desdenhosamente, que esses livros são indignos de atenção".[15]

Em relação à Índia, o inventário de Sebastião Dalgado no seu *Glossário Luso-Asiático* é muito vasto.

Começando por citar Consiglieri Pedroso em sua obra sobre a *Influência dos Descobrimentos Portugueses na História da Civilização* chama a atenção para que "a nova botânica, a nova zoologia, a nova antropologia, a nova geografia, a nova etnologia" abriram novos campos a vários tipos de investigação, às ciências sociais, históricas ou à linguística, por isso se propõe analisar, tanto a influência do Oriente em Portugal e a influência dos idiomas asiáticos na língua portuguesa,

14 *Idem*, "Toponímia árabe de Portugal", *Revue Hispanique*, Tome IX, Paris, 1902.
15 Sebastião Rudolfo Dalgado, *ibidem*, p. XVII.

80 Da Lusitanidade à Lusofonia

como vice-versa, a dos nomes portugueses dados a objectos orientais, sem deixar de lado a influência dos idiomas asiáticos com outras línguas europeias, sobretudo por mediação da língua portuguesa.

Realidade cultural e linguística esta bem explicável. Pouco depois da chegada dos portugueses à Índia, a sua fala modificada e simplificada, torna-se língua franca e meio ordinário de comunicação entre os europeus e os naturais, entre os europeus de diversas nacionalidades e entre os próprios indígenas de diferentes idiomas; e fraccionou-se rapidamente em numerosos crioulos até hoje existentes fora do domínio português."[16]

Quanto aos nomes portugueses usados no Oriente, Dalgado anota que, quando Vasco da Gama e companheiros passaram o Bojador e o "mar tenebroso", viram aves, peixes etc. que nunca tinham visto a que deram os nomes que julgaram mais apropriados e que, "posteriormente, foram adoptados por outras nações, por exemplo: mangas-de-veludo, feijões-frades, peixe-bonito, albacora, etc. Do mesmo modo, palavras portuguesas adquiriram na Índia significações especiais, por exemplo: casta, bailadeira, bacia, etc. E da mesma forma, elementos da fauna da Ásia meridional, da geografia física, dos fenómenos meteorológicos, das religiões.

Destas permutas se conclui que "se cessaram as relações com Portugal (como aconteceu com o Japão Maluco (Ormuz), elas só podem ser conhecidas pela nossa antiga Literatura Oriental, verdadeiramente nacional".

Quanto aos outros países europeus, porque indivíduos de várias nações acompanharam os navegadores portugueses, como artilheiros ou aventureiros esse vocabulário está, "nas obras que escreveram ou que trasladaram dos originais portugueses, de que apropriaram, reproduziram, de ordinário, os vocábulos asiáticos, na forma e no sentido em que os conquistadores normalmente os empregavam, como se vê nos livros de Empoli Sasseti, Balbi, Linschoten, Beaulieu, Pirard, Tavernier, etc.".[17]

[16] *Idem, ibidem*, p. XVII.
[17] *Ibidem*, p. XVIII.

A nossa língua como património português e património de outros patrimónios   81

A todo este vocabulário Dalgado dedica, no *Glossário*, mil e cem páginas, em ordem alfabética.

Em âmbito geográfico ainda mais largo, David Lopes relata factos e inúmera documentos dessa presença de língua portuguesa e do que ela registou para utilidade de ambas as partes envolvidas, começando por averbar, em quarenta cerradas páginas, as fontes bibliográficas estrangeiras onde se fala do uso da nossa língua no Oriente, mencionando documentos que vão de 1545 a 1922.

Bastam-nos alguns exemplos para aquilatar dessa importância: "Em 1596 foi feito um tratado de paz e comércio entre os holandeses e o governador do Reino de Bantam, Java, em língua portuguesa"; em 1598 o regente dos Países Baixos, Maurício de Nassau passou uma credencial para que o seu almirante Van Neck fosse bem acolhido pelos príncipes do Oriente, fazendo-lhes recomendações sobre o modo como se deviam comportar. Credencial essa toda escrita em português.

Assim começa: "Maurício de Nassau, Príncipe de Orange, Conde de Nassau., (etc.) a todos os Imperadores, Reis, Duques, Príncipes e Governadores de Províncias e Repúblicas."....[18]

Note-se, mais uma vez, que a credencial estava escrita em língua portuguesa, porque era essa a língua franca que os asiáticos entendiam, e não outra.

Quanto à China, basta-nos lembrar que na Corte de Pequim, nos séculos de XVI a XVIII, ensinavam e exerciam altas funções, no domínio da astronomia e da matemática, os chamados "Jesuítas astrónomos". Figuravam entre eles vários portugueses, que presidiram, em Pequim, ao "Tribunal da Matemática (Astronomia e Geografia) — verdadeiro Ministério do Interior, encarregado de elaborar o Calendário Imperial".[19]

---

[18] David Lopes, *A Expansão da Língua Portuguesa no Oriente nos Séculos XVI, XVII e XVIII*, pp. 29-30.

[19] Francisco Rodrigues, *Jesuítas Portugueses Astrónomos na China*, Macau, ICM, 1990, pp. 10-12.

Entre os portugueses salientou-se o Padre Manuel Dias que publicou várias obras em língua chinesa, e o Padre Gabriel de Magalhães que, este, mereceu a honra de, quando morreu, o próprio Imperador Kam-Hi ter escrito pela sua mão uma inscrição fúnebre em sua honra, que em estandarte de cetim amarelo acompanhou até à sepultura o cortejo.[20]

Grande foi a influência destes missionários que chegaram ao ponto de formularem em língua chinesa, e segundo o pensamento de Confúcio, a teologia de S. Tomás.

O que estes Jesuítas escreveram sobre a China, especialmente Gabriel de Magalhães ou o missionário, também Jesuíta, António de Gouveia em suas cartas "ânuas" para a Companhia de Jesus, não só são importantes para conhecer um passado histórico chinês, mas também para esclarecimento das famosas e tão lamentáveis "questões dos termos" sobre o nome de Deus, e a "questão dos ritos" que abalaram toda a evangelização, sobretudo na Ásia.[21]

Obra de interesse relevante também para a China é o *Dicionário Português-Chinês* dos Jesuítas Michele Ruggieri e Matteo Ricci, escrito entre 1583 e 1588[22], o primeiro *Dicionário* que liga a língua chinesa a uma língua ocidental, o português.

A sua importância, até por isso, é grande, acrescida de informações de carácter ortográfico lexical e semântico que ajudam a entender a evolução das duas línguas.

E também múltiplos documentos registam o vaivém das transacções comerciais, tendo por exemplo o Chinês Tien-Tsê-Chang feito uma resenha sobre *O Comércio Sino-Português entre 1514 e 1644*, arrolando também documentação portuguesa nessa síntese de fontes portuguesas e chinesas.[23]

---

[20] *Idem, ibidem.*

[21] Horácio Peixoto de Araújo, *Os Jesuítas no Império da China (1582-1680)*, Macau, IPOR, 2000, pp. 206-208.

[22] Michele Ruggieri e Matteo Ricci, *Dicionário Português-Chinês*, Lisboa, BNL/IPOR, 2001.

[23] Tien-Tsê-Chang, *O Comércio Sino-Chinês entre 1514 e 1644*, Lisboa, IPOR, 1997.

A nossa língua como património português e património de outros patrimónios 83

De grande abundância documental é a bibliografia sobre Macau e a sua influência, desde as obras de Charles Boxer às de Rui Loureiro ou do Padre Manuel Teixeira, abrangendo documentos referentes também a vários países da região.

Quanto ao Japão, também a título de exemplo, são documentos a ter em conta a *História da Igreja do Japão* e, muito particularmente, a sua *Arte Breve da Língua do Iapam*, de 1594, do Padre João Rodrigues Tçuzzu, bem como a monumental *História de Japan*, de outro Jesuíta, o Padre Luís Frois cujas cartas ânuas são verdadeiros retratos da vida japonesa, e que nos transmitiu também partes de catecismos em português que se utilizaram no país, sobretudo no chamado "século cristão".

Também muito elucidativo é o seu *Tratado dos Embaixadores Japões que foram do Japão a Roma*, de 1582, jovens embaixadores esses da cristandade japonesa que também vieram a Portugal.

Seria verdadeiramente infindável tentar o elenco completo das fontes em que a língua portuguesa regista património lusófono e de outras nações.

Parecem-nos suficientes as exemplificações feitas, sobretudo no que se refere ao conhecimento do passado.

Ainda alguns exemplos com consequências especiais no presente, os dos livros que relatam, descrevem e apresentam as plantas de fortalezas construídas pelo mundo além, tanto no Brasil, como na África e Ásia, e que hoje transformaram o seu valor militar em interesse turístico.

Por exemplo, no Brasil, do Forte do Príncipe Perfeito, e da Bahia. Na África e Ásia os Castelos reais e fortalezas do Mogador, Safim, S. Jorge da Mina, Azamor, Mazagão, Ana Chaves, em S. Tomé, S. Miguel de Luanda, Ilha de Moçambique, Quiloa, Mombaça, as fortalezas do Golfo Pérsico, Diu, Damão, de Goa-Aguada, Mormugão, Rachol, do Ceilão, de Malaca, etc.

A consulta das obras de Duarte D'Armas para o século XVI e outras posteriores, são muito elucidativas de um património histórico e autêntico em que as fortalezas transformaram o valor militar em interesse turístico.

Aliás, tal como o fez Duarte d'Armas, junto com a descrição das fortalezas, também estão descritas as bacias hidrográficas dos rios e regiões limítrofes, etc.

Não é pois sem razão que se deve atribuir à língua portuguesa um valor patrimonial de grande valia, não só para os lusófonos, mas também para vários outros povos.

Universidade Clássica de Lisboa, 2003.

Evolução histórica
do relacionamento cultural luso-brasileiro

O entendimento do modo como se tem processado o intercâmbio cultural luso-brasileiro, em especial no que toca às relações literárias, só pode ser correctamente equacionado se atendermos às dinâmicas socioculturais geradas na época colonial e primeiras décadas da independência, e à sua transformação posterior.

Antes dessa data ainda não se pode falar em intercâmbio cultural, dado que ele só pode existir, autenticamente, numa situação de diálogo entre países independentes.

Até ao segundo reinado, em 1840, não existia verdadeiramente uma cultura brasileira autónoma, embora o sistema literário já se processasse desde várias décadas anteriores. A cultura era a mesma que a portuguesa, e só a partir desse marco os factores de diferenciação aceleraram em direcção à autonomia e independência.

O intercâmbio cultural entre os dois países independentes vai exprimir-se, visivelmente, no início do século XX, por volta dos anos 20 e 30, por estarem então reunidas as condições para um diálogo entre iguais.

Para melhor o compreendermos, historiaremos, ainda que brevemente, esse processo histórico-cultural.

1. A dinâmica ascendente da valorização do Brasil

Três anos depois da independência, em 1825, Silvestre Pinheiro Ferreira, diplomata e jurista português que viveu na Corte do Rio até 1821 e regressou depois a Lisboa, tendo desempenhado o cargo de Ministro dos Negócios Estrangeiros durante algum tempo, propôs, num

"Parecer sobre o pacto federativo entre o Império do Brasil e o Reino de Portugal", um tipo de relacionamento que, certamente por ser demasiado precoce e não isento de uma espécie de recuperação neo-colonial, não teve qualquer seguimento positivo.

Contudo, deve reconhecer-se nesse gesto, não só o sentimento português de congénita ligação ao Brasil, mas também a génese de uma série longa de tentativas de colaboração privilegiada nos domínios especiais da cultura, do comércio, do entendimento político.

Talvez por isso, o entusiasmo da independência não só não repeliu imediatamente o passado colonial, como quase se limitou a condenar os agravos e ofensas dum passado recente. As recriminações relativas à colonização eram menores que as condenações iradas contra as decisões discriminatórias das Cortes de Lisboa de 1821, em que Portugal quis reconduzir o Brasil à anterior dependência administrativa, deixando de o reconhecer como Reino associado.

Exemplo disso é a atitude dos poetas da Independência e das comemorações do 7 de Setembro que, gratos ao liberalismo da revolução do Porto de 1820, aceite pelo Brasil com grande entusiasmo, se irmanavam aos portugueses também defraudados pelo absolutismo miguelista. Mais do que os agravos dos tempos da colonização, era inaceitável a "traição" ao que apelidavam de "Santo Liberalismo", "Constitucional Sistema Santo" como era exaltado no poema épico "A Independência do Brasil", de Teixeira de Sousa".[1]

Inevitavelmente, porém, passado o entusiasmo da independência, ganharam outro ritmo os processos da diferenciação. À independência política se procurava acrescentar, de facto, a independência económica e cultural. Por isso vão concorrer, durante algum tempo duas dinâmicas opostas: a ascendente da valoração de quanto é brasileiro, e a descendente de quanto é português, até se chegar a um ponto em que esta

---

[1] Fernando Cristóvão, "Os poetas ibero-americanos e a independência- I", *Actas do Colóquio Internacional de Presença Portuguesa na Região Platina*, Colónia de Sacramento (Uruguai), 2004.

segunda se submete à primeira, segundo o processo freudiano de "matar o pai".

A exaltação das realidades do Brasil, no âmbito cultural e literário é feita, primeiramente, pelos estrangeiros. Por exemplo, por Bouterwek (1805) e Sismondi de Sismondi (1818), inventariando textos e autores dignos de mérito, ainda antes da independência. Já depois dela, em 1926, pelas figuras prestigiadas de Ferdinand Denis, Garrett, Herculano, Antero e outros.

No *Résumé*, Denis dizia aos brasileiros que já eram possuidores de uma literatura, em pé de igualdade com a portuguesa, por isso a historiava numa mesma obra e sob o mesmo título. Aí, e em outras obras, tal como no *Bosquejo* de Garrett, nos elogios de Herculano a Gonçalves Dias, nos louvores de Antero a Álvares de Azevedo e Castro Alves, os escritores brasileiros eram exortados a não imitarem os europeus, a serem eles próprios, e a integrar o Brasil real nos seus textos.

Começaram então a multiplicar-se as antologias poéticas e a esboçarem-se as primeiras tentativas de historiar a cultura do passado genuinamente brasílico, sendo publicadas obras como o *Parnaso Brasileiro*, de Januário Barbosa (1829-32), o *Ensaio* de Domingos José Gonçalves de Magalhães (1836), o *Florilégio da Poesia Brasileira* de Varnhagen (1850), *O Curso de Literatura Nacional* de Fernandes Pinheiro (1852), *O Brasil Literário* de Wolf (1853), o *Curso de Literatura Portuguesa e Brasileira* de Sotero dos Reis (1866-73) ...

Entretanto, José de Alencar, inicia em 1857, com a publicação do romance histórico indianista *O Guarani*, um ambicioso plano de ficção exaltando e mitificando as tradições e lendas brasileiras, tanto pré-cabralinas como coloniais, tomando liberdades não só temáticas mas também linguísticas que o levaram às polémicas com Castilho, Pinheiro Chagas e outros, marcando claramente um caminho brasileiro na temática e linguagem literárias.

Contudo, para Machado de Assis, ainda não se tinha atingido a maturidade de uma literatura capaz de dialogar de igual para igual com as outras, pois, como afirmava na famosa "Notícia" de 1873, essa literatura "não existia ainda que mal poderá ir alvorecendo agora"[2]. Juízo de valor de grande prudência, mas não isento de exagero.

Entretanto, a marcha para a autonomia e maturidade continuava. Dez anos depois do veredicto machadiano, Sacramento Blake iniciava a publicação do seu *Dicionário Bibliográfico Brasileiro*, imitado do *Dicionário* de Inocêncio, arrolando número considerável de autores e obras do Brasil, até que surge o grande teorizador e historiador literário Sílvio Romero que, em 1888, publica a sua monumental *História da Literatura Brasileira*.

Mas, para um efectivo intercâmbio cultural e literário, não bastava a tomada de consciência dos valores próprios, impunha-se também dar força maior a essa dinâmica ascendente com o restabelecimento da rede de ensino, da actividade editorial e da distribuição de periódicos e livros.

Quando D. João VI com a sua corte se estabeleceram no Brasil, data em que, na observação aguda de Wilson Martins, o Brasil passou realmente a ser uma nação independente mas não independente de Portugal, pois só a partir de 1808 a actividade orgânica o transforma de "país independente" em "país independente de Portugal"[3], é que se iria acelerar a evolução de todos os seus valores.

Nessa data, a população da Brasil era de 2.300.000 ou 3.817.000 segundo os historiadores[4], e para esta população espalhada em tão vasto território, havia a rede escolar dos missionários, gratuita e pública, sobretudo dos jesuítas e, mais tarde, a prática das Academias e a formação superior dada em Coimbra. Se pensamos que ainda era necessário mais de um século para o ideal ou prática do ensino público obrigatório e gratuito, tal rede cultural pode considerar-se proporcionada às circunstâncias.

---

2 Machado de Assis, "Notícia da Atual Literatura Brasileira- Instinto de Nacionalidade", in *O Novo Mundo*, New York, III, 30, 24 de Março de 1873, pp. 107-8.

3 Wilson Martins, *História da Inteligência Brasileira,* vol .II (1793-1855), S. Paulo, Cultrix, 1978, p. 63.

4 Altiva P. Balhana, "Composição da População" in *Dicionário da Colonização Portuguesa*, Lisboa, Verbo, 1994, p. 650.

No caso do ensino universitário, diferentemente do que aconteceu com a colonização espanhola, que abriu universidades no México e no Peru logo no século XVI, a colonização portuguesa seguiu política diferente, a de trazer para a Universidade de Coimbra os jovens intelectuais. Nos registos desta Universidade, se contabilizam, de maneira nominal e explícita, treze alunos vindos do Brasil no século XVI, 354 no XVII, 1753 no XVIII[5], sendo ainda mais dilatados esses números segundo a pesquisa actual.

Nos outros ramos de ensino, entre a expulsão dos jesuítas em 1759 e a transplantação da Corte portuguesa para o Brasil em 1808, abriu-se um parênteses de quase meio século, um longo *hiatus* que se caracterizou pela desorganização e decadência do ensino colonial[6].

O grande impulso dado por D. João VI criando instituições várias, como a Biblioteca Nacional para onde tinha levado de Lisboa 60.000 volumes, abrindo as mais variadas escolas e instituições não foi, porém, suficiente para colmatar esse vazio. Situação que não melhorou com a passagem da colónia a nação, e só mais tarde se viria a recompor com a criação efectiva da rede de escolas públicas, algumas de grande mérito, como o Colégio D. Pedro II (1879), e com as instituições criadas nos anos 30, como o Instituto Histórico e Geográfico Brasileiro.

Ainda por iniciativa de D. João VI foram criadas várias faculdades de Direito e Medicina, e a elas se vieram juntar outras, até à moderna criação de verdadeiras universidades, iniciada em 1913 com a Universidade do Paraná.

Também de 1808 vem o estabelecimento de prelos de imprensa, com todas as consequências daí derivadas. Contrariamente ao que Portugal fazia em outros territórios seus e até alheios, criando tipografias e editando livros, como aconteceu na Índia em 1557 e em Macau

---

5 Fernando de Azevedo, *A Cultura Brasileira, 4.ª ed.* Rev. e ampliada, Brasília, Universidade Brasília, 1963, p. 553.
6 Fernando de Azevedo, *ibidem*, p. 572.

em 1588, pela mão de jesuítas como os do Brasil (em Rachol já se editavam livros em 1532), antes do estabelecimento da Corte no Rio não se editavam nem jornais nem livros. O primeiro jornal seria a *Gazeta do Rio de Janeiro* surgido em 1808. Notável pela divulgação que conseguiu, também em Portugal e nas suas colónias de África, foi o *Almanach Luso-Brasileiro de Lembranças* de Xavier Cordeiro.

Quanto à difusão e comércio dos livros, a que é julgada ser a primeira livraria do Brasil, a *Catilina*, de Salvador, só abriu as suas portas em 1835.

O comércio dos livros era até então, e ainda por muito tempo depois, agenciado por livrarias estrangeiras nas grandes capitais: a Garnier, Briguet, Laemert, Bertrand, Francisco Alves. Foi verdadeiramente pioneira e efémera a aventura de Paula Brito com a sua Tipografia Imperial e Nacional, sobretudo depois de 1862 editando o *Jornal do Comércio* e alguns livros brasileiros. E notável foi também a acção do benemérito português livreiro Francisco Alves, desde 1896, construindo um verdadeiro império de treze casas editoras.[7]

Mais feliz que a de Paula Brito foi a tentativa de Monteiro Lobato, em 1918, com a sua Editora Monteiro Lobato, mais tarde Companhia Editora Nacional.

Debatendo-se, porém, com a quase inexistência de livrarias, pois só se viam algumas nas grandes cidades, Lobato quis também resolver esse problema.

Segundo o seu próprio testemunho, concedido à revista *Leitura* "Não havia pelo país inteiro mais do que umas 40 ou 50 livrarias. Ora como pensar uma indústria assim, sem saída para os seus produtos?" Referia-se à sua Editora, à *Revista do Brasil* que tinha comprado, e aos primeiros livros que editara. Então teve a ideia de se corresponder com cerca de "uns 1300 negociantes de esquina da nossa cultura (...) negociantes de 1300 cidades brasileiras e vilas do Brasil dotadas de serviço postal – donos de pequenas papelarias, donos de bazar, de

---

7 Carlos Leal, *Francisco Alves – 50 anos,* Rio, Academia Brasileira de Letras, 2004.

farmácias, de lojas de armarinho ou de fazendas e até de padarias", enviando o livro à consignação. Nenhum destinatário recusou o negócio "e passam de 40 ou 50 vendedores de livros a 1300"[8].

Porém, o grande editor dos anos 30 vai ser José Olímpio, fundando a livraria do mesmo nome e que, corajosamente, insistiu em editar os novos autores brasileiros como Jorge Amado ou Graciliano.

2. A dinâmica descendente da lusofobia brasileira

Em contraste com a dinâmica ascendente da formação da cultura brasileira e contraponteando com ela, foi-se gerando, logo uma década depois da independência, uma série de movimentos políticos, sociais e culturais contra Portugal, a sua colonização, a sua política, a sua cultura.

Dá voz a esta lusofobia triunfante o fogoso general Abreu e Lima que, no seu implacável *Bosquejo Histórico, Político e Literário*, de 1835, condena e rejeita a cultura portuguesa como retrógrada e opressora: "não sabemos porque fatalidade os portugueses ilustrados não se dedicavam a escrever, nem mesmo os brasileiros, à excepção de algumas obras em poesia ou alguma composição fastidiosa – uns e outros merecem igualmente o desprezo em que eram tidos os literatos (...) temos de começar com toda a ignorância a que nos legaram os nossos pais"[9].

Logo no ano seguinte, o jovem Gonçalves de Magalhães, com todo o prestígio que lhe deu o convite para visitar a França e proferir uma conferência no Instituto Histórico de França, declarava: "o Brasil, descoberto em 1500, jazeu três séculos esmagado debaixo da cadeira de ferro em que se recostava o Governador colonial, com todo o peso

---

8 Monteiro Lobato, "Lobato editor revolucionário", in *Prefácios e Entrevistas*, S. Paulo, Brasiliense, 1959, pp. 251-256.
9 Abreu e Lima, *Bosquejo Histórico, Político e Literário do Brasil*, Niteroi, 1935.

da sua insuficiência e da sua imbecilidade (…) com a expiração do domínio português, desenvolveram-se ideias. Hoje, o Brasil é filho da civilização francesa, e, como nação, é filho desta revolução famosa".[10]

Obviamente não ficaram sem resposta estas e outras afirmações, tendo as polémicas surgido com virulência. Também as que opuseram o publicista português Gama e Castro a Santiago Nunes Ribeiro e ao grupo da *Minerva Brasiliense*, em 1843, em torno do que se devia considerar a Literatura Brasileira e a correcção no uso da língua. Controvérsias linguísticas que se agravaram num sentido ortográfico nativista com Silva Paranhos, no final dos anos 70.

A elas se viriam juntar as travadas entre Pinheiro Chagas e Castilho contra José de Alencar, tendo-se instalado, ao longo dessa década de 70, um clima de lusofobia adensado pelos ataques do Ramalho Ortigão das *Farpas*, e de Eça de Queirós em *Uma Campanha Alegre*, em que os brasileiros não eram poupados, muito especialmente o Imperador Pedro II, posto a ridículo nas suas viagens à Europa, pela sua indumentária e hábitos simples, com consequências políticas de alguma gravidade no Brasil.

Esta descrição dá bem o tom da chacota sobre a figura do soberano viajante:

"É uma mala pequena, de coiro escuro, com duas asas que se unem. É por ali que ele as segura. Na outra mão trazia, às vezes, o guarda-sol. Debaixo do braço entalava a espaços um embrulho de papel. Muitas vezes depôs o guarda sol, outras alheou de si o embrulho –, a mala nunca! Paris, Londres, Berlim, Viena, Florença, Roma, Madrid, o Cairo conheceram-na. Ela ficou popular na Europa – como o chapéu de Napoleão o Grande, ou a grande cobardia de Napoleão o pequeno".[11]

---

[10] Domingos Gonçalves de Magalhães, "Ensaio sobre a História de Literatura do Brasil", *Niteroy*, Paris, Dauvin et Fontaine, 1936.

[11] Eça de Queirós, *Uma Campanha Alegre*, Lisboa, 1890-1891.

Também Camilo Castelo Branco, no *Cancioneiro Alegre de Poetas Portugueses e Brasileiros*, em 1879, não poupava os poetas de Além--Atlântico, e porque foi duramente criticado não deixou de replicar a um deles, Artur Barreiros, no seu estilo habitual: "este sujeito escreve que tem um excelente bengala de Petrópolis com a qual me baterá, se eu for ao Brasil admirar os cérebros de tapioca. O mulato estava a brincar; eles têm a debilidade escangalhada do sangue espúrio escorrido das podridões das velhas colónias que de lá trouxeram à Europa a gafaria corrosiva; às vezes excitam-se bastantemente com cerveja ordinária, e têm então ímpetos imoderados, dão guinchos, fazem caretas, coçam as barrigas, exigem banana, cabriolam se lhes atiram ananás, e não fazem mal à gente branca.

Eu vou lá brevemente, resolvido a dar-lhe nozes e cosê-lo no cabaço"[12].

A polémica que envolveu Camilo com Carlos de Laet não ficou por menos, e as caricaturas do lado de lá, de Raul Pompeia, (ficou famosa a caricatura intitulada "O Brasil entre dous ladrões")[13], e do lado de cá, de Bordalo Pinheiro, além do teatro satírico e dos romances *O Mulato* e *O Cortiço* de Aluísio de Azevedo pondo a ridículo o baixo nível social dos portugueses do Brasil, apelidados de "galegos" e "chouriços", junto com os ataques de João Ribeiro incendiaram um ambiente cheio das *Farpas* de Ramalho, e dos *Farpões* de José Soares Pinto Correia, em 1872.

Apesar de tudo, alguns pioneiros do bom entendimento não desistiram, visando o conhecimento e aproximação entre os dois povos. Nessa mesma década, portugueses ilustres manifestaram o seu apreço pelas letras brasileiras: Teófilo de Braga apresentando no seu *Parnaso Português Antigo e Moderno*, de 1877, o lirismo brasileiro, ao mesmo tempo que o lazarista Sena Freitas missionário, arqueólogo, polemista e pedagogo notável, com várias estadias no Brasil, escrevia e editava no

---

12 Camilo Castelo Branco, *Cancioneiro Alegre de Poetas Portugueses e Brasileiros,* vol. X, Porto, Lello e Irmão, 1989, p. 1390.
13 Nelson H. Vieira, *Brasil e Portugal, a Imagem Recíproca*, Lisboa, ICALP, 1991, p. 127.

Rio as suas *Observações Criticas e Descrições de Viagens* . Porém, a atitude mais relevante de aproximação foi a de se editarem em Portugal, a partir de 1885, autores brasileiros tão representativos como Alencar, Gonçalves Dias, Machado de Assis, Álvares de Azevedo, Aluízio de Azevedo, Alvarenga, João Ribeiro, Bilac, Coelho Neto...

Por sua vez escritores brasileiros como Óscar Leal ou Valentim Magalhães divulgavam em Portugal a sua literatura através de crónicas de jornal, conferências, ou obras como a de Valentim intitulada *A Literatura Brasileira em 1896*.

Infelizmente, o tempo era de desentendimento e discórdia, de predominância antilusista, em clima político e social agitado.

A chamada "Revolta da Armada", de 1893, que levou os navios portugueses fundeados na Guanabara a darem asilo aos revoltosos, e as reclamações do governo brasileiro que se lhe seguiram, conduzindo a um triste e ridículo episódio de movimentações dos navios e da diplomacia, levaram ao corte das relações diplomáticas durante um ano. Ao mesmo tempo, eclodiram revoltas contra o monopólio português da imprensa, em 1913, e contra vários monopólios económicos provocando incidentes graves como o da expulsão dos pescadores portugueses poveiros em 1921, no mesmo ano em que Jackson de Figueiredo, aliás, amigo de Portugal, escrevia o *Nacionalismo da Hora Presente* protestando contra os privilégios e duplicidade económica e política dos portugueses.

Estava a atingir-se o auge desta lusofobia, cujo clímax bem pode ser aquilatado pela violenta obra de António Torres, de 1921, *As Razões da Inconfidência*, toda ela glosando o tema da exclusão em termos insultuosos: "O Brasil, enquanto for português (como desgraçadamente é), nunca será uma nação. Será apenas uma região lacustre, de que todos os povos moralmente limpos só se aproximarão sob garantias de não serem vítimas de perigosas infecções morais (...) a amizade entre brasileiros e pés-de-chumbo é uma intrujice de jornais presos nas gavetas dos bancos portugueses (...) ah marrecos! bem vos conheço picaretas (...). O nosso país tem que optar: ou desaportuguezar-se, ou desaparecer.

A existência do Brasil tal como está – falando português, um dialeto obscuro e atamancado, temendo Portugal, a única colónia inglesa que não tem moral nenhuma..."[14]

Assim se desceu ao ponto mais baixo do relacionamento luso-brasileiro. Contudo, algumas atitudes corajosas contra a corrente, de brasileiros e portugueses, anunciavam já uma mudança de dinâmica, um tempo próximo de pacificação e de futuro na compreensão e amizade.

Mudança necessária que Fidelino de Figueiredo, em 1925, julgava possível e urgente desde que ambas as partes, para além de afirmarem os seus valores, reconhecessem, também, cada uma, os valores da outra: "Se os brasileiros têm o direito de se não deter nessa empreza urgente de construir a sua pátria, e de querer fazer corresponder à autonomia político geográfica e económica a autonomia espiritual (...) têm também o dever de se moderar na proclamação desse direito urgente e na exaltação das suas composições, naquele ponto em que tais sentimentos tomem o carácter duma lusofobia militante e injusta.

Outrossim os portugueses, se têm o direito de advogar o prestigio da velha metrópole (...) têm de saber que lhes corre o dever de atenuar, a uma medida razoável e equilibrada, a proclamação da parte gloriosa que lhe cabe no erguer da pátria brasileira (...) não ferir a sensibilidade muito vibrátil e suspicaz[15].

3. A promissora caminhada do relacionamento luso-brasileiro

Coube, sobretudo, ao filósofo e crítico brasileiro Sílvio Romero, no mais aceso da tempestade lusófoba, reivindicar a dignidade dos dois povos irmãos, e clamar por um reforço da presença portuguesa no

---

14 António Torres, *As Razões da Inconfidência*, 3.ª ed., Rio, A. J. Castilho, 1925, pp. IX, X.

15 Fidelino de Figueiredo, "Um Século de Relações Luso-Brasileira (1825-1925)", in *Revista de História*, n.º 53 a 56, Lisboa, Empresa Literária Fluminense, 1925, p.161.

Brasil, tanto espiritual e cultural como migratória, até porque alguns excessos cometidos pela emigração não portuguesa, a juntar às ameaças exteriores das grandes potências imperialistas americana e europeias sobre a Amazónia, concretizando as ambições e ameaças da conferência de Berlim de 1848, obrigavam o Brasil a reflectir sobre a sua política internacional e de alianças.

É agora a vez do Brasil retomar a ideia de Silvestre Pinheiro Ferreira enquadrada em contexto mais amplo e político. Já parecia da maior conveniência que o Brasil ultrapassasse os seus diferendos com Portugal e se dedicasse a duas tarefas tornadas urgentes: a de aprofundar a sua identidade revalorizando as raízes históricas e a cultura lusitana face às cobiças de outras culturas e raças, ao mesmo tempo que, num quadro internacional diferente, escolhesse a sua política de alianças.

Assim se exprimiu Romero nessa conferência memorável: "Nossa tese é esta: da conveniência de fortalecer no Brasil o elemento português (…) conveniência de reforçar no Brasil os elementos que constituíram, historicamente, uma nação luso-americana, os elementos que falam a língua portuguesa ou ainda, como consequência de tudo isso: de como de todas as novas colonizações que possam vir ao Brasil, a maior conveniente é a portuguesa".[16]

Também o grande animador do Modernismo brasileiro, Graça Aranha, reiterava em 1921, o projecto que cada vez mais interessava a portugueses e brasileiros, o da criação de uma comunidade luso--brasileira.

Ideia esta ainda pouco amadurecida, dado que três anos depois já regressava a propósitos lusófobos de separação de Portugal[17]. Contradição esta que exemplifica bem a instabilidade de sentimentos e opiniões, sobretudo quando enquadrados na opinião pública dominante.

16 Sílvio Romero, *O Elemento Português,* Lisboa, Tipografia Nacional, 1902, p. 6.
17 Idem, apud Arnaldo Saraiva, *O Modernismo Brasileiro e o Modernismo Português*, Porto, 1986, p. 46.

Ideias de união, associação ou comunidade partilhadas por muitos outros intelectuais como Alberto de Oliveira, Olavo Bilac, Guerra Junqueiro, Henrique Lopes de Mendonça, Magalhães Lima, Nilo Peçanha, Jaime de Magalhães Lima, João de Almeida, Paulo Barreto, e outros lembrados por Nuno Simões ao historiar "A Actualidade e Permanência do Luso-Brasilismo"[18].

Pelo meio destas notáveis tomadas de posição contra a lusofobia reinante, alguns factos positivos davam força para se inverter a corrente disfórica: o Brasil convidava D. Carlos para uma visita esperada como muito positiva, e que só não se realizou porque, entretanto, se deu o regicídio.

Pela parte portuguesa, Zófimo Consiglieri Pedroso, em 1909, presidente da Sociedade de Geografia, propõe um acordo de tipo comunitário com o Brasil, o mesmo fazendo o presidente da Academia das Ciências de Lisboa, voltando à ideia de aliança.

Em 1916, eram criados os estudos brasileiros na Universidade de Lisboa e várias revistas de carácter luso-brasileiro, colaboradas por escritores dos dois lados, tais como a *Atlântico* e a *Orpheu*, desfaziam preconceitos e criavam amizades, ao mesmo tempo que Fernando Pessoa desenvolvia o tema do "atlantismo" como factor de aproximação.

Outros acontecimentos felizes reforçaram a nova tendência, fazendo do ano de 1922 o verdadeiro ano da viragem e do início da nova dinâmica do bom entendimento luso-brasileiro.

É que o Presidente Epitácio Pessoa tinha visitado Portugal, e o feito histórico da travessia do Atlântico Sul, por Gago Coutinho e Sacadura Cabral, era ruidosamente festejado pelas duas comunidades.

Entretanto, Santos Dummond, chegado de Paris em 4 de Agosto desse ano, era vibrantemente aclamado em Portugal, lembrando

---

18 Nuno Simões, *Actualidade e Permanência do Luso-Brasilismo*, Lisboa, Ed. do A, 1960 (1945-55).

Augusto de Castro no *Diário de Notícias*, que a sua proeza tornou possível o voo triunfal de Gago Coutinho e Sacadura Cabral.

A participação do presidente da República Portuguesa António José de Almeida nas comemorações do centenário da independência, nesse ano de 1922, bem pode ser tomada como data simbólica, a partir da qual, não só as dinâmicas ascendente e descendente se anulam, mas, sobretudo, começa uma nova dinâmica ascendente comum, de diálogo e cooperação.

Multiplicaram-se os laços e compromissos, ainda que muitos deles se tenham afogado no largo oceano do lirismo.

Basta lembrar que entre essa data e o ano de 1953, em que foi celebrado o Tratado de Amizade e Consulta, foram dezoito os Tratados, Acertos, Protocolos, Convenções, Notas assinadas entre os dois países[19], contemplando matérias tão diversas como troca de malas diplomáticas, acordo ortográfico, relações comerciais, cooperação científica, supressão de vistos, etc.

Do mesmo modo, os contactos entre intelectuais de ambos os lados multiplicaram os lusófilos e os brasilianistas, para empregar o termo preferido de José Osório de Oliveira.

Fran Pacheco, que também desempenhou papel importante neste relacionamento, publicou no *Diário de Lisboa*, em 1923, uma lista que compreende, apesar de algumas omissões de vulto, os nomes de cinquenta e quatro personalidades promotoras do luso-brasileirismo.

De 1923 para cá, muitos outros se foram acrescentando, merecendo especial menção os nomes de José Osório de Oliveira, Santos Simões, Sousa Pinto, Hélio Simões, Vitorino Nemésio, Gilberto Freire...

Como grande divulgador da Literatura Brasileira em Portugal, desde o final dos anos 20, José Osório de Oliveira populariza entre nós os nomes brasileiros mais relevantes, e em 1939 publica a *História da Literatura Brasileira*[20], a primeira história portuguesa da literatura irmã.

---

[19] Embaixada do Brasil em Lisboa, *Tratados e Actas Internacionais Brasil-Portugal*, Lisboa, 1962.

[20] José Osório de Oliveira, *História Breve da Literatura Brasileira* , Lisboa, Inquérito, 1939.

Também passaram a estar disponíveis revistas, tais como *A Águia, Orpheu, Ilustração Brasileira, Brasil-Portugal, Atlântida, Atlântico, Terra de Sol, Ocidente, Vértice* e jornais com informação da actualidade cultural do Brasil como *O Diabo, Sol Nascente, Diário de Lisboa*, etc.

Um outro salto qualitativo verificou-se quando as Universidades portuguesas, depois da iniciativa pioneira de Lisboa, começaram a ensinar, sistematicamente, a Literatura Brasileira, e as Brasileiras davam aos estudos portugueses um estatuto mais exigente que o das escolas secundárias e das páginas literárias de jornais e revistas.

E também quando, a partir da iniciativa de Lewis Hanke, da Biblioteca do Congresso dos Estados Unidos, se iniciaram, em 1950, os *Colóquios Internacionais de Estudos Luso-Brasileiros* que se continuariam nos nossos tempos, sobretudo nas principais universidades portuguesas e brasileiras com as suas publicações de Actas e Anais.

Estava assim firmemente estabelecido o intercâmbio cultural luso--brasileiro, o relacionamento Portugal-Brasil, que iria estender-se até aos anos 70 do século XX em dinâmica bilateral, e que, a partir das independências das antigas colónias portuguesas de África, se iria alargar a um quadro multilateral, actualmente formado por oito nações independentes e várias regiões historicamente ligadas a um passado português.

4. Sugestões para um diálogo frutuoso e continuado

Observando esta longa caminhada e as dinâmicas que a condicionaram, algumas ilações/ recomendações parecem impor-se como normas para a actual fase incipiente da Lusofonia que, longe de anular ou diminuir os progressos alcançados, mais os impulsionam:

a) *Respeito pela integral independência do outro país*

Durante demasiado tempo o Brasil foi visto, nas suas diversas vertentes, como a continuação da pátria lusa ou, como dizia satiricamente Fidelino de Figueiredo "a outra banda de Portugal", perspectiva esta que conseguiria juntar os melhores argumentos para as hostilidades da lusofobia.

Em 1920, por exemplo, Ricardo Severo preconizava se incentivassem os emigrantes portugueses do Brasil a trabalharem no sentido de criarem um pan-lusitanismo": "essa pátria ideal é o prolongamento de outra que tendo sido luso-romana, luso-goda ou luso-muçulmana, conseguiu permanecer sempre lusa, não obstante as fusões e adaptações entre os povos os mais diversos e contrários".[21]

Tal posicionamento, porém, é anti-histórico, e de uma lamentável e desastrada mentalidade política e cultural, para além de perverter o sentido dos fortes laços de parentesco entre Portugal e o Brasil, desrespeitando tanto as diferenças como as semelhanças existentes entre as duas nações, pois nem sequer se aproxima do que entendemos por Lusofonia.

Lucidamente, o brasileiro Renato de Almeida escreveu em 1925, exorcizando esse equívoco: "Outro preconceito que não deve subsistir é o que nos quer fazer um desdobramento da América, do povo português. Nem dele nem dos outros que nos geraram (...) A nossa condição de americanos nos liberta das formas europeias e o nosso destino não é prosseguir a obra portuguesa, mas fazer coisa própria e livre, naturalmente com a marca das influências e heranças recebidas, mas sem suspeição e sem domínio. Nem fusão política nem unidade literária com Portugal. Respeitemos com veneração as glórias portuguesas, mas não acreditemos que sejam forças capazes de orientar o Brasil, cuja finalidade se traça em outros termos e para outros destinos".[22]

Comentando estas declarações, Fidelino Figueiredo anota: "subscreveria todo este pensar, feitas algumas restrições aos seus assertos. O Brasil é inegavelmente um desdobramento de Portugal, como as repúblicas de língua castelhana o são de Espanha, mas um desdobra-

---

[21] Apud Nuno Simões, *Actualidade e Permanência do Luso-Brasilismo*, Lisboa, 1960, p. 40.

[22] Renato de Almeida, *O Jornal*, Recife, 20 de Julho de 1934.

mento com crescente diferenciação que nem o mais vivo tradicionalismo, nem o influxo das correntes migratórias poderão travar ou equilibrar sequer".[23]

Com efeito, as duas opiniões se completam, sendo perfeitamente compreensíveis as posições políticas e económicas que o Brasil vai tomando, ao alinhar cada vez mais com os estados americanos, discordando algumas vezes da política portuguesa. Do mesmo modo que Portugal se integra nas orientações da União Europeia, o Brasil o faz no Mercosul.

Com idêntica legitimidade, embora utilizando a língua portuguesa, também à sua maneira, a Literatura Brasileira trilha os seus próprios caminhos.

Contudo, o Brasil, ainda que integrando e inspirando-se também em outras culturas diferentes da lusíada, sobretudo desde 1808, não pode esquecer as raízes e laços que o ligam a Portugal que o formou quase em exclusividade durante trezentos anos, perspectiva esta que, como advertiu Sílvio Romero, nunca poderá ser ignorada porque tem que ver com o mais profundo da identidade brasileira.

Foi por isso que o notável pensador da cultura brasileira alertou contra os excessos dos colonos alemães do Sul e dos italianos em S. Paulo. Tendências desviantes que se renovam nos nossos dias através da pressão que outras culturas, nomeadamente a espanhola, a italiana e a holandesa fazem no sentido de minimizarem a matriz portuguesa querendo substituir-se a ela, como se pode observar em certo tipo de escolaridade, em alguns meios intelectuais, e na divulgação cultural popular que se faz pelas telenovelas.

b) *Maior prudência nas apreciações culturais generalizantes*

Porque a língua é a mesma e a cordialidade facilita o verbo fácil e a opinião "definitiva", acontece não poucas vezes que qualquer por-

---

[23] Fidelino de Figueiredo, *ibidem*, pp. 162-163.

tuguês ou brasileiro que vá ao outro país, mesmo intelectuais que deviam ser mais comedidos, se sentem à vontade para emitir juízos de valor sobre a língua e cultura, economia etc., que, confrontados com a realidade ou a opinião dos verdadeiros conhecedores, se tornam caricatos pela superficialidade sabichona.

Frases disparatadas como "a língua que nos separa", de efeito tão fácil como enganador, desconhecem que uma coisa é a inteligibilidade e compreensão, e outra a forma de uso, ignorando também que as diferenças de uso da língua dentro do próprio Brasil são grandes entre o Norte, o Centro e o Sul, maiores do que aquilo a que se poderia chamar a norma da sua média linguística ou de padrão, e a média da norma padrão portuguesa. Admitir que essas diferenças identificam duas línguas, seria o mesmo que admitir que no Brasil há várias línguas derivadas do Português, o que é um absurdo linguístico.

Quanto ao conhecimento/desconhecimento de escritores e presença do livro no outro lado, como indicadores de falta de conhecimento ou interesse e intercâmbio, também a arbitrariedade de opinião é notável. Para além de se desconhecer que essa falta de conhecimento, sobretudo dos clássicos, ocorre dentro do próprio país a propósito dos seus escritores e da difusão do livro, o que deveria levar à conclusão de que tais lacunas, que tanto ocorrem na área internacional como nacional, têm outros significados e causas, entre elas a insistência ou ausência de divulgação na comunicação social e os interesses financeiros das editoras.

Por isso são frequentemente contraditórias opiniões emitidas no mesmo país e no mesmo espaço de tempo.

Por exemplo, Álvaro Pinto queixava-se em 1935 de que "os editores são o mais completo elemento de incapacidade neste assunto do intercâmbio luso-brasileiro (...) no Brasil, dois dos mais poderosos editores, um do Rio, outro de São Paulo, nem cuidam de vender livros em Portugal, tão pouco lhes interessa o nosso mercado"[24].

---

[24] Entrevista ao *Diário de Lisboa*, em 7 de Janeiro de 1935.

Do mesmo se lamentava Casais Monteiro, no ano seguinte, afirmando "Ora, nenhuma revista, nenhum jornal, nenhuma casa editora há em Portugal que dedique à expansão de cultura brasileira uma actividade regular e coerente. Quando um artigo desperta em qualquer leitor interesse por determinado livro brasileiro, há noventa e nove possibilidades contra uma de que esse livro se não encontre em nenhuma livraria portuguesa"[25].

Acontece que, precisamente nesses anos, a indústria e o comércio do livro se renovaram no Brasil, de tal modo que, conforme testemunhou César de Frias entrevistado pelo *Diário de Lisboa* em 1935, o Brasil foi inundado por muitas e excelentes edições substituindo as portuguesas, chegando-se ao ponto de "se assistir hoje à invasão do nosso [mercado] pelos livros editados lá"[26]. Invasão no Brasil e invasão também no próprio mercado português, o que levou Julião Quintinha a escrever no jornal literário *O Diabo*, em 1927: "é curioso notar que, enquanto rareiam os bons livros de autores portugueses e as traduções portuguesas de bons autores estrangeiros, o mercado português está totalmente repleto de edições brasileiras, não só de modernos e antigos autores brasileiros, mas de bons e maus autores estrangeiros editados no Brasil". E não só tais edições abundam em Portugal mas também, acrescenta Julião Quintinha: "Portugal e suas colónias são, neste momento, um dos melhores mercados livrescos do Brasil (...). Hoje, em qualquer pequena livraria das nossas províncias, ilhas e colónias não faltam pilhas de edições brasileiras em suas capas vistosas, fazendo esmagadora concorrência ao livro português"[27].

Contudo, a difusão do livro não andava de par com o conhecimento crítico das literaturas, dos escritores e suas obras num e noutro lado do Atlântico, pois, em 1940, José Osório de Oliveira se queixava, decep-

---

[25] Adolfo Casais Monteiro, *O Diabo*, Lisboa, 26 de Novembro de 1936.
[26] *Diário de Lisboa*, 19 de Abril de 1935.
[27] *O Diabo*, Lisboa, 31 de Janeiro de 1937.

106   Da Lusitanidade à Lusofonia

cionado, ao fim de vinte anos gastos na tarefa de intercâmbio literário, no artigo de despedida "Adeus à Literatura Brasileira", na publicação *Na Minha Qualidade de Luso-Brasileiro*[28]: "Há anos pretendo despedir--me da ingrata missão de escrever sobre a literatura de um país cujos escritores nem sequer mandam os seus livros ao único crítico que tinham, então, em Portugal...". Pelo que, sem verdadeiramente desistir, passou a publicar antologias desses escritores, e a manter uma colaboração regular na revista *Atlântico*. Desabafo este que alarga ao desconhecimento brasileiro da literatura portuguesa: "de uma maneira geral, o vosso conhecimento da literatura portuguesa é mais do que incompleto, insuficientíssimo"[29].

Estes e outros encontros/ desencontros de opiniões, que nem nos nossos dias cessaram, e que não foram eliminados pela publicação das várias revistas luso-brasileiras e secções literárias dos jornais já citados, só encontram resposta sistemática no estreito círculo de especialização e alta divulgação protagonizada pelas Universidades, Institutos, Editoras e outras entidades.

Daí que a avaliação das relações culturais e literárias luso-brasileiras se deva fazer não pelas flutuações da opinião pública dependente das leis do mercado e da liberdade dos média, mas pela extensão e profundidade de historiadores literários, críticos, professores e leitores.

c) *Há que equacionar as relações luso-brasileiras no quadro da Lusofonia*

Desde 1975, com as independências das antigas colónias portuguesas de África, e sem prejuízo do relacionamento bilateral luso-brasileiro, tal intercâmbio deve equacionar-se, modernamente, no quadro multilateral da Lusofonia. Alargamento este que, nos nossos tempos da globalização, maior significado e premência assume.

---

[28] *Diário de Lisboa*, Lisboa, 16 de Junho de 1940.
[29] José Osório de Oliveira, *Na Minha Qualidade de Luso-Brasileiro*, Lisboa, 1948.

Com efeito, a visão antecipadora dos percursores Silvio Romero, Graça Aranha e, depois, Pessoa, inspirada na doutrina do pan-americanismo do Presidente Wilson, dos Estados Unidos da América, já previa que as nações que usam uma mesma língua, como materna ou oficial, se deveriam unir em blocos político-culturais para se defenderem dos imperialismos americano e europeus saídos da Conferência de Berlim e das suas teorias de "sobrepartilha".

É oportuno aqui lembrar que já nessas propostas dos percursores, a língua era entendida como cimento aglutinador desses blocos.

Assim o preconizava Silvio Romero, acrescentando à importância da intensificação da emigração portuguesa, a da cultura lusíada que ela veiculava, e que fazia também parte das raízes do Brasil. E às palavras já citadas sobre a importância do Português no Brasil fazia uma ligação estreita entre o uso da língua e a formação de blocos linguísticos, à semelhança dos que preconizavam Cecil Rhodes na Rodésia para a língua inglesa, e os alemães para a sua língua, pois consideravam a pátria alemã "todo e qualquer sítio onde é falada a língua alemã (…). E que outra coisa são essas aspirações de pan-germanismo, do pan-eslavismo, esse sonho do pan-americanismo? (…). Isto não é uma utopia nem é um sonho a aliança Brasil e Portugal, como não será um delírio ver no futuro o Império Português de África unido ao Império Português da América, estimulado pelo espírito da pequena terra da Europa que foi berço de ambos".

E para unir Portugal e o Brasil "bastaria o facto extraordinário, único, inapreciável, transcendente, da língua para marcar ao português o lugar que ele ocupa na nossa vida"[30].

Em 1910, respondendo à proposta da Sociedade de Geografia e do seu Presidente, assim reage, como outros, o brasileiro Alberto de Carvalho: "A proposta do eminente Dr. Consiglieri Pedroso, da Sociedade de Geografia (…) ideia de uma espécie de federação ameri-

---

30 Silvio Romero, *ibidem*, pp. 12, 32.

108 Da Lusitanidade à Lusofonia

cano-europeia intelectual e económica tem precedentes" em Castelao e outros em Espanha que também propuseram uniões semelhantes com os países latino-americanos seus anteriores colonizadores, para resistir ao imperialismo norte-americano[31].

E também Graça Aranha, apesar das suas flutuações de opinião, não deixava de entender a citada união política como a formação de um bloco linguístico, de natureza social e política: "A união política de Portugal e o Brasil, consequência da unidade moral das duas nações seria a grande expressão internacional da raça portuguesa (...) sendo português, o Brasil não deixará de ser uma nação americana (...) unido a Portugal o Brasil se tornaria uma nação europeia, realizando a fusão do Oriente e do Ocidente sobre um só espírito nacional, que seria português, como para outras regiões é inglês ou francês"[32].

É na continuidade destes percursores, e das múltiplas tomadas de posição de instituições como a Sociedade de Geografia e a Academia das Ciências de Lisboa, em favor da constituição de uma Comunidade dos Povos de Língua Portuguesa, que surge Fernando Pessoa, proclamando no *Livro do Desassossego* a Pátria da Língua adentro da teoria dos blocos, a que ele prefere chamar Impérios[33], na continuidade dos impérios da Antiguidade e agora incarnados nas três formas de "domínio", "expansão" e "cultura", representados, respectivamente, pela Alemanha, pela Rússia, Espanha e Áustria, reservando para Portugal um Quinto Império da Cultura.

E nesse Quinto Império a língua portuguesa, real e não utópica, representa o fundamento dessa nova realidade.[34]

Fernando Pessoa que, aliás, já fora buscar a Vieira a teoria dos Impérios que este recebeu da *Bíblia*, integra-se, um pouco mais tarde,

---

[31] Alberto de Carvalho, *Algumas Palavras e Duas Propostas*, Lisboa, Tipografia Comércio, 1910, p. 8.

[32] Graça Aranha, *A Estética da Vida*, Rio , Garnier, 1921, pp. 142-143.

[33] Fernando Cristóvão, "Fernando Pessoa e a Lusofonia a haver", in *Letras*, edição especial, Santa Maria – R.G.S., Universidade de Santa Maria, 1995, p. 85.

[34] Fernando Pessoa, in Joel Serrão, *Sobre Portugal*, pp. 217-227.

na teorização que se fazia dos blocos político-linguísticos, dando-lhe uma característica nova, a da aliança de uma realidade político-social concreta com um sonho utópico que apela, permanentemente, para mais alguma coisa que vai para lá do quotidiano.

Que entendemos pois, por Lusofonia? Muito concretamente, o conjunto dos oito países e de algumas regiões em que a língua portuguesa é usada como materna ou oficial e que, por opção livre, querem colaborar entre si e formarem um grupo para as iniciativas de qualquer tipo em que estiverem de acordo.

Não cabe aqui responder a objecções, tarefa já ensaiada em outro texto[35], antes apresentar a sua amplitude e natureza.

Como já o expusemos em outro lugar, a Lusofonia é uma realidade de tipo ecuménico, a partir de uma língua comum, cuja amplitude e características se podem entender como se realizando em três círculos concêntricos de progressivo diálogo.

Não é, pois, a Lusofonia uma forma de neocolonialismo cultural, é uma pátria comum onde as diferenças se completam numa unidade de iniciativas em face da pressão cada vez maior da globalização, impedindo assim os efeitos descaracterizadores desta, preservando e valorizando o que cada país sozinho não podia realizar, sobretudo em fóruns internacionais.

Já está politicamente organizada a Lusofonia na CPLP, mas esperamos que, o mais rapidamente possível, o já criado mas ainda não realizado Instituto Internacional de Língua Portuguesa intensifique novas dinâmicas da Lusofonia.

Nesta perspectiva, não podem as relações luso-brasileiras serem hoje desenvolvidas sem se ter em conta o quadro da Lusofonia e da interacção multilateral que é preciso pôr em prática. Nem elas se devem preocupar demasiado com certo espírito negativista.

Fazemos nossas, em relação à Lusofonia, as palavras que Jorge de Sena referiu directamente ao relacionamento luso-brasileiro num texto

---

35 Fernando Cristóvão, "Lusofonia", in *Dicionário Temático da Lusofonia*, (em composição), 2005.

intitulado "Possibilidades universais do Mundo Luso-Brasileiro", e que não é outra coisa senão a tradução moderna do Quinto Império cultural de Fernando Pessoa: "Ao contrário das aparências, se há unidade cultural e linguística, ou até político-económica que menos riscos corra em relação ao futuro, nessa subversão das estruturas, e que menos possa identificar-se com tais favores do capitalismo euro-americano, é precisamente o luso-brasileiro, cujas posições geográficas, étnicas e culturais, no tão diverso e tumultuário concerto dos povos lhe permitem estar presente em toda a parte, e receber em si, como suas, as mais diversas culturas"[36].

Paris, Sorbonne, Março de 2005.

[36] Jorge de Sena, *Estudos de Cultura e Literatura Brasileira*, Lisboa, Ed. 70, 1988, p. 195.

O projecto cultural lusófono
e as dinâmicas desfavoráveis

A língua portuguesa formou-se através dos séculos, desde o longínquo ano de 1214 em que, pela primeira vez, a usou o Testamento de D. Afonso II, sendo depois falada até ao século XIV por portugueses e galegos, para depois se difundir pelo mundo, a partir da tomada de Ceuta, em 1415.

Com os descobrimentos portugueses, foi essa língua, portadora da cultura europeia levada a todo o mundo, a primeira língua ocidental a chegar às costas de África.

Em 1684 já era ensinada na Ásia, nas igrejas e escolas de Goa, e o *Dicionário de Português-Chinês* de Ricci e Ruggieri atesta a primazia desta língua ocidental a dialogar com as línguas do Oriente.

Com a descoberta do Brasil, em 1500, o português conviveu durante um tempo com o Tupi dos índios, para passar depois a ser a língua principal da grande nação irmã. Nos séculos XVI e XVII, em África, foi notável a sua expansão, e como língua franca internacional espalhou-se por toda a Ásia, pelas Américas, pela Oceânia, segundo os testemunhos autorizados das obras de Marius Walkhoff, Windham, Villaut de Bellefond, ou dos portugueses Visconde de Santarém[1] e David Lopes[2].

Em simultâneo, o português deu origem a crioulos em quase todos os continentes, desde o século XV, tanto em África como na Ásia, nas Américas, na Oceânia.

---

[1] *Memória sobre a Prioridade dos Descobrimentos Portugueses na Costa de África Oriental*, 1841.

[2] *Expansão da Língua Portuguesa no Oriente nos séculos XVI, XVII e XVIII*, reedição actualizada, Porto, Portucalense, 1969.

Circulando em tão vastos territórios, a partir de um centro geográfico de extensão muito reduzida, a que correspondia, no senso mandado fazer por D. João III no primeiro quartel do século XVI, pouco mais de um milhão de habitantes, a língua portuguesa foi duramente posta à prova.

Venceu, contudo, essa espantosa força centrífuga mundial, mantendo uma unidade, porque soube aliar os contributos de novas línguas e civilizações, e pela flexibilidade e firmeza dos seus gramáticos e escritores.

Assim, ao mesmo tempo que aceitava as novidades estranhas e admitia a existência de variedades, geriu com êxito uma unidade que chegou aos nossos dias.

Perante a nova realidade da globalização, estará a língua portuguesa em condições de assimilar o *quantum satis* da nova modernidade, e de manter vivas, tanto as diversidades nacionais de que é guardiã, no projecto lusófono e em contexto multicultural, como a unidade global de uma língua de cultura?

1. As dinâmicas linguísticas do século sobre a diversidade e a unidade

O século XX, que há pouco chegou ao seu termo, conheceu quatro grandes dinâmicas no modo de considerar as línguas e de as ensinar e aprender: a *dinâmica do Romantismo*, herdada sobretudo de Humboldt, que se intensificou por meio do nacionalismo político, a ponto de chegar até aos nossos dias, aos anos 50, apesar dos progressos da Linguística, da doutrinação de Saussure e das novas perspectivas da psicologia e da sociologia; *a dinâmica internacionalista e imperialista* que conviveu com a mentalidade anterior e chegou até ao fim da década de 60; *a dinâmica multilinguística e multicultural* que, na Europa, teve a sua expressão mais significativa quando a reestruturação desencadeada pelo Plano Marshall, após a 2.ª Grande Guerra Mundial, atraiu milhões de emigrantes da Europa do sul e dos países da bacia mediterrânica para os países industrializados; *a dinâmica da globalização* que se processa em nossos dias, e que não só condiciona as comunicações e a economia, mas também interfere na cultura, nas religiões, nos costumes e, também, nas políticas linguísticas.

Na etapa romântica e nacionalista, as línguas eram estudadas como a expressão dos povos, diversificadas como eles, património que era preciso zelosamente defender e enriquecer segundo o lema de Du Bellay.

Assim, era necessário combater duas espécies de desvios e erros: os herdados da tradição de séculos anteriores que alatinaram e helenizaram as línguas, sobretudo a ortografia, e a complicaram (séculos XV e XVI), ou a vestiram à espanhola e à francesa (séculos XVII e XVIII).

A essa tarefa se entregaram os puristas e suas Sociedades, combatendo por igual os estrangeirismos, então sobretudo galicismos, e o que julgavam serem "erros" e "corruptelas".

Ao mesmo tempo, multiplicavam-se os apelos à leitura dos clássicos como modelos a seguir fielmente.

Quanto às relações com as outras línguas, eram entendidas dentro de um quadro de prestígio, alheadas da sua funcionalidade e projectos de futuro.

Deste modo, as línguas não se expandiam, mas vigiavam-se zelosamente, apenas sendo permitidas algumas liberdades controladas.

Na etapa internacionalista, os países com colónias, ou aspirações a tê-las, impunham em todo o seu espaço de soberania a língua oficial, proibindo que se falassem as línguas étnicas ou, dentro do território metropolitano, combatendo as suas línguas regionais.

Em simultâneo, e com o apoio de grandes meios financeiros, foram criadas instituições destinadas a propagar no exterior, ou trazer até ao país, os estrangeiros, para dar a conhecer a língua, cultura, instituições, etc, não se poupando em oferecimento de livros, revistas, conferências, cursos anuais e de férias, etc.

Assim surgiram o British Council, a Alliance Française, o Instituto de Alta Cultura e outros institutos e centros culturais.

Percebeu-se então que, por honestas e louváveis razões de diálogo entre culturas, ou por ousada propaganda com objectivos de hegemonia política ou de facilitação comercial, a expansão da língua nas colónias ou no estrangeiro era um veículo privilegiado para coisas tão diversas como o diálogo, a hegemonia, a expansão dominadora, segundo o velho aforismo colonial de que a língua era a melhor companheira do império.

Na etapa do multilinguismo e multiculturalismo, que é aquela em que, desde há algumas décadas vivemos, o ensino e aprendizagem das línguas, de um modo geral, perdeu ou atenuou a sua *hybris* de domínio e expansão, democratizou-se, passou da propaganda ao diálogo entre iguais, tendo-se as instituições que vinham da etapa anterior transformado em *foruns* de diálogo, no melhor sentido da palavra.

É que, entretanto, quer nos Estados Unidos, quer na Europa, a conjuntura socio-política alterou-se profundamente: as correntes migratórias procurando trabalho, realizando negócios, promovendo turismo, alteraram a composição étnica dos países.

Milhões de trabalhadores fixaram residência nos países industrializados, e de um dia para o outro esses países monolíngues ou de débil variedade de expressão linguística viram-se multilingues e multiculturais, com as inevitáveis consequências, tanto no plano das relações sociais como nos da educação, cultura e ensino das línguas.

Os governos tiveram de perceber que a unidade nacional não devia ser entendida à maneira napoleónica do centralismo linguístico e cultural, mas que deviam respeitar e fomentar o ensino das línguas dos seus emigrantes e aceitarem as culturas em suas variadas expressões: no vestuário, na alimentação, nos costumes, na frequência de sinagogas, mesquitas e outros templos que era urgente construir.

Por outras palavras, chegaram à conclusão de que a paz e a harmonia sociais, bem como o rendimento do trabalho, melhor se conseguiriam com o multilinguismo e o multiculturalismo. Que se os trabalhadores estrangeiros vivessem no país de acolhimento mantendo a sua diferença cultural, o benefício seria de todos.

Também, em consequência, passaram as Escolas e Academias a interrogar-se seriamente sobre que sentido tinham agora o centralismo linguístico, o purismo baseado em conceitos de correcção e vernacu-lidade, os "erros" e "corruptelas" de linguagem, a luta contra os estrangeirismos.

Para além disso, e em simultâneo com esta invasão pacífica das multidões de migrantes, outra explosão comunicativa aconteceu, favorecendo os ignorantes contra os eruditos: a explosão comunicativa da televisão impondo uma linguagem simplificada.

Com ela, a escola tradicional passou a sofrer a concorrência daquela que Georges Friedmann apelidou de "escola paralela", a televisão. À lentidão da escrita sucedeu o imediatismo e a evidência da imagem, e o saber deixou de ser hierarquizado e segundo valores, para se tornar num verdadeiro mosaico de realidades desintegradas, como o multilinguismo, o multiculturalismo ou os quadros de Picasso.

Começou-se assim a viver uma situação de grandes transformações, em que importa seguir uma política linguística e cultural que tenha em conta os novos dados do problema, considerando que a globalização, e a sua aliada a língua inglesa dispõem de um poder concentracionário esmagador, a que dificilmente algum país isolado pode resistir.

Impõe-se salvaguardar a diversidade das línguas e a diversidade dentro de cada língua, como expressões relevantes de um património cultural que se solidariza com a própria identidade.

Diversidade essa que exprime a mundividência dos falantes em situações concretas, herdeiros de um património cultural que a sua língua materna guarda, exprime e transmite como sistema modelizador primário, base de outros sistemas modelizadores que acompanham a vida individual e colectiva.

Diversidade que na língua portuguesa começou, naturalmente, a esboçar-se muito cedo, dando origem a variantes, sobretudo na fase da sua expansão intercontinental.

Já o nosso primeiro gramático, Fernão de Oliveira observa, em 1536, variações no vocabulário, "porque os da Beira têm umas falas e os do Alentejo outras, e os homens da Estremadura são diferentes dos de Entre Douro e Minho, porque assim como os tempos, assim também as terras criam diversas condições e conceitos"[3].

Se tal acontecia no interior do país, na fase arcaica da língua, como demonstrou Lindley Cintra, com a aventura dos mares maiores proporções essa diversidade atingiu.

Assim se formaram as grandes variantes de carácter nacional – portuguesa, galega e brasileira –, e previsivelmente poderão acontecer as dos países africanos que foram antigas colónias portuguesas.

Daí que, defender e enriquecer as diversidades dentro da língua comum, é o mesmo que salvaguardar a autenticidade de cada país e da sua cultura, ou das suas culturas, o que, no caso do Brasil, se contabiliza em "cerca de 170 línguas indígenas, as línguas brasileiras autóctones identificadoras de mais de 180 regiões indígenas com uma população de 220.000 índios".[4]

E o mesmo se diga dos crioulos que resultaram da expansão colonial.

Mas como salvaguardar, actualmente, as diversidades dentro da unidade do todo lusófono, se o próprio todo linguístico está em perigo?

Antes, a construção das diversidades ia de par com a construção da independência cultural e política, e não poucas vezes os esforços pela unidade eram olhados com desconfiança. Agora, que a independência goza de tranquila estabilidade, o problema tem de se equacionar ao contrário.

A unidade, em vez de um adversário, passou a ser um aliado.

Tornou-se claro, perante a maré globalizadora, que só na medida em que todo o grupo de países que falam uma língua, sua fonia de base, materna ou oficial, luta pela continuidade e desenvolvimento, é possível fazer face aos novos desafios.

---

[3] Fernão de Oliveira, *Gramática da Linguagem Portuguesa*, 3.ª ed., dir. De Rodrigo de Sá Nogueira, Lisboa, 1933 (1536), cap. XXXVIII.

[4] Virgínia Mattos e Silva, "Diversidade e Unidade – A Aventura Linguística do Português, (2.ª parte)", in *Revista Icalp*, Lisboa, 1988, p.15.

Para tanto, há que equacionar uma política de construção e reforço das fonias, apoiando-se, especialmente, como investimento reprodutivo, as línguas de base dessas fonias.

Estando o Português situado "entre a quinta, inclusive, até à sétima posição, inclusive"[5], entre as línguas mais faladas no mundo, por isso deve ser apoiado, não só pelos próprios países lusófonos, os mais interessados, mas também pelas instituições internacionais que fomentam o diálogo e o intercâmbio de pessoas e bens.

Daí a importância de se reforçar a sua unidade.

Obviamente que a unidade da língua se faz enquanto língua de cultura, não sobre a língua oral, mas sobre a escrita, língua de "feição universalista (oferecida) aos seus milhões de usuários, cada um dos quais pode preservar, ao mesmo tempo, usos nacionais, regionais, sectoriais, profissionais"[6].

António Houaiss explica essa dimensão cultural da língua comparando-a com uma pirâmide em que ela ocupa o ápice, "pelo quase igual teor da sua culturalização gráfica – se entendeu entre si de um modo quase comum: nesse nível, a língua de cultura portuguesa é universal para todos os que a aprenderam como língua de cultura, isto é, transmitida pelo aprendizado escolar: nessa pirâmide, sabe-se de milhares de dialectos locais para um certo tipo de linguagem sem cor local e, de certo modo, sem cor temporal, pois a culturalização acumula o léxico e as regras gramaticais do passado no léxico e regras gramaticais do presente (...) numa fonia, que, no nosso caso, é a lusofonia[7].

---

5 António Houaiss, *O Português no Brasil,* Rio, Unibrade, 1985, p.141.

6 Comissão Nacional para o Aperfeiçoamento do Ensino/Aprendizagem da Língua Nacional, *Relatório Conclusivo*, Ministério da Educação, Rio, 1986, pp 5 e 6.

7 António Houaiss, *Ibidem*, p.15.

2. A hegemonia dos "blocos" e as ameaças ideológicas

Os países em que a língua portuguesa é falada têm sido objecto de cobiças várias sobre o seu território, e sofrido as tentativas da desvalorização da sua língua comum.

Deste modo, ambições e ameaças várias, tanto de ordem territorial como ideológica ou linguístico-cultural, têm pairado, desde o XIX, sobre o espaço lusófono.

Eram idênticos os projectos quer do pan-europeísmo da Conferência de Berlim de 1884, quer os do racismo que os iluministas e positivistas engendraram, e que Gobineau sistematizou de maneira arrogante no seu *Essai sur l'Inégalité des Races Humaines*, de 1853. Essa foi a filosofia política e linguística justificadora de inúmeras usurpações e hostilidades que se continuariam pelo século XX.

Em consequência, nasceu uma política de formação de blocos políticos de grandes potências, questionando a legitimidade das colónias dos pequenos países ou dos países pouco desenvolvidos.

Considerando a usurpação territorial, já em 1890 Sílvio Romero, no Brasil, protestava contra tais pretensões: "por toda a parte se espalham sem o mais leve rebuço as cínicas teorias que chegam a dividir as nações em sãs e doentes, em válidas e moribundas (...) chegam ao ponto de incitar as suas gentes e os seus governos a apoderarem-se das terras daqueles que, na opinião desses fanfarrões do poder e da força, não têm sabido tirar os proventos que a natureza ambiente lhes prodigalizava.

Não seria de mais um sinal de apoio ao heróico Portugal que também faz parte das nações pequenas (...) vemos iguais arrogâncias chegarem até à afronta de se dirigirem a nacionalidades novas como as da América do Sul, ou tradicionais, como a Pérsia ou a Abissínia. (...) Pelo que toca em particular às nações sul-americanas, nomeadamente o Brasil, é a nefanda doutrina da *recolonização* e da *vida sobrepartilha*, aviltrantemente pregada por trêfegos espíritos europeus, pertencentes às famosas *grandes potências*, que se acham à frente do *moderno imperialismo.*"

O projecto cultural lusófono e as dinâmicas desfavoráveis

Romero referia-se, especialmente, às pretensões sobre as terras do Amazonas, do Madeira, do Purús e do Acre, que vão do Amazonas ao Prata.

Nesse protesto, previa a organização das potências em blocos de poder, aglutinados pela língua comum usada, por exemplo, a inglesa: "Esse movimento unitário e centrípeto das raças, formando grandes todos homogéneos entre si, e diferenciados uns dos outros, é que há-de poupar à humanidade a monotonia asfixiante do cosmopolitismo avassalador, que facilmente triunfaria de pequenos povos isolados.

Uma das ideias mais ousadas, atribuídas, creio que a Cecil Rhodes, é a de uma imensa federação de gentes que falam a língua inglesa, e é verdadeiramente genial"[8].

Previsão esta que haveria de ser concretizada em 1926 com a formação do Commonwelth.

As cobiças e ameaças de blocos das grandes potências não se ficaram por aqui, pois as ideias saídas do Congresso Pan-Americano de 1916, do Presidente Wilson, puderam ser interpretadas também de maneira gravosa.

Segundo artigo publicado por René Pinon da Escola de Ciências Políticas de Paris: "O mundo de amanhã verá formarem-se grandes agrupamentos e federações de Estados, tendo como base, interesses de ordem económica, ou de raça, ou mesmo ideal de civilização.

Ao processo de desagregação, consequente da emancipação dos povos, sucederá um processo de reagrupamento"[9].

Assim se vieram a formar o bloco anglo-americano e o germano-eslavo, porque ainda não era o critério da língua o cimento aglutinante dessas uniões.

Muito explícito nas suas intervenções espoliadoras foi Walter Kund ao afirmar: "Há povos que pela sua actividade e inteligência têm todo o direito a existirem e a dirigirem-se por si mesmos; são quase todos

---

[8] Sílvio Romero, *O Brasil na Primeira Década do Século XX*, Lisboa, Editora Limitada, 1912.
[9] Bethencourt Rodrigues, *Diário de Notícias*, Lisboa, 27 de Julho de 1922.

os povos do continente europeu. Outros há incapazes de se aproveitarem dos bens que possuem e que, por indolência, ou por outros motivos deixam improdutivas as suas riquezas naturais; são estes povos, na Europa, Portugal e Espanha, e na América todas as nações latinas, incluindo, portanto, o Brasil. Aos povos activos, fortes e inteligentes, como são os alemães, os ingleses e os americanos, compete, dividindo entre si a tarefa, apossarem-se da herança do mundo latino"[10]

Referindo-se, ainda mais explicitamente a portugueses e espanhóis: "estes territórios não podem ficar em mãos do mais mesquinho e inepto ramo da raça latina!"[11]

Observando que essas dinâmicas imperialistas já se organizavam dentro do próprio país, Sílvio Romero protestava contra a política de emigração então seguida pelo Brasil: "à custa de milhares de contos de reis, alemães em determinada zona e italianos noutra, escolhida a dedo. Um imenso abismo que só mentecaptos não vêem.

Há trinta anos brado contra isto.

Essa política de deixar formarem-se enormes núcleos estranhos, com escolas da sua língua subsidiadas por seus monarcas europeus, por seus governos de além-mar, como se dá entre nós, sobre sua gravíssima ofensa à soberania nacional, é facto sem exemplo na história de todos os tempos"[12].

Aos perigos de usurpação territorial vieram depois juntar-se as *ameaças de carácter ideológico*, continuando a ser o Brasil a presa mais cobiçada.

E por uma razão simples: sendo uma nação etnicamente muito mais miscigenada, porque três grandes "raças" se misturaram, brancos, ameríndios e negros, não era vista com bons olhos pelo racismo branco, dado que, nos seus pressupostos, os mestiços são gente inferior, incapaz, degenerada.

---

10 *Ibidem.*
11 *Ibidem.*
12 Sílvio Romero, *O Elemento Português*, Lisboa, Companhia Nacional Editora, 1902, pp. 38-39.

Contra esse preconceito racista, Graça Aranha escreveu em 1902 o romance *Canaã*, onde da descrição do relacionamento entre colonos alemães e mulatos brasileiros surge com toda a sua crueza o preconceito branco, especialmente formulado pelo alemão Lentz inspirado na filosofia da vontade de poder do superhomem de Nietzsche: "Não vejo probabilidade da raça negra atingir a civilização dos brancos (…) Não acredito que da fusão com espécies radicalmente incapazes resulte uma nova raça sobre que se possa desenvolver a civilização. Será sempre uma cultura inferior, civilização de mulatos, eternos escravos em revoltas e quedas.

Enquanto não se eliminar a raça que é o produto de tal fusão, a civilização será sempre um misterioso artifício, todos os minutos rotos pelo sensualismo, pela bestialidade e pelo servilismo inato do negro. O problema social para o progresso de uma região como o Brasil está na substituição de uma raça híbrida como os mulatos, por europeus".[13]

Sobre essa situação, escreveu Gilberto Freire, em 1940, *Uma Cultura Ameaçada: a Luso-Brasileira*, denunciando o nazismo ariano, e visando, através de uma teoria luso-tropicalista a valorização e a «reabilitação da figura – por tantos caluniada –, do colonizador português no Brasil: para a reabilitação da obra – por tanto tempo negada ou diminuída – da colonização portuguesa da América; para a reabilitação da cultura luso-brasileira, ameaçada hoje, imensamente mais do que se pensa, por agentes culturais de imperialismos etnico-cêntricos, interessados em nos desprestigiar como raça – que qualificam de "mestiça", "corrupta" – e como culturas que desdenham como rasteiramente inferior à sua".[14]

Por caminho idêntico seguiram certas correntes marxistas que, apoiando-se no materialismo dialéctico da evolução e na luta de classes, não viram com bons olhos os países e as ideias em que o diálogo das raças, a harmonia social procurada na concertação, e a base cristã da cultura dos países lusófonos se posicionavam no sentido inverso ao dos princípios e métodos que preconizavam.

---

13 Graça Aranha, *Canaan,* Rio, Briguiet, 1943, pp.42,43.
14 Gilberto Freire, *Uma Cultura Ameaçada: a Luso-Brasileira,* Recife, GPL, 1980, p.25.

O Marxismo de Marx e Engels, sobretudo quando se tornou doutrina oficial do Comunismo elaborada por Lenine, passou a ser a ideologia dominante do século que terminou, com forte presença e influência, sobretudo nos países do Terceiro Mundo, a que pertence boa parte dos países lusófonos.

Não tem sido fácil essa convivência, e não é difícil entender porquê, e porque motivos não poucas vezes essa ideologia se transformou em ameaça.

Logo a começar, pela sua concepção básica da realidade. Entende o marxismo que na base de qualquer valoração ou juízo está a matéria, sendo o materialismo dialéctico a sua forma canónica de evolução.

Daí a importância decisiva e infraestrutural dos factores económicos e das relações de produção condicionando as instituições, assim consideradas superestruturas, bem como os comportamentos sociais, religiosos, psicológicos e políticos, em clara oposição à concepção espiritualista e cristã da cultura lusófona.

Não ignora esta que os problemas sociais e a urgência em se vencerem as dificuldades e injustiças devem passar pela prioridade dos valores do espírito e pela vontade de ser a partir deles que se chegue a soluções justas, na repartição das riquezas e na obtenção da harmonia e da paz.

Resumindo o pensamento de Marx, Henri Lefebvre afirma: "Il montre que l'alienation de l'homme ne se définit pas religieusement, métaphisiquement ou moralement.

Au contraire, les métaphysiques, les religions et les morales contribuaient à aliéner l'homme, à l'arracher à soi-même, à le détourner de la conscience véritable et de ses véritables problèmes»[15].

E a mesma incompatibilidade ocorre em relação à doutrina e prática da luta de classes, o verdadeiro motor da história para os marxistas, luta essa que, segundo Marx, conduz à ditadura do proletariado entendida como transitória, destinada à abolição das classes e ao estabelecimento de uma sociedade sem classes.

---

[15] Henri Lefevre, *Le Marxisme,* Paris, PUF, 1968, p.39.

O projecto cultural lusófono e as dinâmicas desfavoráveis 125

Como conciliar esta concepção conflitual da sociedade, oposta a uma natural consequência do livre exercício da liberdade, com o ideal humanista e cristão da Lusofonia que vê na harmonia racial e social, e na paz, um dos comportamentos a pôr em prática, entendendo que não é pela supressão da liberdade, pela repressão feita por qualquer tipo de ditadura ou controlo que se resolvem os problemas. Mesmo o problema da injustiça é solúvel por processos democráticos, como se comprova nas sociedades livres em que a conciliação de interesses opostos se pode obter pela negociação e, não poucas vezes, pela concertação social.

Lucidamente Edson Nery da Fonseca assim resumiu esta cultura: "Esta permanente conciliação de contrários (…) é, talvez, uma atitude inspirada pelo relacionamento nem sempre conflituoso, mas, ao contrário, frequentemente amoroso, entre senhores e escravos, dominadores e dominados na formação social do Brasil"[16].

Estreitamente ligado ao marxismo, e com incompatibilidades semelhantes, se processou uma corrente radical da Negritude, aquela que vem, sobretudo, de Aimé Césaire.

Com efeito, segundo Fernando Neves[17], na redescoberta da África pelos africanos três foram as vias principais de acesso: a "via da Negritude", a política do "Pan-africanismo" e a revolucionária do "Socialismo científico mundial", tendo-se a negritude imposto, sobretudo, no campo cultural, como de grande influência entre os intelectuais.

No início era um fenómeno simplesmente literário, mas depressa se transformou numa ideologia política e revolucionária não só defendendo os valores da cultura negra e a emancipação dos povos africanos, mas também combatendo a cultura e as instituições que, na sua óptica, julgava identificarem-se com a opressão e o colonialismo.

Apareceu primeiro a dar continuidade aos movimentos "Back to Africa" e "Black Renaissance" americanos, dos fins do século XIX, e dos movimentos Haitianos, Cubanos, da Martinica e Antilhas, em especial,

---

16 Edson Nery da Fonseca, "Gilberto Freire: Conciliador de Contrários", in *Ciência e Trópico*, n.º 2, Recife, Julho-Dezembro de 1987, p.171.
17 Fernando Neves, *Negritude, Idependência, Revolução,* Paris, ETC., 1975.

mas foi a partir dos anos 30 do século XX que se impôs como movimento de real significado com a "legitime défense" de Aimé Césaire, e com Leopold Senghor, em especial.

Na década seguinte, saiu o movimento reforçado com o grupo da revista *Présence Africaine* de Alioune Diop, e com o patrocínio de intelectuais franceses com o prestígio de Jean-Paul Sartre e Albert Camus.

Embora fosse nas décadas seguintes perdendo prestígio e influência até aos anos 70, realizou, contudo, uma sementeira de incompatibilidades nada favoráveis aos conceitos da lusofonia, maximamente na hostilidade militante sempre manifestada para com a teoria gilbertiana do luso-tropicalismo.

É certo que a corrente originada em Senghor, de um humanismo universal de cultura e humanismo, é uma negritude de diálogo, mas assim não aconteceu com o radicalismo e racismo de Aimé Césaire, Depestre e outros.

Até porque a negritude mais em evidência foi, desde o começo, inspirada e muito baseada no marxismo.

Para Aimé Césaire, escreve Senghor:"O branco simboliza o capital, como o negro o trabalho... Através dos homens de pele negra da sua raça ele conta a luta do proletariado mundial" E Sartre corrobora: "sem dúvida não é por acaso que os bardos mais ardentes da negritude são, ao mesmo tempo, militantes marxistas".

Aliás, na antologia *La Nouvelle Poésie Nègre et Malgache de Langue Française,* editada por Senghor, no famoso prefácio de Sartre "Orphée Noir", "La question primordial était, en fait, négritude et marxisme. Les tenants de la Négritude estiment que leur doctrine est pour le continent africain, la seule réponse valable au Marxisme, étant entendu qu'il s'agit beaucoup moins de récuser celui-ci, qui est une méthode, que de rejeter ses modéles historiques, russe, chinois ou autres, simples masques des néo-impérialismes. Il s'agit en quelque sorte d'assimiler le marxisme, de le «négrifier»[18].

---

[18] Fernando Neves, *Ibidem,* pp. 139-140.

Não era esta a negritude de Senghor que, embora no início a aceitasse como um racismo anti-racista necessário, se pautou pela aproximação cultural e pelo diálogo, naturalmente mal vistos por aqueles que, segundo René Depestre, defendiam também uma "negritude de classe", considerando a proposta de Senghor como "uma tese irracional", perigosa e mistificadora, subproduto do nacionalismo [que] serviria de base cultural à penetração neo-colonialista na África e na América".[19]

Assim composta de luta de classes e de racismo, esta negritude radical nunca viu com bons olhos a Lusofonia, cujos ideais, repita-se, se baseiam no diálogo, na concertação, nos princípios espiritualistas e cristãos.

E também não descurou esta negritude a luta contra o Cristianismo, tendência que já vinha de Aimé Césaire.

Sobretudo depois dos anos 50, da Conferência de Bandung, de 1955, claramente anti-clerical[20] desenvolvendo a ideia lançada em 1945 pelo V Congresso Pan-Africano de Manchester que tinha acusado o Cristianismo de se identificar, na África Ocidental com a exploração política e económica dos povos oeste-africanos.

Ainda o mesmo Sartre reconhece que "a maioria dos poemas da negritude são de ponta a ponta anti-cristãos".[21]

Assumida como luta de classes e luta de raças, não poderia a negritude entender o luso-tropicalismo e as ideias de Gilberto Freire quando este afirmou:"a mestiçagem unifica os homens separados pelos mitos raciais. A mestiçagem reúne sociedades divididas pelas místicas raciais em grupos inimigos. A mestiçagem reorganiza nações comprometidas em sua unidade e em seus destinos democráticos pelas superstições sociais. A mestiçagem completa Cristo (...) A mestiçagem é a democracia social em sua expressão mais pura. Sem ela fracassa o

---

19 *Apud,* Eduardo dos Santos, *A Negritude e a luta pelas Idependências na África Portuguesa,* Lisboa, Minerva, 1975, p. 36.
20 Eduardo dos Santos, *Ibidem,* pp. 139-140.
21 *Idem, Ibidem,* p.30.

128   Da Lusitanidade à Lusofonia

próprio Marx no que a sua ideologia tem de melhor".[22]

Mais recentemente, com a mundialização das comunicações, ace-lerou-se o fenómeno da unificação do planeta, a que se deu o nome de globalização.

Defendendo em face dela os valores próprios, a Lusofonia preco-niza, por isso, um tipo de relacionamento humano mais consentâneo com as nossas culturas.

Já Pessoa notava que "de todos os povos da Europa somos nós aquele em que é menor o ódio a outras raças e a outras nações. É sabido de todos, e de muitos censurado, o pouco que nos afastamos das raças de cor diferente (...) a nossa índole prepara para aquela fraternidade universal".[23]

Até Charles Boxer, que tão implacavelmente analisou a coloniza-ção portuguesa, e que tantas dificuldades teve para entender as suas contradições que escapavam à coerência e geometrismo saxónicos, não pôde deixar de afirmar, no meio de críticas ao racismo que também foi português, que os portugueses o eram menos que os outros: "can tru-thfully be said is that, in this respect, they were usually more liberal in pratice than were their Dutch, English and French sucessors".[24]

Como já foi afirmado, a Lusofonia dá os seus primeiros passos, e a unidade da língua só lentamente provoca a construção da unidade das nações lusófonas agindo como um bloco.

Até porque não é fácil realizá-la, dado que os países lusófonos não estão no número das grandes potências industriais, sendo alguns deles de economia muito débil e vivendo situações de pobreza aguda. Rea-lidades estas que os forçam à dependência económica e política em relação a países da Anglofonia e Commonwealth, e da Francofonia.

Nenhum país lusófono, isolado, pode enfrentar com sucesso o desafio ambivalente da globalização. É necessário que todos se unam

---

22   Gilberto Freire, *O Brasil em Face das Áfricas Negras e Mestiças,* Lisboa, 1963.

23   Fernando Pessoa, *Ibidem,* p.237.

24   Charles Boxer, *Four Centuries of Portuguese Expansion 1415-1825,* Succint Survey.

O projecto cultural lusófono e as dinâmicas desfavoráveis

para se defenderem dos abusos e preservarem os seus valores nacionais e regionais.

Se, por um lado, através da globalização, se obtém algum ganho na promoção dos valores e direitos humanos, especialmente pela homogeneização de políticas de desenvolvimento e de sistemas jurídicos, e também pela proposição-aceitação de modelos que facilitam a solução de problemas que sempre ultrapassaram a capacidade de um país no âmbito da saúde, do ambiente, do combate à pobreza, por outro lado a grande concentração económica desestabiliza e desorganiza as economias débeis e as políticas culturais dos povos.

É que a concentração económica arrasta consigo a reorganização da sociedade, provocando a "desterritorialização" das forças produtivas, levando ao esvaziamento das economias nacionais e a uma "concomitante polarização de actividades produtivas, industriais, manufactureiras, de serviços, financeiras, administrativas, gerenciais, decisórias"[25] com as inevitáveis consequências nas línguas e nas culturas.

E como são as nações mais ricas e prósperas o centro motor destas transformações, e os Estados Unidos o centro do centro deste furacão, daí as imposições descaracterizadoras da cultura tecnocrática, e a dominância da língua inglesa e do "american way of life".

Entre as culturas e línguas mais prejudicadas encontram-se as de matriz latina (a Hispanofonia, a Lusofonia, a Francofonia), pelo que uma estratégia de defesa, individual e de grupo se impõe.

Por um lado, devemo-nos aliar a espanhóis e franceses contra a expressão anglófona, por outro, impõe-se o reforço da nossa própria coesão.

Em relação à Francofonia, em especial, a Lusofonia devia reivindicar um respeito maior pelo seu espaço e esfera de influência, pois ultimamente se têm sentido demasiadas cobiças de hegemonia, nomeadamente em Cabo Verde e na Guiné. Se nos dividirmos como rivais, como fazer frente aos excessos da Anglofonia americanizante?

---

25 Octávio Ianni, *A Era do Globalismo*, 3.ªed., Rio, Civ. Brasileira, 1997, p.12.

130   Da Lusitanidade à Lusofonia

É que a influência potencialmente descaracterizadora da globalização não se faz sentir só sobre os países de economias pobres, também se exerce sobre outras culturas de países industrializados, quer diluíndo-lhes a identidade, quer apropriando-se dos seus valores próprios, não já como contributos para a harmonia universal, mas sobretudo coisificando-os como objectos banais de consumo cultural.

E não são estes perigos meras suposições teóricas, porque a inevitável unificação do mundo está a verificar-se em movimento uniformemente acelerado.

Segundo o relatório do Programa das Nações Unidas para o Desenvolvimento (PNUD) publicado em 29 de Julho de 2000, o movimento cultural contemporâneo está desequilibrado por ser grande a instabilidade cultural dos países pobres que não dispõem de barreiras de resistência ou selecção, sobretudo nas duas áreas mais sensíveis para a criação ou transformação da mentalidade colectiva: a da informação e a do entretenimento.

É cada vez mais universal e avassaladora a audiência da CNN e da BBC que agora emitem 24 horas sobre 24 horas, até porque, em apenas quatro anos, no mundo inteiro, passou para o dobro o número de televisores em uso.

Quanto à informatização em geral, e ao uso da Internet em particular, elas passaram a ser práticas rotineiras e prestigiadas, possibilitadas por facilidades cada vez maiores que vão até à oferta total por parte das grandes empresas e dos governos.

E o mesmo se poderá dizer do *show business* e do cinema americano, em especial. Basta lembrar que a maior e mais rentável indústria americana não é a da aeronáutica ou do automóvel, mas do audiovisual, e que os filmes de Holliwood triunfam em toda a parte.

Concluem os autores do relatório do PNUD que "há necessidade de maior apoio para as culturas indígenas e nacionais, para que elas possam florescer de forma paralela às culturas estrangeiras", porque obviamente não pode ser um ideal, o isolacionismo, mas uma saudável competição.

O projecto cultural lusófono e as dinâmicas desfavoráveis   131

Naturalmente que a unidade linguística não é panaceia milagrosa para resolver eficazmente os problemas levantados pela globalização, mas ela está na base de uma conjugação de forças a que chamamos Lusofonia.

Nela e na Lusofonia deverão ser enquadrados os meios para que o necessário e indispensável diálogo com as outras culturas se realize, preservando os nossos valores.

Valores que se constelam à volta de concepções e atitudes relativas a Deus, ao Homem, à sociedade, realizados sobre um fundo cristão, em diálogo étnico que repele todas as formas de racismo, e que elegem a tolerância, a cordialidade, a concertação, a solidariedade, como formas suas de Humanismo.

A Lusofonia não é só um problema linguístico de ensino e aprendizagem de uma língua de comunicação internacional, é muito mais do que isso – uma certa forma de estar no mundo e de viver em sociedade.

Por isso trabalhamos cada vez mais a favor da unidade da língua comum da Lusofonia, para que enfrente com sucesso os desafios que lhe surgem, e reivindicamos na União Europeia mudanças na sua política linguística protagonizada pelos programas "Língua" e "Sócrates", e "Ano Europeu das Línguas".

Política essa que pretendendo, certamente com boas intenções, ajudar todas as línguas que, brevemente, serão dezenas, em vez de favorecer o diálogo entre elas, as vão encher de ruídos e confusão, reeditando a Torre de Babel. Em vez disso, será mais eficaz e económico apoiar as línguas de base das grandes fonias mundiais de comunicação, que todas são europeias. Independentemente da língua franca, o inglês, ou seja: a Hispanofonia, a Lusofonia, a Francofonia, a Germanofonia. Apoiando essas línguas de base da comunicação internacional, porque não são as línguas de apenas quatro países, mas quatro constelações linguísticas que abrangem o mundo inteiro.

Considerou-se no "Ano Europeu das Línguas" que "a Europa do futuro, tal como a do passado e a do presente, será uma Europa marcada pela *diversidade* linguística, e que esta diversidade é vista como uma das grandes forças da Europa, como afirmaram a Comissária Europeia pela Educação e Cultura e o Secretário-Geral do Conselho de Europa. Por isso se recomendou que todos os cidadãos europeus falassem, para além da sua língua materna, duas línguas estrangeiras.

Só temos de aplaudir tão inteligente objectivo. Contudo, atrevemo-nos a corrigir o modo de apresentar as estatísticas das línguas europeias, por laborar num grande equívoco: o de se isolarem os seus usos maternos, como língua segunda ou estrangeira, do uso comunicativo global dessas mesmas línguas no mundo, como se não vivessemos nós a era da globalização.

Com efeito, afirmar que as línguas mais faladas na Europa são o alemão, depois o italiano e o francês, e só depois o inglês e as outras, embora seja estatística assente em dados verdadeiros e objectivos, mais contribui para confundir e desorientar o cidadão europeu, do que para o elucidar. Não se pode isolar uma língua europeia do seu todo, a não ser para certos fins específicos. Bem diferente e outra é a realidade das línguas europeias que nem no passado histórico, nem actualmente se acantonaram numa qualquer fortaleza europeia. Antes pelo contrário, se espalharam pelo mundo. Continuando a utilizar o mesmo critério quantitativo, as línguas europeias faladas no resto do mundo obedecem a uma outra série hierárquica, aliás bem conhecida: primeiro o inglês, depois o espanhol, depois o português, a seguir o francês, etc.

E foi essa expansão pelo mundo que deu à Europa grande parte da sua prosperidade e do seu poder e prestígio.

Por outro lado, também não se pode ignorar que hoje os países estão agrupados por línguas e laços culturais, formando blocos, sendo, portanto, mais alargadas e diversificadas as motivações para aprendizagem.

Por outras palavras: não se contesta a verdade estatística exclusivamente europeia "Quem fala o quê", apresentada na Internet, mas chama-se a atenção para que a estatística das línguas europeias assim entendidas induz em erro, em muita espécie de erros.

Por exemplo, afirmar, como ali se faz, que o português é usado como língua materna por 3% dos europeus, e que os que a escolhem como segunda língua ou língua estrangeira são 0%, é iludir a realidade.

Por outras palavras, essa é uma realidade mentirosa, uma certeza falsa, porque, no mundo, o português é uma das grandes línguas de comunicação enquanto materna, de comunicação internacional, de ciência, de religião, de cultura.

Com isto queremos dizer que a visão das línguas europeias apresentada pelos responsáveis do "Ano Europeu das Línguas" precisa de ser completada, para evitar ambiguidades.

Outra coisa aconteceria se, ao lado dessa "verdade" estivesse a outra, da seriação e estatística dessas mesmas línguas europeias na sua difusão mundial.

Assim, a boa intenção e louvável iniciativa dos seus promotores não poderia ser apodada de informação de meias verdades.

Mas talvez as maiores culpas de não ser reconhecida a verdade da importância e expansão da Língua Portuguesa e da Lusofonia se devam atribuir aos próprios lusófonos, que muito pouco fazem para reivindicarem os seus direitos nos fóruns internacionais.

Desde a falta de visão de uma política linguística que ponha em vigor o Acordo Ortográfico por todos aprovado, até à passividade e indolência da CPLP e à imperdoável demora em instalar e fazer funcionar o Instituto Internacional da Língua Portuguesa, tudo se conjuga para encorajar os adversários ou concorrentes da Lusofonia para a desqualificarem ou ignorarem.

Em resumo, só com uma política linguística concertada dos oito, seremos capazes de transformar o desafio da globalização em potenciação de eficácia, e não em confissão de derrota.

Lisboa, Academia das Ciências, Fevereiro de 2003.

As literaturas de língua portuguesa
em áreas tropicais

No espaço linguístico português existem hoje sete literaturas a significar e assegurar a pujança de uma língua comum que, à medida que os tempos passam, se enriquece em variedades nacionais e regionais, com a firmeza e a unidade suficientes para ser veículo de comunicação adentro de uma grande comunidade a formar-se.

São literaturas em fases diferentes de crescimento, mantendo umas com as outras uma intercomunicação assimétrica, porque diversos são os estágios da sua evolução cultural e da circunstância onde se enquadram.

A Literatura Brasileira já atingiu a plenitude, e, se não fosse a incongruência da metáfora biológica, diríamos que de filha se tornou irmã da Portuguesa, como amplamente o demonstra a igualdade de capacidades, sobretudo a partir do neo-realismo português. Com efeito, até praticamente ao romance nordestino de 30 e a nível literário, era sempre a Literatura Portuguesa a apresentar modelos e sugestões à Brasileira, e a partir dessa data passou a Literatura Brasileira a influenciar a Portuguesa, como está amplamente demonstrado, processando-se desde então, até aos nossos dias, uma intercomunicação literária feita de igual para igual.

Da Literatura Cabo-Verdiana também se pode dizer gozar do estatuto de literatura autónoma, mesmo antes da independência política, pois se encontra em plena fase de consolidação e a caminho de uma plenitude que não vai tardar.

Quanto às restantes – Angolana, Moçambicana, Santomense, e, sobretudo, a Guineense –, ainda em fase inicial, não podemos fazer um juízo global semelhante. Embora as entendamos já como literaturas nacionais, pois nessas nações se processam sistemas de comunicação estética coerentes e consistentes com um mínimo de funcionalidade. Mas ainda em fase inicial, sendo a mais adiantada a de Angola, e a mais atrasada a da Guiné. É que, na grande república das Letras, não basta a vontade de ser.

Mas, a simples enunciação do número e identidade das literaturas de língua portuguesa já provoca, decerto, entre os presentes, ainda antes da enunciação dos problemas que queremos levantar, umas tantas interrogações de método e identificação: as literaturas de língua portuguesa em África serão mesmo cinco? Teremos nós o direito de arrolar essas expressões literárias como literaturas nacionais, quando alguns, dentro e fora desses países, se pronunciam pela negativa?

Responde-se, desde já, apontando como critério usado o que em outra ocasião tivemos oportunidade de expor longamente[1], e não é possível repetir aqui do mesmo modo. Para nós, a identificação de uma literatura não assenta no critério da independência política nem no da delimitação geográfica, muito menos no da língua ou peculiaridades nacionais baseadas num possível e genuíno espírito ou alma colectiva, mas no critério, que supomos o mais objectivo, científico e de aplicação universal: o de se entender por literatura nacional um sistema comunicativo estético, autónomo, ligado a determinada nação. Quanto à genuinidade do carácter nacional, da sua ausência ou transformação em diversos períodos da história, presença ou ausência em escritores ou correntes, isso pertence a outro tipo de interrogações que têm certamente muito a ver com a literatura, bem como com qualquer processo humano colectivo, mas não é critério adequado para a delimitação de uma literatura nacional.

E já no Brasil, há bastante tempo, esta perspectiva da literatura como sistema vem sendo aplicada por António Cândido, José Aderaldo Castelo e outros.

Assim sendo, a partir do momento em que existe uma nação, um sistema de comunicação literária (autores, obras, leitores) a ela ligados

---

[1] Fernando Cristóvão, «A Literatura como sistema nacional», in *Cruzeiro do Sul, a Norte,* Lisboa, Imprensa Nacional, 1982, p. 13.

As literaturas de língua portuguesa em áreas tropicais   139

e minimamente coerente e eficaz, é que podemos falar em literatura nacional. Situação esta que ocorre naturalmente, embora não necessariamente, depois da independência política, mas que lhe pode ser anterior, como aconteceu, de maneira insofismável, por exemplo, no Brasil e em Cabo Verde. Assim, porque também agora isso acontece nas outras nações, embora desigualmente, falámos em cinco literaturas africanas.

Apenas acrescentarei, porque parece ter foros de preconceito a opinião contrária, que uma literatura não se deve estudar só nas fases de plenitude nem nos seus autores maiores, mas também na sua formação, situações de ruptura e crescimento.

Deixando para o debate que se irá seguir algumas precisões ainda necessárias, podemos então regressar à interrogação que nos preparávamos para fazer, a servir de leit-motiv e incentivo: sendo as sete literaturas feitas na mesma língua e seis delas por mediação cultural do mesmo país, ainda que em circunstâncias e épocas históricas diversificadas, dentro de áreas tropicais, será que há nelas algo de comum, vectores similares a apontar-lhes um caminho? Existe, porventura, um luso-tropicalismo literário? E ainda, a modo de complemento, uma outra questão: será aceitável e desejável uma política cultural de alguns aspectos comuns, em que todas as partes sejam igualmente intervenientes?

Creio que nem por serem contrários os ventos que mais poeira levantam, ao mesmo tempo que é quase inevitável a urticária das susceptibilidades, estas questões devem ser evitadas. É certo que o luso-tropicalismo é uma «cultura ameaçada», mas a hipótese de Gilberto Freyre é demasiado sólida e fundamentada para ser esquecida. Vale a pena testá-la no campo da literatura, e é isso que vamos fazer, pois no campo da história, da sociologia e antropologia outros o farão com a autoridade que não temos, pois a nossa atenção vai para as letras e para o fenómeno humano que sempre as acompanha.

Fidelino de Figueiredo, em publicação de 1915, seduzido pelas ideias de Brunetière na forma de apreciar as literaturas segundo as características nacionais, a evolução dos géneros e uma noção de valor considerada como elemento essencial para um juízo, ao propor-se «esboçar as predominantes feições morais e estéticas de cerca de oito séculos de produtividade literária», assim caracterizou a Literatura Portuguesa: «reconhecemos como mais relevantes características desse desenvolvimento: o ciclo das descobertas, o predomínio do lirismo, a frequência do gosto épico, a escassez de teatro, a carência de espírito crítico e de espírito filosófico, a separação do público, um certo misticismo de pensamento e sentimento».[2]

Por esta óptica e tipologia se têm pautado desde então outras análises da Literatura Portuguesa. Por exemplo, a da recente síntese de Jacinto do Prado Coelho[3]. E da Literatura Brasileira, por exemplo, a de Afrânio Coutinho na prestimosa *A Literatura no Brasil*[4].

Tomando como ponto de partida e modelo a proposta de Fidelino, Afrânio assinalou como mais salientes da Literatura Brasileira as *seguintes facetas*: predomínio do lirismo, exaltação da natureza, ausência de tradição, alienação do escritor, divórcio com o povo, ausência de consciência técnica, culto da improvisação, literatura quase identificada com a política, imitação e originalidade, interacção metrópole-província.

Ora, cotejando as duas tipologias, várias conclusões se impõem: a primeira é a de que a de Afrânio, embora se inspire na de Fidelino, não a repete completamente, deixando em aberto várias características ou factos comummente apontados como típicos também da literatura brasileira (por exemplo a escassez de teatro). Em segundo lugar, que há um núcleo coincidente de características-base que relevam mais da psicologia e substrato antropológico das duas nações, que de uma certa prática histórica não necessariamente imanente. Em terceiro lugar, que assim como algumas das características apontadas por Fidelino ficam sem correspondência brasileira, outras se afirmam no Brasil como próprias e originais.

---

2 Fidelino de Figueiredo, *Características da Literatura Portuguesa*, Lisboa, Clássica Editora, 1915, pp. 10-11.

3 Jacinto do Prado Coelho, *Originalidade da Literatura Portuguesa*, Lisboa, ICALP, 1977.

4 Afrânio Coutinho, *A Literatura no Brasil*, vol. V, Rio, Sul Americana, 1971, p. 129.

As literaturas de língua portuguesa em áreas tropicais   141

Mas, passemos à sua análise concreta. O eixo coincidente nas duas tipologias essenta basicamente no seguinte: predomínio do lirismo, afastamento do público (enunciada esta característica, em Afrânio, sob a forma de «alienação do escritor» e «divórcio com o povo»), e existência de um tipo de pensamento e sentimento de carácter superficial, expresso em Fidelino como «misticismo de pensamento e sentimento», que nele significa uma mescla de subjectivismo com perplexidade, impressionismo e confusão, e em Afrânio expresso como «ausência de consciência técnica» e «culto da improvisação».

Mas, as correspondências entre as duas literaturas são ainda maiores se, tomando como primeiro termo de comparação a tabela lusa, formos buscar ao consenso de outros historiadores literários e críticos um veredicto autorizado. Assim, por exemplo, à «escassez de teatro» em Portugal deveremos acrescentar também a mesma escassez no Brasil e, adiantemo-nos já, também em todos os países africanos de língua portuguesa. José Veríssimo já sentenciara que «produto do Romantismo, o teatro brasileiro finou-se com ele». Machado afiançou para o seu tempo: «não há actualmente teatro brasileiro» e, na actualidade, uma voz autorizada como a de Sábato Magaldi, apesar de salientar a injustiça destas afirmações relativamente ao nosso tempo, não deixa de confessar: «Ainda é comum afirmar-se, quando se procuram critérios absolutos ou se fazem comparações com as melhores realidades europeias e norte-americanas que o teatro brasileiro não existe. Algumas peças isoladas, de valor, não formam uma literatura dramática, nem poderiam almejar cidadania universal».[5]

Do mesmo modo, também o *item* de Fidelino «carência de espírito crítico e filosófico» encontra correspondência no espaço brasileiro, pois são bem elucidativas a este respeito as afirmações de Evaristo de Morais Filho declarando «constitui um dos lugares comuns mais repetidos entre nós o que se refere à nossa reconhecida incapacidade para os estudos abstractos, e para a filosofia em geral. Não há um só *possível*

---

5 Sábato Magaldi, *Panorama do Teatro Brasileiro*, Mec, 1962, p. 10.

pensador brasileiro, em todos os tempos, que não inicie a sua nova síntese dos conhecimentos humanos com esta observação».[6] E quanto à crítica, ressalvando alguns valores individuais, nem na fase do eminentemente crítico primeiro Modernismo ela pareceu afirmar-se, pois como elucidou Wilson Martins «a nossa crítica sob a sua forma específica chegará com grande atraso nesse movimento essencialmente crítico: a crítica que se pode legitimamente chamar de «modernista», isto é, praticada por escritores que houvessem formado o seu espírito depois de 1922 e que por isso não tiveram a realizar nenhum esforço mental de adaptação ou de condescendência, somente aparecerá na terceira década, ou seja, por volta de 1940».[7] Daí que mesmo Afrânio Coutinho tenha saudado a realização do Primeiro Congresso de Crítica e História Literária, em 1960, precisamente nesta cidade do Recife, como tendo marcado «o fim da era do individualismo feroz, do espaço puramente individual, do trabalho no isolamento dos gabinetes fechados, para dar nascimento ao espírito de equipe e de colaboração científica em que uns auxiliam os outros, cooperam e permutam experiências e indicações a fim de que os resultados sejam mais rapidamente e melhor atingidos».[8]

Temos assim alongado para cinco características comuns, o eixo caracterizador das literaturas portuguesa e brasileira, isto sem cuidarmos de encontrar pontos de contacto entre as outras diferentes, que os têm. A este conjunto comum chamaremos, por conveniência de linguagem, *primeiro elenco*. Da lista de Fidelino ficam, portanto, excluídas as duas facetas relativas à épica, assim enunciadas: «ciclo das descobertas» e «frequência do gosto épico», e como originais na Literatura Brasileira a persistente ligação da literatura à política (algo partilhada pelas literaturas africanas em questão), a exaltação da natureza, a ausência de tradição, o dinamismo imitação vs originalidade, e a tensão metrópole-província, a que chamaremos *segundo elenco*, também, por simples coincidência, de cinco características, como o primeiro.

[6] Evaristo de Morais Filho, «Literatura e Filosofia» in *A Literatura no Brasil*, VI vol., p. 129.
[7] Wilson Martins in *A Literatura no Brasil*, vol. V, p. 495.

As literaturas de língua portuguesa em áreas tropicais 143

A partir da investigação destes factores literários e suas homologações e confrontos, podemos voltar de novo às interrogações-hipóteses em análise: as cinco coincidências do primeiro elenco não denunciarão um fundo antropológico e cultural já verificado no espaço luso-brasileiro mas, presumivelmente, também africano lusófono? E não serão elas verdadeiras condicionantes de profundidade dos fenómenos cultural e literário em toda a área formada pelas sete nações lusófonas? E as do segundo elenco, apresentando situações típicas brasileiras e africanas, em especial, não serão características temporárias, de superfície, inevitáveis num processo de autonomização iniciado ou não completamente terminado, destinadas a ficarem tão esbatidas no futuro que não passem de matizes epocais?

Efectivamente, as do primeiro elenco, as autênticas de base, parecem confirmar eloquentemente a tese luso-tropicalista da «integração de povos autóctones e de Culturas diferentes das europeias num complexo novo de civilização».[9] Na verdade, que traduz a predominância lírica senão o privilegiar do subjectivo, do extravasamento amoroso, do predomínio dos valores afectivos sobre os intelectuais, da fusão e nova identidade como a que o luso realizou nos trópicos? E, do mesmo modo, a alergia, talvez mais que a incapacidade, à reflexão crítica e filosófica disciplinadas e rigorosas, às construções sólidas do *pathos*, do conflito e de outras características da literatura dramática? Que é ela senão a energia e a força da «aventura» abrandada pela «rotina»?

Isto se coaduna como o originário modo de ser do português «de passado indefinido entre a Europa e a África. Nem intransigentemente de uma nem de outra, mas das duas»[10], na leitura de G. Freyre; com o «vago e fugidio que contrasta com a terminante afirmativa do castelhano»,[11] na expressão de Jaime Cortesão; com a «inadaptabilidade

---

8 Afrânio Coutinho, in *A Literatura no Brasil*, vol. V, p. 592.
9 Gilberto Freyre, *O Luso e o Trópico*, Lisboa, 1961, p. 13.
10 Gilberto Freyre, *Casa Grande e Senzala*. Lisboa, Livros do Brasil, s. d., p. 18.
11 Jaime Cortesão, *História de Portugal*, Lisboa, 1951, p. 71.

a coisa nenhuma – o dote de não ser *anti* cousa alguma», no entendimento de António Sérgio.[12]

E, da mesma maneira, se ajusta ao temperamento brasileiro, seja ele enunciado segundo as teses do homem cordial de «fundo emocional extremamente rico e transbordante», na interpretação de Sérgio Buarque de Holanda[13], ou na do brasileiro triste que herdou a tristeza das três raças que o originaram, segundo Paulo Prado[14]. Ou, ainda mais acertadamente, julgamos, no que isso prolonga a herança portuguesa da não rigidez, não intransigência ou orgulho de casticismo, na síntese esboçada por Mário de Andrade em *Macunaíma*, «herói de nenhum carácter».

Isto também se harmoniza com o que sabemos do homem africano em geral (faltam estudos especializados para a área lusófona), da sua chamada indolência, da função especial que atribui à palavra, da exuberância e entrega às forças da natureza e da importância relevante dos laços afectivos de família e parentesco, generosamente amplos, características estas que não sendo exclusivas dessa área lusófona encontram, no entanto, na comunidade linguística, histórica, e até rácica a que pertencem, especiais oportunidades de desenvolvimento e intercâmbio.

É este fundo comum que condiciona, sem dúvida, os principais vectores das literaturas em apreço, pois sempre o literário esteve intimamente ligado ao antropológico, quaisquer que sejam os conceitos e preconceitos assumidos ao longo dos tempos.

Para o espaço português e brasileiro, o luso-tropicalismo é tese ainda a considerar, tanto no plano biológico como no cultural. Para o espaço africano, os indicadores que para lá parecem apontar pertencem a um processo em curso que, apesar de interrompido ou fortemente diminuído por algum tempo, persiste em continuar. Processo interrom-

---

12 António Sérgio, prefácio à edição portuguesa de *O Mundo que o Português Criou*, Lisboa, Livros do Brasil, s. d., p. 15.

13 Sérgio Buarque de Holanda, *Raízes do Brasil*, Rio, 1936.

14 Paulo Prado, *Retrato do Brasil*, São Paulo, Duprat-Mayença, 1928.

pido, sobretudo, porque o luso-tropicalismo tendo sido usado política e ideologicamente para dar cobertura ao colonialismo, tem sido rejeitado como tese interpretativa e como praxis cultural. E não só por isso, também porque na luta de gigantes que se trava no mundo de hoje entre as duas superpotências, em todos os domínios, desde o cultural ao económico e político, sobretudo a partir do moderno tratado de Tordesilhas – que foi na prática o dos acordos de Yalta –, e onde Portugal não contou, a África lusa é disputada em termos de herança. Nessa situação, torna-se ainda mais difícil para as novas nações afirmarem a sua independência e autonomia. E, no que toca ao confronto ideológico, o luso-tropicalismo tinha de ser forçosamente cultura novamente ameaçada. Tendo-se essa ameaça concretizado especialmente com a resposta da «negritude» à arrogância e excessos arianos. Primeiro formulou-se, no espaço português, na oposição negritude vs luso-tropicalismo, depois no seu sucedâneo socialismo *vs* colonialismo. Na verdade, a negritude sofreu evolução acelerada, passando rapidamente do racismo anti-racista para a agressividade revolucionária, sobretudo a partir da intervenção de Sartre, bem longe já das ideias primitivas de 1931 de Aimé Césaire, Senghor e Léon Dumas, e da chamada «negritude das fontes». Antes de se transformar em luta de classes foi luta de raças, ou ambas, simultaneamente. E enquanto racismo anti-racista foi contra as formas de assimilação e de diálogo rácico, de que a mestiçagem é o melhor resultado, e o luso-tropicalismo a sua melhor expressão. Esclarecidamente, Gilberto Freyre afirma a propósito: «a mestiçagem unifica os homens separados pelos mitos raciais. A mestiçagem reúne sociedades divididas pelas místicas raciais em grupos inimigos. A mestiçagem reorganiza nações comprometidas em sua· unidade e em seus destinos democráticos pelas superstições sociais. A mestiçagem completa Cristo. A mestiçagem é o verbo feito homem – seja qual for a raça –, e não feito raça divinamente privilegiada: hoje a branca, amanhã a amarela ou a parda ou a preta».[15] O ideal da negritude é a

---

15 Gilberto Freyre, *O Brasil em Face das Áfricas Negras e Mestiças*. Lisboa, 1963.

exclusão do mestiço e da mestiçagem, induz ao rompimento do diálogo social e cultural, pois o confunde com o amaldiçoado assimilacionismo e a traição às raízes. Antes de se transformar em luta de classes foi choque de raças, ou ambas as coisas. Modelado desde o grupo "legitime defense" pelo marxismo e materialismo, tornou-se igualmente anti-cristão, e se já entre as resoluções do V Congresso Pan-Africano de Manchester de 1945 sentenciava que "o Cristianismo organizado na África Ocidental identifica-se com a exploração política e económica dos povos oeste-africanos pelas potências estrangeiras", depois da conferência de Bandung em 1955 intensificou essa hostilidade, defendendo as suas vozes mais autorizadas a tese da incompatibilidade radical entre a negritude e o cristianismo[16].

E, do mesmo modo, hostil à presença portuguesa em África, não só como dominação política e económica – o que seria perfeitamente natural e na mais pura e legítima lógica da independência –, mas também contra os valores da cultura lusíada, embora da maneira mais branda e menos convicta. Este embate era previsível, pois abusiva-mente, sob a bandeira luso-tropical, muita violência e injustiça se esconderam. E a justa cólera da vontade emancipadora facilmente se tornou presa de consideráveis forças ideológicas, económicas e políti-cas que, não envolvidas em África na etapa genética da colonização, espreitavam a oportunidade para intervir. Fatalmente, por isso, os novos estados africanos seriam marxistas, e na órbita do marxismo e mate-rialismo se organizariam os estados, as instituições, a cultura – esta de modo perfeitamente paradoxal –, pois a religiosidade típica do homem africano, o seu conceito de família e de solidariedade fraterna – este relevando mais do conceito afectivo de «comunidade» do que da arma-dura jurídico-política de «sociedade» –, apontavam e apontam noutra direcção. E, certamente por isso, é que esses estados africanos, embora ainda no trauma do nascimento, já procuram um socialismo à africana,

---

16 Eduardo dos Santos, *A Negritude e a Luta pelas Independências na África*, Lisboa, Minerva, 1975, p. 30.

e Senghor, um dos mais lídimos intérpretes da alma africana, sempre lhe atenuou os contornos, como se tornou patente no colóquio de 1971 sobre a negritude.[17]

Neste contexto e circunstância, cabe novamente interrogar-nos sobre se a cultura e literatura hoje predominantes e oficialmente expressadas em termos marxistas, aceitando ou rejeitando ideias e pessoas segundo a lógica do sistema, correspondem à verdadeira e secular cultura desses povos. Ou, noutros termos: ficaram definitivamente sepultados sob os altares dos novos *idola tribus* séculos de cristianismo, de cultura lusíada, de convivência brasileira, de alguma miscegenação?

Respondamos desde já que, em cultura, não há sepulturas. Os chamados mortos são teimosos em viver, sob outras formas. Cultura é mistura, pois nela a pureza é um mito. Não se apaga em dez anos (que ainda não passaram), essa secular vivência comum, não só em situações de confronto mas também nas de calmaria, de comércio pacífico, de afinidades sectoriais (religiosas e outras) geradoras de solidariedades múltiplas, que o tempo sedimenta em lastro que passa a património e entra na identidade. Simultânea com a proposta dialéctica da antítese, julgamos ler em alguns indicadores, tanto no campo social como cultural e literário, um caminho futuro que integre harmoniosamente, no todo em formação, as componentes étnicas e culturais agora em fase conflitual.

Vejamos que sinais são esses, continuando a aplicar às literaturas africanas lusófonas a grelha de análise de que nos temos servido.

Devemos relevar, antes de quaisquer outras, algo de um significado verdadeiramente transcendente no campo da cultura: a adopção da língua portuguesa como língua oficial, usada no ensino, na administração, comunicação social e contactos com o estrangeiro. E esta língua completa o que falta às múltiplas línguas chamadas nacionais, nativas ou crioulas, é factor de união entre todas e instrumento privilegiado de cultura. Foi esta uma opção inteligente dos dirigentes africanos que

---

17 Idem, *ibidem*, p. 39.

148 Da Lusitanidade à Lusofonia

souberam ver, para além do que os separava de Portugal ou Brasil, aquilo que, afinal, os unia. Opção de grande significado, adentro de cada país, por dificilmente se encontrar uma língua nativa capaz de se impor a todo o território (é bom não esquecer o problema do tribalismo), e de ser usada nas relações internacionais, nomeadamente no diálogo com as outras antigas colónias.

Todos sabemos o poder extraordinário da língua como modeladora de uma visão do mundo, repositório de tradições e marco de referências, coacção amorosa ao diálogo entre todos os que a falam, e exclusão natural e não agressiva daqueles que a ignoram. E, além disso, de incentivo para a criação literária segundo modelos inevitáveis, de prestígio, e para a recuperação do que, no momento da ruptura, se apelidou acintosamente de literatura colonialista, e se vem a transformar em tradição e património, por muito que tal pese à ideologia ou a alguns movimentos extremistas.

Acresce a isto um outro facto que, simultaneamente, supõe e provoca uma sintonia linguística e literária de tipo luso-tropical: o facto de não existir no bilinguismo das antigas colónias africanas o chamado «drama linguístico» ocorrido em áreas de colonização diversa. Salvato Trigo que o estudou, a propósito da obra de Luandino Vieira, pôs em evidência a «capacidade da língua portuguesa se adaptar facilmente a sistemas linguísticos diferentes, uma vantagem importante relativamente ao inglês e ao francês, línguas de africanização bastante difícil, se não mesmo impossível»,[18] concluindo que para as áreas africanas de expressão portuguesa «o bilinguismo não é, pois, olhado por eles como drama, mas sim com uma riqueza».[19] A adopção do português é pois um grande passo para a aproximação das sete nações, e porque entre pensamento e linguagem existem laços muito estreitos, tão estreitos que certas palavras como «saudade», são intraduzíveis, ajuda a criar sentimentos correspondentes.

---

[18] Salvato Trigo, *Luandino Vieira, O Logoteta*, Porto, Brasília, 1981, p. 84.
[19] *Ibidem*, p. 59.

As literaturas de língua portuguesa em áreas tropicais   149

E passando da língua à literatura, outra área que parece destinada a ser comum é a da prevalência lírica nas literaturas africanas lusófonas, já ocorrida nas literaturas portuguesa e brasileira. Na literatura cabo-verdiana, a dominante lírica é já um facto, flui naturalmente desde os primeiros cantos do sentimento crioulo ajeitados ao ritmo das «mornas» e vai até ao grande impulso da revista *Claridade*, iniciada em 1936, dando voz ao amor e à dor daquelas ilhas mestiças martirizadas pela seca, mas onde os conflitos não chegam a atingir as proporções dos da Guiné, Angola ou Moçambique. Até porque, no testemunho insuspeito de Manuel Ferreira, não houve em Cabo Verde uma literatura de verdadeira feição colonial, pois «a colonização, a partir da segunda metade do século XIX, havia adquirido no Arquipélago uma feição própria», e «a posse da terra e postos de Administração, a pouco e pouco, transitava para as mãos de uma burguesia cabo-verdiana, mestiça branca ou negra».[20] Por isso é que a lírica de acento neo-realista de *Claridade* «jamais culpou da sorte do cabo-verdiano as instituições politico-coloniais»,[21] e na síntese de Gabriel Mariano «a poesia da geração claridosa caracterizou-se essencialmente pela inquietude e serenidade nos termos fundamentais do terra-longismo, do mar e do evasismo».[22] E, certamente também por isso, é que não houve ali verdadeiro lugar para a épica da «negritude», pois «o sentimento da cor da pele tão diluído é, que a literatura cabo-verdiana não chega a denunciar a cor das personagens. E, se tal acontece, a distinção vem envolvida de uma carga afectiva».[23]

A mudança de uma temática europeia para a autenticidade cabo--verdiana continuada depois com a geração da revista *Certeza* (1944) e movimentos seguintes, introduzindo a visão própria do materialismo dialéctico, não modificou sensivelmente esta linha de rumo, pelo

---

20   Manuel Ferreira, *Literaturas Africanas de Expressão Portuguesa*, 1, Lisboa, Biblioteca Breve, 1977, p. 23,
21   Eduardo dos Santos, *ibidem,* p. 21.
22   Eduardo dos Santos, *ibidem,* p. 21.
23   Manuel Ferreira, *ibidem,* p. 23.

que, atribuir a esta literatura o predomínio do lirismo, não é ousadia nenhuma.

Para o conjunto das outras antigas colónias se pode dizer que a publicação, em 1942, da *Ilha de Nome Santo* do santomense Francisco Tenreiro é um marco de referência obrigatório, pois com essa obra chega a ideologia da negritude e ganham nova força as lutas pela independência. Iria ser essa a linha triunfante na fase histórica que se abria, e por não o ter compreendido é que o luso-tropicalismo poético, na versão política e colonial portuguesa de Bessa Victor e Tomás Vieira da Cruz, estava irremediavelmente votado à rejeição e ao esqueci-mento. O pujante Movimento dos Novos Intelectuais, sob o lema «vamos descobrir Angola», em 1948, iria desempenhar papel de autên-tica liderança. Por isso Mário Pinto de Andrade, fazendo o balanço da moderna poesia africana de expressão portuguesa e crioula lhe assina-lou três fases: a primeira, de negritude, repelindo a assimilação, o exo-tismo, um certo tipo de lirismo esparso, a segunda de «particulariza-ção» em que a realidade nacional era detectada na realidade social, até desembocar na terceira «as balas começam a florir», da luta armada, que marcariam o rumo oficial das novas literaturas. Assim, como parece óbvio, a aceleração do processo autonómico traz consigo, necessariamente, a consciência do valor das peculiaridades nacionais, com alguma incidência na poesia descritiva, manifestando a ânsia de liberdade e o apelo à luta, e acarretando, logicamente, a substituição da brandura dos termos líricos pela dureza épica da poesia de combate. Os temas da cor, do amor, do mar, das tradições cederam o lugar à temática da opressão, do contratado, do cárcere, da luta, da libertação e da vitória.

Ora, sendo o acervo poético e literário, dum modo geral, escasso em Moçambique, mais ainda em São Tomé e Príncipe, maximamente na Guiné, boa parte dessa poesia recente, polarizada pela temática da independência, só em Cabo Verde tem duração histórica e obras publi-cadas para um juízo de valor documentado. Nestes outros espaços literários o que podemos afirmar é que, muito possivelmente, cami-nharão no mesmo sentido, pois os acentos líricos dos seus poetas parecem indicá-lo, mesmo quando escrevem poesia de combate, como no caso paradigmático de Costa Andrade na sua *Poesia com Armas*.

E para fazermos esta afirmação temos também em conta não só a primeira tradição literária, mas também o facto do intercâmbio linguístico e cultural entre as cinco nações africanas lusófonas e, principalmente, o facto de a literatura brasileira ter vindo a servir de modelo e estímulo aos novos literatos de África, na inspiração lírica, na narrativa e na música. Aliás, a existência de condições sociais e culturais próximas tornou fácil essa mediação.

É bom não esquecer que o popular *Almanach de Lembranças*, português, onde os primeiros escritores de África colaboraram passou, a partir de 1872, a chamar-se *Almanach de Lembranças Luso-Brasileiro*, o que põe em evidência não só a grande difusão no Brasil e colaboração correspondente, mas também a proposição de modelos brasileiros, conjuntamente com os dos portugueses, aos jovens africanos.

Em Cabo Verde, por exemplo, o movimento renovador da década de 30 foi ao Modernismo brasileiro buscar inspiração. Baltazar Lopes o afirmou claramente, como outros o fizeram relativamente a Portugal. Em palestras radiofónicas, depois artigos publicados sob o título «Cabo Verde visto por Gilberto Freyre», o autor de *Chiquinho* evocou as suas leituras mencionando escritores como Manuel Bandeira e a sua *Evocação do Recife*, José Lins do Rego, Jorge Amado, Amando Fontes, Marques Rebelo e o «magnífico livro» *Casa Grande e Senzala* de Gilberto Freyre que foi para ele autêntica «revelação». E quantos outros poetas, como Jorge Barbosa, que na expressão de Gilberto «sonha acordado com o Brasil», ou António Pedro não punham permanentemente os olhos num país tão semelhante ao seu? A razão mais funda dessa sintonia estava em que, segundo Baltazar Lopes, «esta ficção e esta poesia revelava-nos um ambiente, tipos, estilos, formas de comportamento, defeitos, virtudes, atitudes perante a vida que se assemelhavam aos destas ilhas, principalmente naquilo que as ilhas têm de mais castiço e de menos contaminado. E pensávamos: esta identidade ou quase identidade de sub-jacências não pode ser deturpação de escritores, ficcionistas e poetas, aliteratados; ela deve corresponder a semelhanças pro-

152 Da Lusitanidade à Lusofonia

fundas de estrutura social, evidentemente com as correcções que outros factores, uns iniciais, outros supervenientes, exigem».[24]

Quanto a Angola, são significativas as palavras de Bessa Victor «poeta intervalar que nos surge na tradição da poesia tipicamente colonial para a poesia angolana de *Mensagem*», na caracterização de Salvato Trigo. Foi ele quem pôs em evidência um tal papel precursor, apontando aos colegas de Angola o caminho a seguir: «Angola especialmente por razões de ordem psicológica, histórica e social deve dirigir os olhos para a poesia brasileira, para receber a lição sem a qual (creio bem) não haverá entre nós uma verdadeira poesia africana».[25]

E assim aconteceu, pois tanto no movimento «Vamos descobrir Angola», no final da década de 40, como na revista *Mensagem* que se lhe seguiu, os jovens intelectuais, segundo o testemunho de Carlos Ervedosa «sabiam muito bem o que fora o movimento modernista brasileiro de 1922, e tinham assimilado a lição dos seus escritores mais representativos, em especial Jorge de Lima, Ribeiro Couto, Manuel Bandeira, Lins do Rego e Jorge Amado.» E transcrevendo o testemunho autorizado de Mário António: «Quer na escolha dos termos, quer na forma, é evidente a influência dos modernos brasileiros. Nas frequentes evocações da infância, no protesto, no elogio da mãe-negra e em tantos outros motivos, com uma linguagem capaz de se colorir com o recurso de localismos de raiz crioula, da onomatopeia, da aliteração, sente-se apreendida a lição poética dos brasileiros».[26]

Desse tipo de imitações crioulistas não resisto a ler uma Interessante réplica de Batista Pereira à «Canção do exílio», de Gonçalves Dias, arranjada um pouco à maneira de Catulo da Paixão Cearense:

---

[24] Baltazar Lopes, «Cabo Verde visto por Gilberto Freyre» in *Cabo Verde*, Praia, 1 de Setembro de 1986, pp. 6-7.

[25] Carlos Ervedosa, *Itinerário de Literatura Angolana*, Luanda, Culturang, 1971, p. 102.

[26] Carlos Ervedosa, *ibidem*, p. 102.

As literaturas de língua portuguesa em áreas tropicais

Canção Ambaquista

Nos parmêra do Brasil,
Canta, canta o sabiá;
Seja em Março ou em Abril
Passa os dias a cantá.

Dizem que canta a soidade
– Coisa triste como o luto –
Deste branco da cedade
Que não mais voltou ao Puto.

E o gentes sonha ao ouvil
O sabiá do Brasil

Sempre que a noite é fagueira
 E está acendido o lual
O rouxinol canta à beira
Dos lio de Portugal

Dizem que canta por vezes
Num trinado gemebundo,
O fado dos portugueses
Que andam perdidos no mundo

E o gentes chola a escutá
O rouxinol a cantá!

           *
       *   *

Neste meu terra de Angola,
Onde o passalinho é bruto,
Nunca o sabiá cantala
Nem o rouxinol do Puto.

Mas um pássaro cantala,
Qual nome feitiço dá,
Que quem um dia escutala
fica mesmo pleso cá.

Pul Isso
– Que é feitiço –
Quem Angola quer deixala…
Sente o coração chorala,»

Estamos certos de que uma pesquisa aturada encontraria para os outros países essa mediação brasileira, ou recebida directamente, ou através de Portugal, tornada possível depois da convivência lisboeta dos anos 40, e por duas décadas, na «Casa dos Estudantes de Angola», continuada pela «Casa dos Estudantes do Império», principalmente através da poética neo-realista portuguesa, tributária do romance nordestino. E disso são também sinais de significação convergente, no que toca a Moçambique, uma certa poesia de Rui Knopfli, de Fernando Ganhão – que no «Poema para Eurídice Negra» explicita na dedicatória a Vinicius de Morais a fonte onde bebeu –, e Ruy Guerra colaborando com Chico Buarque de Holanda e impulsionando o «cinema novo» brasileiro. Tão intenso e subtil foi esse entrelaçar cultural de Portugal, Brasil e nações africanas que bem podíamos tomar como um dos seus símbolos, até pela complexidade polémica, a trajectória do escritor Carlos Soromenho que, tendo nascido em Moçambique, viveu longos anos em Angola, escreveu a obra literária em Portugal e veio a morrer no Brasil. Largo futuro está ainda reservado, cremos, à mediação brasileira para África.

Num outro item do segundo elenco podemos encontrar analogia de situações, e talvez tendências comuns, entre Literatura Brasileira e Africanas lusófonas: na estreita ligação entre a literatura e a política. Dizemos «talvez», porque na Literatura Brasileira tem sido uma constante, independentemente das correntes estéticas, ao passo que nas africanas parece ser antes produto das lutas da independência e resultante das modernas concepções da literatura como compromisso, além de contágio de outras lutas com a mesma cobertura ideológica, em que o tópico clássico das letras e das armas encontrou nova actualidade, sobretudo em revoluções de tipo socialista,

Se esta coincidência do segundo elenco parece pouco significativa, assim não acontece já com outras situações comuns dignas de registo, tais como as da *exaltação da natureza* (típica das novas literaturas em fase de afirmação de originalidade), da *ausência de tradição* (perplexidade e escolhas entre a tradição importada e uma nova tradição a criar), da *imitação e originalidade*, da dialéctica *metrópole-província*.

Por exiguidade de tempo não podemos demorar-nos na verificação e paralelismo destes tópicos (certamente o podemos fazer nos debates) e nem isso é muito necessário, pois eles se impõem por si mesmos na fase de «arquipélago cultural» à espera de uma unidade que há-de chegar.

Apenas lembraremos que o Brasil também muito pode servir de modelo na maneira de vencer estas situações, ultrapassando a estreiteza de certos tipos de regionalismo e nacionalismo. Na verdade, passada a fase da indispensável ruptura, ele soube recuperar a sua tradição até mesmo ao limite de 1500 e utilizá-la, positivamente, para a definição da sua identidade. O problema de saber-se a quem pertence a literatura da fase colonial é um falso problema, baseado no equívoco de se estender à cultura uma certa concepção de direito de propriedade. A literatura do período anterior à independência é, tal como a língua, património comum de dois ou mais sistemas literários, tendo cada um deles concepções de valores diferentes, mas complementares. Vieira tanto pertence à Literatura portuguesa como à brasileira, tal como Alfredo Troni tanto à angolana como à lusa, e de modo semelhante quantos precederam a constituição dos sistemas comunicativos literários nacionais e os prepararam.

Também o combate ao autodidatismo tão empobrecedor das letras, e a luta contra a falta de espírito filosófico e crítico, encontraram no Brasil um caminho de superação, ao criarem-se e multiplicarem-se, por toda a parte, as Faculdades de Letras e outros centros de estudo apurando e disciplinando o gosto, fomentando a exigência crítica e técnica suficiente para se acabar com o pernicioso culto da improvisação.

No estado actual de desenvolvimento dos novos países africanos, outras prioridades foram dadas no campo da educação, tendo-se investido, até aqui, sobretudo na formação de professores para as necessidades imediatas, mas estamos certos de que a reabertura das Faculdades de Letras virá consolidar e abrir novas perspectivas à cultura em geral e à literatura em particular, pois vai nisso muito da maturidade de uma nação, visto que tanto as letras como as ciências e as artes são indissociáveis de qualquer crescimento humano.

Temos assim congregados e confrontados uns tantos elementos que nos parece terem começado a realizar uma convergência literária e cultural em toda a área lusófona. Isso não parece ter sido possível sem uma base antropológica e sociológica luso-tropical, como a definiu Gilberto Freyre. Fundo esse não anulado ou diminuído pela africanidade, antes ampliado e enriquecido com ela. Talvez a expressão luso--tropicalismo esteja irremediavelmente queimada em certos meios, pela formulação de projectos político-ideológicos a que deu lugar, mas a sua realidade cultural parece viva e actuante também na África.

É certo que a miscegenação foi, comparativamente ao Brasil e Cabo Verde, reduzida em Angola e, mais ainda, em Moçambique. Mas é preciso não esquecer que a miscegenação não é só fenómeno biológico, é também cultural, e tanto num caso como no outro significa diálogo, esbatimento de oposições, encontro. Além de que os mestiços, mercê do seu enquadramento e ascensão social, são dotados de um dinamismo compensador do seu menor número. Raciocinar nesta questão na base de quantitativos numéricos é falseá-la. Quantas e quantas figuras prestigiosas de mestiços se têm imposto nas letras, ciências e artes? Que o digam, nas literaturas africanas de língua portuguesa, para só dar exemplos exponenciais, Oswaldo Alcântara, Gabriel Mariano, Corsino Fortes, Francisco José Tenreiro, Arlindo Barbeitos, Manuel Rui, Rui de Noronha, Noémia de Sousa, José Craveirinha...

As literaturas de língua portuguesa em áreas tropicais   157

É plenamente elucidativa a estatística encerrada na antologia de Manuel Ferreira, No *Reino de Caliban*, compreendendo poetas africanos de expressão portuguesa de Angola, Moçambique, São Tomé e Guiné que, no I volume, representam 30 % de mestiços para só 6 % de negros, sendo os restantes, brancos. Pormenorizando estes dados globais se verifica que dos 138 poetas antologiados, descontando os 37 cabo-verdianos (4 estão representados só na expressão dialectal), «ficam 101 para as restantes áreas, assim distribuídos: 49 para Angola, 44 para Moçambique, 7 para São Tomé e Príncipe e 1 para a Guiné-Bissau. Dos 49 para Angola, 32 são brancos (13 europeus e 19 euro--africanos) 2 são negros e 15 mestiços. Dos 44 de Moçambique, 33 são brancos (16 europeus e 17 euro-africanos) 1 é negro e 10 são mestiços. Dos 7 poetas de S. Tomé e Príncipe 5 são mestiços e 2 negros não havendo qualquer branco. É negro o único poeta da Guiné-Bissau».[27] Em conclusão, a relação mestiço/negro é a seguinte: Angola 15/2, Moçambique l0/1, S. Tomé 5/2, estando apenas ausente os mestiços, na antologia, na Guiné, e sendo apontado aí um só negro como poeta.

O encontro e permuta cultural e literária, de que o mestiço tem sido até aqui agente privilegiado, tudo indica que vai continuar, uma vez ultrapassada a fase mais aguda das tensões autonómicas, até porque políticos e intelectuais africanos estão a encarar com mais realismo não só a *cultura de facto* do seu país, mas também as exigências e conveniências do seu desenvolvimento.

Já atrás foi apontada a importância e acerto da opção da língua portuguesa vencendo qualquer esquema chauvinista. Decisões semelhantes estão a ser tomadas no domínio geral da cooperação. Luís Bernardo Honwana, por exemplo, escritor e Secretário de Estado de Moçambique, falando ainda há pouco (Setembro de 1981) aos estudantes e professores da Universidade Eduardo Mondlane o punha em evidência. Afirmava o escritor, a partir da distinção que propunha entre «cultura tradicional» e «cultura aculturada», que «a Literatura Moçam-

---

[27] Manuel Ferreira, *No Reino de Caliban*, I vol., Lisboa, Seara Nova, 1975, p. 50.

158   Da Lusitanidade à Lusofonia

bicana surge como expressão mais alta da «cultura aculturada» no nosso país. Ela nasce como forma de recreação, protesto, reivindicação e, finalmente, consciencialização naquele segmento da sociedade moçambicana cuja inserção na economia colonial conferiu acesso à escolarização.»

Por isso Honwana alertava os intelectuais seus compatriotas contra certas interpretações estreitas de cultura e de nacionalidade, prosseguindo: «E grande é o risco de cairmos na armadilha do nacionalismo cultural e impormos como limites de criatividade os valores legados pela tradição (...) nós defendemos que o artista é essencialmente um inovador, um criador (...), Tão logo as relações entre as comunidades humanas não sejam as de dominador e dominado, de explorador e explorado, aquilo a que se chama 'aculturação' e se tem por incivilidade, as origens ou cedência a valores estranhos, passa a significar empatia, troca, organização, ou mesmo conquista, como é para nós a própria língua portuguesa, língua oficial da República Popular de Moçambique (...) É tempo de defendermos que a cultura moçambicana deve ser una na sua identidade nacional, rica na multiplicidade das suas formas e expressões, e viva por interacção com a cultura de outros povos».[28]

A mesma razão e lucidez tinham, em 1963, antes da independência portanto, os escritores de Angola e das outras nações então chamadas Províncias Ultramarinas, reunidos em Sá da Bandeira, em Janeiro, no «1.º Encontro de Escritores de Angola» para assim definirem a cultura angolana como encontro de culturas, afirmando: «Em termos gerais, tanto quanto possível também precisos, a cultura angolana é um resultado. Resulta de uma realidade circunstancial, fundamentalmente europeia, e de uma realidade circunstancial africana que para essa cultura angolana concorrem, e nela se integram. Nesse longo processo, o típico angolano vem a ser o produto da concorrência das culturas

---

[28] Luís Bernardo Honwana, «Papel, lugar e função do escritor», in *Tempo* Maputo, 22 de Novembro de 1981, N.· 580.

originais. Mas estas, não desaparecendo, permanecem como agentes produtores daquele resultado.[29]

Justificam-se as críticas de Alfredo Margarido[30] à representatividade do Encontro. Chamou-lhe até «desencontro», por lhe faltarem nomes tão importantes como os de António Jacinto, Luandino Vieira e António Cardoso, entre outros, mas isso não invalida a pertinência das conclusões relativas à etapa 1963, pertinentes para a Literatura Angolana *de facto*, então ainda de dominância portuguesa.

O tempo irá, necessariamente, corrigindo o desequilíbrio das proporções da dominância, até se chegar a uma cultura nacional autêntica, sem que, para tanto, seja necessário ou útil perder-se a intercomunicação, adentro do espaço luso-tropical.

Aliás, isto será tanto mais visível quanto, à medida que a pressão político-ideológica planificante e uniformizadora for perdendo a sua força, irão vindo ao de cima formulações mais autênticas da expressão e pensamento africanos, trazidas pela liberdade plena. Então os rios da cultura e da literatura deixarão os estreitos canais geométricos dos programas partidários, e correrão soltos e livres serpenteando em múltiplos braços, até à sua foz natural.

E isto está já a acontecer há algum tempo. Do lado português, que conheço melhor, e por isso dele falo, tem-se desenvolvido nesse sentido o fluxo dos cooperantes, especialmente nas áreas do ensino e da técnica. Na mesma linha, as universidades de Lisboa e Coimbra têm celebrado convénios de assistência destinados à formação de professores em África, e de há dois anos a esta parte, a Faculdade de Letras de Lisboa abriu um curso de pós-graduação e mestrado em Literaturas Brasileira e Africanas de Expressão Portuguesa, onde um terço das vagas disponíveis é sempre atribuído a brasileiros e africanos.

Por outro lado, tem havido no sector da política uma grande aproximação com as antigas colónias. Portugal tem participado em conver-

---

29 *1.º Encontro de Escritores de Angola*, Sá da Bandeira, Imbondeiro, 1964.

30 Alfredo Margarido, *Estudos sobre Literaturas das Nações Africanas de Língua Portuguesa*, Lisboa, A Regra do Jogo, p. 245.

sações dos cinco países africanos de modo constante, embora discreto, tendo contribuído para o chamado «Espírito de Bissau», e o resultado de tal política tem-se revelado positivo. De tal maneira, que é já lugar comum nas grandes organizações internacionais contar-se com Portugal como plataforma de entendimento, e como intermediário, em negociações políticas e económicas preparatórias de outras decisões maiores.

Expressão dessa política de pequenos passos, despida de qualquer arrogância ou triunfalismo, que já é coisa do passado, foi a visita que o Presidente da República de Portugal fez a Moçambique, em 1981, ainda antes de se completarem 6 anos sobre a independência, tendo sido recebido com as maiores demonstrações de apreço e carinho. Visita esta que ainda nesta semana, a partir de 7 de Outubro próximo, será retribuída pelo presidente Samora Machel. Se pensarmos que o presidente da República Portuguesa, António José de Almeida, precisou de esperar cem anos para visitar o Brasil, no centenário da sua independência, concluiremos não só que o ritmo moderno da História sofreu uma aceleração extraordinária, e que as feridas saram mais depressa, mas também que a perda de tempo e oportunidades não são de admitir, sob pena de perdas irreparáveis para a construção da comunidade luso-afro-brasileira.

Quem poderia prever em plena guerra de independência e no drama dos «retornados» que regressaram das ex-colónias, em 75, que alguns anos depois Samora Machel acompanhado dos seus principais ministros iria visitar oficialmente Lisboa, para depor uma coroa de flores no túmulo de Camões? E, mais ainda para admirar, que o presidente da República Portuguesa lhe iria conceder a ordem do Infante D. Henrique, conforme o previsto no programa?

*

*   *

Os fenómenos culturais nem evoluem cegamente como os naturais, nem conhecem a arbitrariedade gratuita dos caprichos, pois estão ligados a antecedentes logicamente condicionantes e à vontade colec-

As literaturas de língua portuguesa em áreas tropicais

tiva, necessariamente menos volúveis que as pulsões dos indivíduos ou grupos.

Não podemos, em consequência, nem diagnosticar como seguro um rumo cultural luso-tropicalista para as literaturas de língua portuguesa, nem dar por natural um provável afastamento desta área.

Tudo dependerá da capacidade de diálogo dos sete países lusófonos, da sua vontade política de intercomunicação e cooperação (uso de uma língua comum, aproximação e entendimento entre os povos, sistemas escolares empáticos...), da capacidade de resistirem ao canto das sereias de outros sistemas linguísticos-culturais (e económicos) poderosos.

As sementes foram lançadas há séculos, e parecem indiciar frutos culturais consonantes. Supomos que eram mesmo sementes, e não simples dados de jogar que, de novo, se podem agitar e lançar para novas sementeiras. O futuro o dirá.

Por nossa parte, que fique o voto de o fruto não negar a semente, a não ser no sentido de, a partir dela, produzir frutos mais belos, da mesma espécie.

Recife, Fundação Joaquim Nabuco,
Seminário de Tropicologia, *Outubro de 1983.*

Agostinho da Silva: Um contributo utópico-realista para a lusofonia

Na construção da Lusofonia, o nome de Agostinho da Silva é inevitavelmente citado, apesar de esta designação relativa ao grupo formado pelos oito países, regiões e comunidades dispersas que têm a língua portuguesa como sua língua materna, oficial ou de património não constar do seu vocabulário.

Não usou Agostinho a palavra Lusofonia porque só no final da sua vida ela se começou a impor, e porque só depois se criaram as estruturas organizativas da mesma Lusofonia: o IILP – Instituto Internacional da Língua Portuguesa, a CPLP – Comunidade dos Países de Língua Portuguesa, depois da criação da Associação da AULP – Universidades de Língua Portuguesa, da UCCLA – União das Cidades Capitais Luso-Afro-Américo Asiáticas, e de outras organizações de carácter nacional ou internacional. Mas o seu contributo é notável para a construção da Lusofonia porque fez avançar muito os seus ideais, consagrando a língua portuguesa e a tradição do Quinto Império cultural como sua base fundadora, e acrescentando-lhe uma visão mais idealista e motivadora de criatividade e ecumenismo simbolizado pelo Espírito Santo.

O contributo de Agostinho da Silva assenta numa longa e profunda meditação sobre o destino de Portugal no mundo, devendo a concretização da Lusofonia fazer-se em passagem progressiva da utopia criadora e estimulante para a realidade. E a ele cabia, sobretudo, a estimulação utópica, pelo que se exprimia numa espécie de género literário paradoxal e simbólico, muito para além de uma leitura linear literal.[1]

---

[1] NOTA: Como são muitas as citações das obras de A. da S., entrevistas, artigos, cadernos policopiados, cartas etc. optámos, para comodidade de leitura, por não fazer, em geral, citações directas das fontes bibliográficas, mas restringirmo-nos a uma única de tipo

166 Da Lusitanidade à Lusofonia

Por isso invocava Espinosa, a fim de explicar as aparentes contradições do seu pensamento: "o grande gesto de Espinosa consistiu, a meu ver, quando convidado a ensinar filosofia, recusar. Teria percebido que a filosofia, quando se transforma em educação, perde a vocação provocadora para se converter em doutrina" (D.80).

Permita-se que, antes de se abordar o pensamento de Agostinho, se aclare o "estilo" em que foi expresso: Agostinho, um tanto ao modo de Pessoa, que para isso usou o estratagema dos heterónimos, desenvolve o seu pensamento de maneira complexa. Frequentemente através de símbolos, em espiral ou em formulações dilemáticas ou hiperbólicas, afirmando e negando, recorrendo às múltiplas possibilidades que a Retórica possibilita (é bom não esquecer a sua formação em estudos clássicos). Nele, as ideias avançam e recuam, formam-se por aproximações, contrastadas por sentenças inesperadas que provocam o leitor ou ouvinte, num primeiro tempo, para logo o apaziguar com justificações envolventes. Como Espinosa, um verdadeiro provocador. Forma esta de se exprimir que não deixa ninguém indiferente, até porque veiculada com o entusiasmo de um visionário.

Daí que apreender o seu pensamento seja, simultaneamente, um exercício de abertura mental e de predisposição para se aceitar o inesperado, ou mesmo, o inacreditável. Por isso, sintagmar algumas das suas ideias é quase um exercício de alquimia, em que, através de depurações sucessivas, chegamos ao oiro do seu pensamento algo profético e místico.

É que Agostinho assim gostava de se definir:"não sou do ortodoxo ou do heterodoxo: cada um deles só exprime metade da vida, sou do paradoxo que a contém no total".[2]

Entendemos pois, que subjacente ao legado que ele nos deixou sobre Portugal, uma linha axiológica tudo parece governar, apontando

miscelânia, a obra *Agostinho da Silva-Dispersos*, coligida por Paulo A. Esteves Borges, publicada em Lisboa pelo ICALP, em 1988,indicada, abreviadamente, pela letra D (*Dispersos*),seguidas da página onde figuram.

[2] G. B. Agostinho da Silva, *Reflexões, Aforismos e Paradoxos*, N.º 5.

um rumo que pode definir-se como o da convergência de três vectores de pensamento: *o da predestinação e missão de Portugal em relação ao mundo, o do papel mediador e dinamizador da língua portuguesa, o do carácter ecuménico desse empreendimento inspirado pelo* **Espírito Santo, na versão de Joachim de Fiore.**

1. Predestinação e missão de Portugal

As ideias de Agostinho assentam sobre uma espiritualidade profunda, nada convencional, onde a ideia de Deus, Espírito Santo, ocupa o centro, entendendo o homem e o mundo não propriamente de maneira heterodoxa, mas ecuménica.

"Predestinação", no vocabulário teológico, pode definir-se, com São Tomás, "ordem preexistente na mente divina para conduzir as criaturas racionais ao fim sobrenatural, isto é, à vida eterna"[3] Essa era a ideia de Vieira na formulação do seu Quinto Império, mas em Agostinho essa ideia é traduzida antropologicamente em ecúmena fraternidade, perspectivada numa filosofia/teologia da História em que a fé na Providência conduz ao mesmo destino, por caminho paralelo: "todo eu sou, no sentido de estar na acção entregue à ideia de que existe um sentido providencial, em que a teologia da História é também filosofia da História. Se não tivesse a quase certeza de que, em última instância, as coisas vão suceder bem, por ventura não me empenharia em *agir*, em agir pensando, em agir quieto nesta cadeira sem escrever nem falar. O que para mim mesmo justifica o sentido da minha acção é a convicção de que a História é providencial e irá dar certo um dia" (D.71)

E nessa realização histórico-filosófica, entende ele, todos devíamos estar mobilizados "E, sobretudo, que essa Metafísica, essa filosofia ou teologia, como pretenderem, não seja uma coisa apenas pensada, mas

---

3 Angelo Mercati e Augusto Pelzer, *Dizionário Ecclesiastico*, Torino, 1955.

algo realmente praticado, a que se seja inteiramente fiel em cada procedimento do existir" (D.126).

Tem pois todo o sentido, não apenas simbólico, o poema em que ele se apresenta: "Sou marujo, mestre e monge/Marujo de águas paradas/ (...) Também sou mestre de escola/Em que toda a gente cabe (...) mas nem terra ou mar me prendem/ E para voar mais longe/ Dum mosteiro que não houve/E não haja, me fiz monge".

Era com este espírito de templário ou imaginário membro da Ordem de Cristo que nos anos em que colaborou no ICALP, incentivava, apoiando, aconselhando os Leitores que iam partir para as universidades estrangeiras, e se me dirigia, com verdadeiro espírito de militância, chamando-me "superior" (superior religioso conventual) e "capitão da nau".

Por isso também, em artigo publicado em *Tempo Presente,* dizia que para o estabelecimento dessa "ordem nova" três coisas eram necessárias: a de se criar beleza, a de servir, e a de rezar. Oração esta bem direccionada:"nada se pedirá a Deus nem a seus santos, senão que se cumpra o que estiver em seu plano, e sejamos nós os seus dóceis fiéis preparados instrumentos" (D191). Assim interpretava ele a predestinação, e nela o lugar da oração. Afirmará ainda, a este propósito, no mesmo texto "nenhum instrumento do Quinto Império o fará sem a oração. Só por ela virá esse império estendido a todas as nações do mundo".

Não surpreende pois que, ao projectar na Universidade de Brasília a criação de um "Centro Brasileiro de Estudos Portugueses", quis que nele não faltasse uma capela: "Esse ponto da capela é outro ponto extraordinariamente importante, para além da criação de um Instituto de teologia e de um pequeno convento de Dominicanos", insistindo em que a capela, votada ao Espírito Santo, tivesse capelão e fosse decorada com os painéis do Infante e do Evangelho de S. João, porque "no fim de contas, o ideal é que na Casa, e na Casa essa Capela, e na Capela esses painéis sejam o centro de toda a vida universitária em Brasília" (D198, 216-217).

A predestinação divina de Portugal para a desejada "ordem nova", segundo Agostinho, traduz-se, em consequência, no assumir de uma "missão" também ela de carácter religioso, missão que assim é definida no Código de Direito Canónico "Mandato conferido pela competente autoridade eclesiástica aos clérigos e aos leigos para o exercício do ministério da pregação, e para o ensinamento público da religião católica". Definição esta que já o Concilio de Trento afirmava que "a ninguém é permitido exercitar o ministério da pregação sem ter recebido antes a missão do legítimo superior, com a concessão de uma especial faculdade ou mercê" (Cânon 1328). Daqui a analogia leiga de se ser como um monge de um convento imaginário.

Mas não ignorava Agostinho a mentalidade dos novos tempos que Lipovetsky apelidou de "era do vazio", daí a ambiguidade de certas respostas quando verificava que o interlocutor ou o auditório não o iriam entender, refugiando-se no que descrevia serem etapas históricas diferentes, com outras referências, e guardando para outros interlocutores e público, uma expressão mais clara das suas ideias.

Questionado, em 1986, sobre esta matéria respondeu "Não sei se (Portugal) teve uma missão, porque isso já teria de meter metafísica: Mas que teve uma acção, teve seguramente: E a acção fundamental de Portugal foi levar ao mundo aquela Europa de que esse mundo precisava para afrontar o futuro", sugerindo subtilmente, para bom entendedor que, abandonados os ideais dos Descobrimentos, o tempo agora era outro... acrescentando logo: considero que a missão daquele Portugal que foi, principalmente, um rectângulo situado numa península, geograficamente, e apenas geograficamente, pertencente à Europa, foi cumprida, e terminou quando acabou aquilo a que se chamou o Império ou as Colónias, palavras susceptíveis de muitas interpretações" (D126).Um tanto ironicamente porém, sempre foi dizendo que, ainda a esse propósito, nem o Brasil nem parte de África foram propriamente colónias, pouco lhe importando que este seu discurso fosse aceite ou não...

Só quem conheceu o ambiente vivido em Portugal nesses anos, relativamente a esta questão, pode avaliar a ironia que estas palavras encerram.

Teimosamente, porém, para quem o queria ouvir, continuava a afirmar, nessa mesma entrevista, que a missão de Portugal não tinha terminado, apenas tinha conhecido o fim de uma fase histórica, um ciclo, porque"do rectângulo da Europa passámos para algo totalmente diferente. Agora Portugal é todo o território de língua portuguesa (...) é uma pátria estendida a todos os homens, aquilo a que Fernando Pessoa julgou ser a sua Pátria: a língua portuguesa.

Agora é essa a pátria de todos nós (...) a missão de Portugal, se de missão podemos falar, não é a mesma do pequeno Portugal quando tinha apenas um milhão de habitantes e se lançou ao mundo, e o descobriu todo, mas a missão de todos quantos falam a língua portuguesa. Todos estes povos têm de cumprir uma missão extremamente importante no Mundo" (D 127).

Preparando estas ideias, já Agostinho tinha previsto, onze anos antes, em 1975, que as novas independências das colónias, longe de apoucarem Portugal, antes o aumentavam e engrandeciam: "seguindo ou alargando Pessoa, poderíamos dizer que é a língua portuguesa o que nos constitui pátria. Sendo assim, e supondo, como parece seguro, que todos os antigos territórios ultramarinos vão adoptar o português como língua de comunicação, sem pôr de parte o uso e estudo das línguas nativas, Portugal, ao contrário do que tantos dizem, não diminuiu, antes se multiplicou (...) Para que Portugal seja verdadeiramente irmão dos outros povos da língua, tem de morrer como metrópole, e de renascer como comunidade livre, já que dominar os outros é a pior forma de prisão que ter se pode (D613-615).

Deste modo, como num puzzle bem concatenado, a ideia da pre-destinação se ajustou à da missão e esta à do Quinto Império que é a pátria da língua, proclamando a mensagem ecuménica da fraternidade do Espírito Santo.

Temos assim reunidos os elementos estruturantes do actual conceito da Lusofonia, que repele qualquer ideia de dominação, de neo-colonialismo, cultural ou outro.

Em 1986,referindo-se à revolução de Abril, caracteriza o termo da fase histórica que a precedeu como a inauguração de uma nova fase de liberdade de pensar e agir, de "abrir às pessoas a possibilidade de iniciativas", com o benefício da abertura de novas possibilidades para a língua: "Não era possível pensar o que hoje se entende do domínio da língua portuguesa se a ditadura tivesse continuado. Logo, todas as ideias neocolonialistas de renovação do domínio imperial são inteiramente tolas. Trata-se, actualmente, de poder começar a fabricar uma comunidade dos países de língua portuguesa, política essa que tem uma vertente cultural e uma outra, muito importante, económica" (D.171).

2. O Quinto Império da Língua Portuguesa e da Lusofonia

Entender a Comunidade da Lusofonia como Quinto Império é a concretização de um ideal de profundas raízes na cultura portuguesa, que ele reelaborou, aprofundando-lhe o conteúdo e democratizando-o. Como confessa: "não inventei o nome, mas para o padre António Vieira e para Fernando Pessoa, o Quinto Império foi coisa perfeitamente definida, e cada um a define de sua maneira (...). Apenas haverá um Quinto Império se não existir um Quinto Imperador" (D.128).

Não é por acaso que Pessoa é aqui citado, pois o poeta da *Mensagem* e do "Quinto Império"afirma num dos seus papéis, publicados por Joel Serrão:"A base da Pátria é o idioma, porque o idioma é o pensamento em acção, e o homem é um animal pensante, e a acção é a essência da vida. O idioma, por isso mesmo que é uma tradição verdadeiramente viva, a única verdadeiramente viva, concentra em si, indistinta e naturalmente, um conjunto de tradições, de maneiras de ser e de pensar, uma história e uma lembrança, um passado morto que só nele pode reviver. Não somos irmãos, embora possamos ser amigos dos que falam uma língua diferente"[4].

Agostinho, repetidas vezes, volta ao tema da língua – fundamento do Quinto Império –, tarefa em que o Brasil, em geral, e a cidade e Universidade de Brasília, em especial, ocupam lugar importante. Daí que propagar a língua era alargar o Império, "ensinar a língua a quanto mais gente melhor, e o melhor possível, para que se aprenda o que há

---

4 Joel Serrão e Outros, *Fernando Pessoa – Sobre Portugal*, Lisboa, Ática, 1978, p.1215.

172   Da Lusitanidade à Lusofonia

de fundamental na psicologia de um povo através da língua que ele fala. Porque, se fizermos isso, a cultura portuguesa estará assegurada para todo o futuro.

Não precisamos de mais nada, na realidade, senão ensinar a língua. Atrás da língua outras coisas virão". (209)

Era este o sonho de Agostinho, tanto na Universidade de Brasília, que ajudou a formar, como na da Baía e outras, como no ICALP em que também formava os Leitores de português no estrangeiro.

Para maior eficácia, concebeu mesmo o projecto de se fundar no Brasil, na ilha de Santa Catarina, em povoação de grandes tradições luso-brasileiras, um grande centro de formação de Leitores e Professores para leccionarem no estrangeiro, projecto este que não teve apoios suficientes para se concretizar.

Foi com entusiasmo que Agostinho aderiu à ideia de se constituir a Associação das Universidades de Língua Portuguesa, que veio a ser criada na cidade da Praia, em Cabo Verde, em Novembro de 1986. Esse entusiasmo estava ligado à ideia de que tal Associação potenciaria a difusão de uma cultura de tipo ecuménico, pois era dessa forma que entendia a língua e a cultura portuguesas. Assim o voltou a repetir numa carta intitulada *Compostela — Carta sem Prazo, a seus Amigos,* em que associava intimamente o Brasil e Portugal: "não deixa de estar na minha preocupação essencial a nação portuguesa, na qual se reúnem Portugal e o Brasil. Estão os dois num momento da sua história que me parece crucial: Portugal ante a obrigação de iniciar aquele ecumenismo que o mundo espera e que reúna num só todo religiões e raças, ecumenismo que nunca virá se os que o empreenderam se não despirem de todo o resquício que possa haver em suas mentalidades de capitalismo ou neo-colonialismo colonial, de conceitos de superioridade ou inferioridade de culturas, ou da ideia de que há religiões que são verdadeiras e outras que são falsas (...) o Brasil perante um processo de desenvolvimento em que a qualidade pode ser vencida pela quantidade, em que um povo pode ser substituído pelo seu produto...".[5]

---

[5] Agostinho da Silva, *Compostela-Carta sem prazo a seus Amigos*, Primeira de 1971, p. 9.

E continuando a pensar/profetizar/quase delirar, formulava como corolário, em outra ocasião" é que esta nossa cultura portuguesa (eu digo portuguesa no sentido geral, dos povos que falam português (esta nossa cultura portuguesa tem que entrar no mundo com a sua candeiazinha espancando treva. É a única que o pode fazer. Não há nenhuma hoje, das culturas do mundo, nenhuma que possa realmente resolver os problemas do mundo. Nós podemos (é a hora de perdermos esta, a tal, vou citar mais uma vez Camões, "austera, apagada e vil tristeza" (D214).

Aliás, este tipo de afirmações insere-se num processo retórico a que no início fizemos alusão como próprio de Agostinho, recorrendo à figura macroestrutural da hipérbole, com o objectivo de obter os efeitos dramáticos da apóstrofe. De igual modo procede, ao afirmar que a Europa, devido ao facto de estar a perder os seus ideais, não passar de um prosaico armazém "de secos e molhados" (D164), como ainda se diz no Brasil, e que o que se estava a fazer, na Universidade de Brasília"vai aparecer como uma das coisas mais importantes que se tenham visto na História" (D24).

Este era um dos tópicos mais frequentes nas conversas do ICALP, tal como um outro, de que então raros falavam, o da progressiva desertificação de Portugal, que vinha avançando de África, e das medidas que era preciso tomar para a deter.

E, do mesmo modo que aplaudia e incentivava a criação da Associação das Universidades de Língua Portuguesa, queria ver resolvido o problema ortográfico, indiferente às guerrilhas que então se travavam, encorajando também a ideia que viria a ser concretizada no Maranhão, em 1996,de se criar um Instituto Internacional da Língua. Mas, acima destes promissores projectos, Agostinho insistia na importância de se criar um organismo de coordenação de quantos falam português "desde Lisboa ao Acre, ou desde os Açores a Timor, ou desde Luanda a Macau, senhor cada um dos seus caminhos, e todos do total. Uma fundação ou comunidade que sirva de base a uma final União Internacional dos Povos, já que a Sociedade das Nações, ou das Nações Unidas o foram, ou têm sido, apenas dos governos" (D587).

174 Da Lusitanidade à Lusofonia

Mas antes desta suprema utopia, achava que essa base, apelidada ora de "pátria" ora de "comunidade,"servida por políticos não profissionais, devia estar verdadeiramente ao serviço do povo.

Comunidade essa que, com tal estrutura e objectivos, só podia ser do domínio do ideal, balizado este por uma visão de Deus e do mundo que, no Espírito Santo, entendido à maneira de Joaquim de Fiore e do povo, encontrava fundamentação para projectos válidos.

3. O verdadeiro imperador é o Espírito Santo

Um dos aspectos mais importantes do pensamento de Agostinho é o do seu entendimento do Espírito Santo e do papel que lhe atribuiu no desenrolar da História, aspecto este essencial para o entendimento da sua crença em Deus, e da sua forma católica de ser cristão.

É que no entendimento da acção do Espírito Santo está a chave do que ele entende por predestinação e missão, a via para o conhecimento do Quinto Império.

Em face de muitas contradições, afirmações, negações, interrogações, uma jornalista perguntou-lhe, um dia, se ele acreditava em Deus.

A resposta, como tantas outras, só é compreensível tendo em conta o que não se cansava de afirmar: "não sou do heterodoxo, do ortodoxo, sou do paradoxo" por isso respondeu: "Eu não acredito. Constato que se chega a determinado ponto e se encontra alguma coisa que resiste. Repare: se eu digo é uma matemática, tem de ter um matemático..., eu já estou limitando Deus, porque se eu tenho de pensar Deus como o total, eu tenho de o pensar como o total de tudo, do ser e do não ser. Na terra há uma representação muito simples desse conceito que é o ponto. A senhora aprende geometria. As primeiras coisas que os homens de geometria explicam é o ponto, e definem o ponto como aquilo que não tem dimensões, e depois tiram toda a geometria do ponto, quando a geometria é a dimensão em todas as dimensões. Se o ponto não tem dimensões, como é que eu vou tirar do ponto uma ciência das dimensões? Então Deus poderia ser o ponto" (D153).

Há nesta negação metódica, da dialéctica da reformulação, a recusa de termos ou perguntas que impliquem resposta do mesmo tipo de juízo, ou de definição que, fatalmente, circunscreveria, estabeleceria limites a Deus, que é o Ilimitado, o Indizível, o Eterno, o Infinito. Definir Deus é coisificá-lo, relativizar o Absoluto, reduzir à imanência o Transcendente. Por isso vai mesmo ao ponto de, em outros textos, o entender fora de qualquer formulação ou linguagem religiosa concreta. E fá-lo à maneira da chamada "teologia da morte de Deus" de Harvey Cox, Gutierrez ou Robinson continuando a proclamada morte cultural de Deus que já vem de Nietsche, para o entender como Absoluto.

Não há pois contradição quando, integrado na sociedade, Agostinho declara: "Costuma cada um considerar verdadeira a sua religião, pelo que ela é; gostaria de considerar verdadeira a que eu tenho, ou melhor, a que me tem, pela possibilidade que me oferece de ser e de não ser. A razão essencial de me ver católico não seria a da existência de um Deus Pai ou de um Deus Filho; seria a da crença no Deus Espírito Santo (…). Entregue ao Espírito, venero a hierarquia e a critico; aceito o dogma como o mais humilde dos fiéis e tento, a cada passo matematizá-lo; creio ao mesmo tempo na eternidade do Catolicismo e na sua historicidade. Ancorado no uno, busco o vário, embriagado do vário ao uno refluo, se embriagado: o que creio não suceda." (D228-229)

A partir destas premissas torna-se clara a opção pelo Espírito Santo, sobretudo na versão popular do seu culto, e na faceta de imprevisibilidade da sua actuação, porque é um dado bíblico que Ele sopra donde quer. É que: "o Deus-Pai é lógico, o Deus-Filho também. Eu poderia inventar uma novela histórica na qual Deus tivesse um certo comportamento, seguro que os leitores o considerariam verosímil, porque reconheceriam nos comportamentos da novela o esperável de Deus-Pai ou de Deus-Filho. Mas do Espírito Santo dizem que ele é imprevisível, que voa para onde quer (…). Pecado contra o Espírito Santo é pecar contra o imprevisível que de nós se possa soltar de repente.

Na Trindade, como se entenderia Deus, sem o Espírito Santo? Impossível, ele é a identidade entre o Pai e o Filho, ou o amor entre os dois (...) a Trindade é o símbolo, posto no eterno, daquilo que os homens gostariam que fosse o amor na terra" (D77-78).

Embora não conste Agostinho tê-lo afirmado, talvez se possa arriscar também que colocar a acção do Quinto Império da Língua Portuguesa sob o signo do Espírito Santo tenha algo a ver com aquela outra ideia de Fiore de que estamos na terceira e última idade do mundo. É que Agostinho considera como etapa encerrada, no destino de Portugal e sua missão, o termo do Império colonial português, dando seguimento à grande e última etapa do apogeu: a do ecumenismo, da união de todos, da concertação para a paz, do regresso à inocência, ao ócio e à felicidade.

Concorreriam para esta perspectiva a caracterização desse Quinto Império como decorrendo sob o signo dos rituais do Divino que, por exemplo, se celebram nos Açores: a criança inocente coroada Imperador do Divino, o banquete farto e gratuito das "sopas do Divino" para todos, a abertura das portas da prisão para a libertação de presos, e o desejo de "que algum dia se tem de chegar a uma concepção de vida económica em que o sustentar-se não implica ganhar, e até em que o ganhar não signifique trabalho" (D757)...

Em função disso, preconiza a fusão do uno e do múltiplo, a abolição das leis, regulamentos, prisões, analfabetismo etc. para a autêntica fruição da liberdade, como numa espécie de restauração da Idade de Oiro na tradução cristã da reconstrução do Paraíso Terreal.

Por isso entendemos Agostinho como um homem "adâmico", contemporâneo de Adão antes do pecado, que passeava com o Eterno nos jardins do Éden, naturalmente feliz, que não precisava do sobrenatural, ou que o vivia naturalmente. E que, vivendo num mundo desordenado e injusto, se esforça por torná-lo livre e puro, no vaivém paradoxal ente o mito e a realidade.

Homem universal e ecuménico, a sua fé em Deus recusa limites e formatações. Por isso, reconhecendo-se católico, não suporta as "igrejas transformadas em repartições públicas" porque as quer abertas e acolhedoras (D266).

Entende a necessidade de haver instituições, e ele próprio preconiza a criação de algumas, mas está certo de que "nenhuma revolução definitiva virá das instituições" (D703); entende que os governos são necessários, mas "tenho como ideal de governar o não haver governo, como o não havia no Paraíso" (D199); recorre ao apoio dos políticos e aconselha-os, mas considera que a política é inoperante, por ser, afinal "um vácuo actuando no vácuo" (D287); quer construir uma comunidade de povos, mas entende que "apenas um grupo de trabalho tem valor absoluto"; preconiza a criação da organização das universidades e organiza centros de investigação, mas quer "a destruição da escola como a conhecemos, além de desejar pôr os professores a aprender e não a ensinar (D196) e assim por diante, para estabelecer o reinado do Espírito Santo.

É que o supremo objectivo a atingir é este de carácter universalista: estabelecer um "verdadeiro ecumenismo neste conjunto de povos de que estamos tratando, ecumenismo que vai da ponta animista de tantos dos seus índios, africanos e orientais, ao cristianismo, ao cristianismo protestante com passo por tantos tipos de católicos, ou muçulmanos ou budistas ou ateus, próximos irmãos destes últimos (D611). Desiderato este que é paralelo da visão do Concílio Vaticano II ao definir a Igreja como Povo de Deus (cap.II).

* * *

O pensamento de Agostinho da Silva, como decorre dos textos apresentados e comentados, balanceando entre a utopia e a realidade é, sem dúvida um contributo essencial para a construção da Lusofonia, tal como ele e nós a entendemos.

Podemos afirmar, em síntese, que a Lusofonia tem como fundamentos de base as ideias de Vieira, Sílvio Romero/Fernando Pessoa, e Agostinho da Silva.

De Vieira, das suas *História do Futuro* e *Clavis Prophetarum* provém o modelo cultural do Quinto Império; de Romero e Pessoa a ideia de que essa pátria imperial tem por território a língua portuguesa; de Agostinho da Silva o diálogo ecuménico e universal da igualdade, porque não havendo a pretensão de ninguém ser Quinto Imperador, a Lusofonia não é um projecto neo-colonialista, mas uma Comunidade de iguais.

Paris, Universidade de Nanterre, Fevereiro de 2007.

Inédito Nemesiano: um relatório sobre
a divulgação da língua e da cultura portuguesas

Alguns dos discípulos de Nemésio que com ele trabalharam mais de perto, e nestas Comemorações do Centenário aqui testemunharam esse convívio rico de sugestões, já referiram como e em que direcção continuaram os ensinamentos do mestre, quer na forma em que os institucionalizaram na docência, quer no que investiram como património também seu.

Por minha parte, julgo suficiente referir, de modo breve, a herança cultural recebida que reelaborei ao longo dos anos no estudo e reflexão sobre a Literatura Brasileira e, sobretudo, numa forma humanística de entender a cultura e a literatura. Forma essa que perspectiva tanto os conceitos e os juízos como os textos literários em óptica universalizante e histórico-cultural, pouco me tendo importando que outras leituras mais modernas, e logo envelhecidas, hipervalorizassem, ou traíssem, na opinião de Georges Steiner, a realidade.

Opção esta de ler os textos literários sempre relacionada a projectos humanos, estabelecendo a ligação, como diria Nemésio, entre a equivocidade do verbo, palavra humana, e a univocidade do Verbo, palavra divina, esta, ainda citando Nemésio; "em altas, barbacãs", para que a palavra fosse mais alguma coisa que um "flatus vocis".

Mas é de Nemésio que prefiro falar. E vou fazê-lo apresentando e comentando um texto inédito e desconhecido[1] que, também ele, é símbolo e sintoma das considerações que acabo de fazer, até pela mesma coerência e que me levou a interromper, por seis anos, a minha

---

[1] "Relatório do Professor do Curso de Línguas e Literaturas portuguesas na Universidade de Montpellier (Março-Maio de 1934)", endereçado à junta de Educação Nacional.

182 Da Lusitanidade à Lusofonia

vida universitária, para me dedicar à divulgação da língua e da cultura portuguesas no Instituo de Cultura e Língua Portuguesa (ICALP), actual Instituto Camões. Um texto sobre o modo como ele entendia que se devia fazer essa divulgação. Texto esse, constituído por um relatório, no sentido estrito da palavra, narrando as actividades docentes e outras do signatário, quando, ao serviço da Junta de Educação Nacional, foi nomeado leitor de português na Universidade de Montpellier.

A Junta, criada em 1929,[2] a pedido do futuro Ministro Leite Pinto, decidiu criar leitorados de português no estrangeiro, tendo sido o primeiro em Paris; na Sorbonne, ocupado pelo próprio Leite Pinto.

Outros leitorados se lhe seguiram, tendo cabido a vez a Nemésio de seguir para Montpellier, em Março de 1934, ainda antes da criação, em 1936, do Instituto para a Alta Cultura, a que sucediam o Instituto de Cultura e Língua Portuguesa – **ICALP**, e o Instituto Camões.

Em 1934, Nemésio não era um desconhecido. Tinha já fundado ou colaborado em várias revistas e jornais (*Byzâncio, Triptico, O Instituto, Presença,*) e publicado obras como *Sob os Signos de Agora, Nave Etérea, Varanda de Pilatos*, para além de se corresponder ou conviver com personalidades como Unamuno e outros, que se tornariam grandes lusófilos, tais como George le Gentil, Léon Bourdon ou Jean-Baptiste Aquarone.

Por isso, apesar de não se ter ainda doutorado (só em Outubro seguinte o faria, com a tese *A Mocidade de Herculano até à Volta do Exílio*), foi recebido como professor, até pelas funções que já exercia como professor auxiliar contratado, na Faculdade de Letras de Lisboa.

O "Relatório" reflecte uma personalidade na pujança do seu entusiasmo, cheio de imaginação, optimismo, vontade de triunfar, e uma pena a que o jornalismo conferiu grande agilidade.

Argutamente, um mestre do jornalismo português, Norberto Lopes, observou: "Ao trocar o jornalismo pela carreira universitária,

---

[2] João Trindade, "50 anos ao serviço da Cultura Portuguesa", *Revista Icalp*, Lisboa, Icalp, Janeiro de 1987, p.7.

Nemésio ia ao ponto de atribuir aos seus curtos anos de dispersão jornalística a vantagem sobre outros condiscípulos, talvez de uma maior facilidade de expressão (…) punha-se na posição incómoda de ser apodado de jornalista entre os doutores, e de doutor entre os jornalistas".[3]

O teor do "Relatório" é prospectivo, embora obedeça ao rigor documental do "redde rationem" próprio do funcionário e professor.

Não deixa, porém, de se revelar um texto de acentuado valor literário, pelo brilho e vivacidade da exposição.

Como relatório é exemplar: dactilografado em 31 folhas A4, distribui-se por vários itens que assim podemos resumir: identificação de documento (destinatário, local, signatário); descrição da missão de professor/leitor e dos seus ouvintes; primeiros contactos institucionais de cortesia; análise da disciplina curricular que lhe foi atribuída; descrição do tipo de alunos e curso; estratégia a adoptar nos programas e seu conteúdo.

Traçado este primeiro painel de circunstância institucional, narram-se depois as actividades complementares do curso, conferências e seus programas, descrevendo-se a assistência a elas e suas repercussões na opinião pública.

Passa depois a considerar em que condições foram desempenhadas essas actividades, descrevendo os meios utilizados, ou a sua falta: bibliografias, material audiovisual do tempo (diapositivos, cartazes e fotografias).

Entende ainda que deve justificar os programas que escolheu, e completa essa exposição manifestando os seus pontos de vista em relação a uma estratégia de promoção da língua e da cultura portuguesas no estrangeiro.

Nos programas, o grande enfoque é nas questões básicas da Língua e da História.

---

3 Norberto Lopes, *Diário de Notícias*, Lisboa, 28 de Março de 1978.

Começa pela história medieval marcando as diferenças com a Espanha, revela a importância das Cruzadas e de Cluny na europeização do país, acompanhando a expansão com a iconografia de Alcobaça, Tomar e de outros lugares celebrados pela arte.

Demora-se depois na análise do estilo da colonização portuguesa, relevando a importância das navegações e a sua projecção na Literatura.

A arte, especialmente considerada, viria em complemento, estabelecendo as convenientes relações com o Turismo, através da descrição das cidades importantes, servindo-se de testemunhos estrangeiros de prestígio como o de Byron, ou de poetas como Antero.

Por remate, não falta um sumário de 18 itens, inventariando as actividades consideradas, e um apêndice com recortes da imprensa francesa sobre o curso e conferências.

De registar ainda o facto de o "Relatório" fechar com uma pontualidade notável: tendo o curso sido concluído em Maio de 1934, a sua narrativa é datada do dia seguinte, 1 de Junho.

Mas não só de informações objectivas vive o texto, também se espraia em sucessivas páginas descritivas, revelando uma escrita plástica e cheia de vivacidade, sobretudo quando relata a vida intelectual francesa, ou descreve ambientes. Por exemplo, o da sua residência:

"Instalei-me primeiramente numa pensão de família onde havia duas estudantes francesas, um tcheco-eslovaco e duas alemãs. Tipo de vida familiar; ambiente culto. (...) Lê-se Garrett na tradução de Le Gentil. Traduzem-se à vista períodos de *A Cidade e as Serras*: há romancistas para além de Paris, Londres e Berlim... Poisam-se os olhos sobre versões alemãs, francesa e inglesas de alguns sonetos de Antero: Em Portugal há grandes poetas..."

"Passei [depois] a viver na Cité Universitaire (...) mas a Cité, de fundação recente, ainda não criou uma verdadeira vida colectiva (...) é por enquanto, um lugar onde moram muitos estudantes, naturalmente um pouco ruidosos e ainda não habituados às concessões e ao espírito de troca da vida em comum (...) Esse ambiente vim, finalmente, encontrá-lo no College des Écossais (Scots College).

Inédito nemesiano: Um relatório sobre a divulgação da língua e da cultura portuguesas 185

(...) A instalação é admirável: numa iminência sobre e longe da cidade, mas com as comunicações fáceis e frequentes.

Vista sobre o Mediterrãneo (no horizonte) e sobre os vinhedos de Hérault. Rodeiam-nos jardins conquistados ao brejo (garrigue) onde predominam os rosais, tufos de trepadeiras, recantos sombreados. A casa tem capacidade para uns trinta colegiais e aposentos para directores e suas famílias.

(...) A população deste colégio é internacional e dos dois sexos (...) a dona da casa trata maternalmente dos residentes, zela pelos quartos, ampara nas doenças e procura atenuar os estados de espírito sombrios. Lady Gedds enche de flores as mesas de trabalho.

Boa biblioteca inglesa e francesa (biologia, literatura, sociologia e viagens), salas de trabalho quase individuais, sala de estar (rádio), onde se conversa e onde as senhoras costuram (...) De manhã alguns vão herbonizar, com farnéis em mochilas. À vontade no trajo e uma espécie de simplicidade naturistas nos hábitos, sem proselitismo nem excentricidade. Em suma: vida familiar no mais alto grau, respeito mútuo e camaradagem pronta:" (Relatório, pp. 23-24)

Quanto às ideias e propostas para a divulgação da língua e cultura, algumas são de flagrante actualidade neste início de século.

A primeira questão levantada, ainda agora não completamente resolvida, foi a do estatuto da nossa língua em países como a França e outros países europeus:

Lamenta que o português seja considerado em lugar subalterno em relação ao espanhol, e aceite no ensino, por favor, por razões políticas:

"Outro inconveniente é o da posição viciosa que o português ocupa, no entender pouco informado da maior parte dos alunos, no quadro das línguas e literaturas românicas.

A tendência consiste em considerá-lo sensivelmente no plano, não direi do Galego, mas do catalão – isto é: uma espécie de co-dialecto ou de língua minoritária do Castelhano que, mercê de maturação política que se considera, em regra, ligeiramente artificial, tomou a aparência de uma língua e literatura autónomas. Não fazem ideia clara dos oito séculos de maturação de uma cultura portuguesa, nem dos nomes e obras que a preenchem, nem do génio que a marca" (Rel. p.5).

Foi nesta primeira frente de combate que Nemésio empenhou as suas forças, promovendo cursos livres, exposições e conferências.

Lamentavelmente, insista-se, este preconceito ainda se mantém no dia de hoje.

Nos anos 80, em que fui responsável pelo Icalp, esta foi tomada como opção de urgência, uma primeira linha do combate cultural que travámos, sobretudo em França, por ser o português considerado uma língua menor, de emigrantes, designada nas opções curriculares, em várias instâncias, como "língua rara".

Se esta era questão de importância vital, outra, com ela conexa, mereceu a Nemésio atenções especiais, a do recrutamento e formação dos leitores que deviam estar devidamente habilitados, tanto sob o aspecto científico e pedagógico, como na das capacidades extra-escolares e de convivência social: "Pode dizer-se que a eficácia do ensino e da expansão portuguesa dependem absolutamente da atmosfera social que o enviado respira, desde a pensão de família em que vive, aos círculos que frequenta. E creio, antes de mais, que a escolha dos emissários de cultura deve, quanto possível, atender à especialização dos candidatos, harmonicamente conjunta com um temperamento comunicativo, capaz de iniciativas e amigo de ideias gerais (…) uma excessiva especialização, acompanhada de timidez; uma atitude de expectativa ou passividade ante interesses culturais ao encontro dos quais urge ir, prejudicam em regra, irremediavelmente a acção do interlocutor" (Rel. pp. 19,20).

Contudo, recomendar insistentemente a competência do pessoal docente português não invalidou outra recomendação de não menor alcance, a de levar os responsáveis pela educação e escolaridade do país de acolhimento a assumirem responsabilidades próprias, neste campo.

"Por outro lado, procurar-se-ia estimular a necessidade do ensino do português nalguns liceus de França, nomeadamente em Paris, Marselha (ou Havre) e Bordéus. Se o governo francês não estiver disposto a criar lugares de professores liceais de português nessas

Inédito nemesiano: Um relatório sobre a divulgação da língua e da cultura portuguesas   187

cidades (e a actual política de compressão orçamental faz prever isso mesmo), creio que o nosso governo tem tudo a lucrar em subvencionar esses lugares, que ficariam sujeitos ao regime francês dos funcionários do ensino, quanto a provimento. A instituição desses postos parece-me preferível, de futuro, à multiplicação indefinida de leitorados ou cursos nas universidades francesas" (Rel. p.7).

Tantos anos passados sobre este de 34, e ainda hoje muito pouco se avançou no ensino não universitário francês, apesar das orientações da União Europeia.

Quase só pelo pioneirismo e dedicação incansável da professora Mme. Solange Parvaux, Inspectora oficial francesa, já em alguns liceus da França o ensino do Português é de responsabilidade francesa, mas continua a não haver suficiente pressão portuguesa para alargar esse ensino a toda a nossa comunidade aí residente, e aos franceses que o desejem.

Para completar estas ideias-força, Nemésio encarece a importância de se desenvolverem, nas universidades portuguesas, cursos especiais para estrangeiros, além da frequência dos cursos normais curriculares.

Por isso louva o esforço que em Coimbra desenvolvia o Prof. Mendes dos Remédios, e chega a indicar Sintra como lugar de eleição para esse tipo de ensino.

"Creio dever chamar a atenção da Exm.ª Junta para o problema de frequência das Universidades portuguesas por estudantes estrangeiros. A tentativa do falecido Prof. Remédios, organizador dos cursos de férias e de um curso de filologia portuguesa destinado a estrangeiros no semestre de inverno em Coimbra provou que alguma coisa se pode fazer nesse sentido".

Mais ainda, ao recomendar este tipo de oferta universitária, Nemésio não tinha em vista exclusivamente o ensino das letras, incentivava também a frequência dos cursos de ciências:

"É indispensável, porém, pôr os centros universitários europeus ao corrente de alguns programas da Universidade Portuguesa, principalmente no campo da Biologia humana, animal e vegetal (Instituto Bento da Rocha Cabral, Instituto de Patologia Vegetal Veríssimo de Almeida, Instituto Botânico de Coimbra, Instituto da Faculdade de Medicina, Instituto Geofísico de Coimbra etc.)" (Rel. p.17).

Não querendo, de modo algum, substituir o "Relatório" de Nemésio por esta amostragem, até porque muitas outras questões nele são abordadas e merecem mais aturada ponderação, limito-me a apontar, por fim, uma chamada de atenção que tem um significado especial, a da importância a dar aos estudos brasileiros. Importância tanto para o percurso docente do autor da *Ode ao Rio* e *Segredo de Ouro Preto* e *Outros Caminhos*, como para o desenvolvimento de uma ideia que hoje começa a consolidar-se, a da Lusofonia.

"Creio se devem ampliar [os estudos] aos ramos brasileiros, mediante franco acordo com as instituições culturais e governo do Rio" (Rel. p.8).

Nemésio, como já antes Pessoa com a sua ideia de "atlantismo", tinha a consciência aguda do peso que o Brasil representava para o entendimento da Cultura Portuguesa e para o futuro da língua.

Por isso, em crónica de despedida, em 1972, resumia com simplicidade: "Vinte anos de visitas ao Brasil têm-me ensinado muito".[4]

Um mestre, que o era, que gostava de aprender!

Lisboa, Faculdade de Letras, 2002

---

[4] Vitorino Nemésio, "Brasil… Canto IX", in *Jornal do Observador*, Lisboa, Verbo, p.354.

Ensinar/aprender português na China

1. O Português, língua de diálogo e permutas

Não necessita um auditório tão ilustrado como o universitário deste colóquio que se lhe apresente a língua portuguesa, mas talvez seja útil lembrar momentos especiais da sua evolução, para melhor se entender o porquê de sugestões relativas ao uso da língua de Camões.

A língua portuguesa é uma língua histórica, formada no século XIII ainda no contexto galaico-português, e com o evoluir dos séculos enriqueceu-se e embelezou-se nas várias dimensões da comunicação, dando origem a uma literatura que dialogou com as mais variadas culturas do mundo, acreditando-se como uma das mais prestigiadas entre as literaturas europeias.

Por isso é detentora de um património que não lhe pertence exclusivamente, e quer partilhar com outros povos e nações. Património esse acumulado, sobretudo, a partir do século XVI, com as navegações e encontro de culturas, registando e guardando nos arquivos e bibliotecas portuguesas informações preciosas para muitos países do mundo, incluindo a China, sobre episódios da sua história, recursos naturais, delimitação de fronteiras...

Nos nossos tempos, uma nova tomada de consciência do valor social, politico e cultural das línguas ganhou grande força, multiplicando-se as estratégias para a sua valorização e expansão.

E não se ignore que solidariedades de ordem vária, têm maior probabilidade de êxito se forem feitas entre países de língua comum ou de afinidades com ela. Daí a formação de grupos de nações em estruturas como a francofonia ou a lusofonia.

192 Da Lusitanidade à Lusofonia

Quanto à língua portuguesa, ela é, actualmente língua materna ou oficial de sete países independentes, representa 3,8% da população mundial, porque falada por mais de duzentos milhões de pessoas. É também língua oficial, de trabalho ou de tradução de organizações internacionais como a ONU, a UNESCO, a OUA (Organização de Unidade Africana), OEA (Organização dos Estados Americanos), para além de ser língua de milhões de emigrantes espalhados pelo mundo, especialmente nos países mais prósperos.

Nesta situação, e dada a existência de uma nação com a dimensão do Brasil – um gigante na economia mundial, apesar das suas debilidades sociais –, a constituição de um bloco político de nações que têm o português como língua materna ou oficial, e a entrada de Portugal e da sua língua na União Europeia fizeram com que o português atingisse o estatuto de grande língua internacional, que cada vez vale mais a pena ensinar e aprender.

A partir desta constatação, e especialmente a partir dos anos 80, inicialmente por iniciativa do Instituto de Cultura e Língua Portuguesa (antigo Icalp e actual Instituto Camões), aumentou o número de leitorados de português em universidades estrangeiras (actualmente 148, 90 deles localizados na Europa) e de 17 centros culturais especialmente apoiados pelo Instituto Português do Oriente, de Macau.

Esforço este que se foi juntar às iniciativas da Fundação Gulbenkian, da Fundação Luso-Americana para o Desenvolvimento (Flad), de outras instituições conscientes do valor deste intercâmbio.

É neste contexto, pois, que melhor se entendem as razões para se ensinar e aprender português no estrangeiro, nomeadamente na China.

Aprender português é entender e estreitar relações não só com Portugal e países lusófonos, mas também ter acesso a abundante documentação sobre os países asiáticos, muito especialmente sobre a China, que eles pouco conhecem, encerrada há séculos nas nossas bibliotecas e arquivos.

Daí, que se acrescentem às motivações linguísticas, outras.

2. Razões de carácter histórico, cultural, de comércio e turismo

Aprender português é não só adquirir uma chave de entrada no mundo português e lusófono do presente, mas também desvendar um relacionamento histórico de quase quinhentos anos. Relacionamento esse registado em inúmeros escritos de carácter diplomático e histórico em geral, religioso, comercial, científico e técnico.

Razão pela qual devem esses escritos serem utilizados no ensino para o exercício de uma reflexão sobre as semelhanças e diferenças culturais entre os dois povos, para o conhecimento do país e suas regiões, organização social e política, etc.

Do mesmo modo, deve o ensino conduzir o diálogo para um intercâmbio de caracter prático, desde o turismo às relações comerciais e outras.

Os relatos das viajantes e missionários não só facultam uma visão da Ásia em geral, e da China em particular, nos séculos do passado, mas oferecem ainda hoje vasta matéria até para os próprios chineses aprofundarem o conhecimento de épocas, acontecimentos e personalidades ali descritos, com outros dados, e de outra forma.

Esses documentos abundam nas bibliotecas portuguesas, nomeadamente na Torre do Tombo e na Biblioteca Nacional de Lisboa, na Biblioteca do Palácio Real da Ajuda, nas bibliotecas e arquivos oficiais e particulares do Porto, Coimbra, Évora e outras cidades, nos riquíssimos e pouco explorados arquivos das ordens missionárias, maximamente dos jesuítas, na recolha documental abundantíssima do erudito macaense Padre Manuel Teixeira.

Daí que o ensino do português deva alargar -se ao conhecimento de alguns desses textos que a Imprensa Nacional, de Lisboa, e o Instituto Cultural de Macau não cessam de editar.

Quer os textos de carácter diplomático, tais como os relativos ao embaixador e boticário Tomé Pires que chegou a Cantão em 1517, autor da *Suma Oriental*, quer as cartas e narrativas, trágicas e aventurosas de Cristóvão Vieira e Vasco Calvo, de 1524 (?) conhecidos como os «cativos de Cantão», e outros documentos publicados por Raffaella d'Intino, por serem dos primeiros testemunhos presenciais dos europeus em viagem pela China, depois dos relatos de Marco Polo, «documentos fundamentais para a história das primeiras relações entre Portugal e a China»[1]

Leitura também de documentos de carácter mais literário e descritivo, como o *Tratado das Cousas da China* de Frei Gaspar da Cruz, a Peregrinação de Fernão Mendes Pinto, O *Novo Descobrimento do Gram Cathayo* do P^e António de Andrade, a *Relação da Grande Monarquia da China* do P^e Álvaro Semedo, a *Ásia Portuguesa* de Faria e Sousa e, sobretudo, os relatos das actividades dos jesuítas astrónomos na corte de Pequim, especialmente das suas cartas ânuas.

É que esse núcleo da literatura jesuítica tem incidência relevante não só pelo seu valor documental e informativo, mas também pelo contributo prestado à China, no campo científico e técnico, nos domínios da astronomia e da matemática, matérias muito queridas dos estudiosos chineses.

Segundo a síntese, que em exposição pública o jesuíta Benjamim Videira Pires fez da obra do seu confrade Manuel Rodrigues sobre os *Jesuítas Portugueses Astrónomos na China,* foi a acção desses religiosos notabilíssima em quantidade e qualidade: «A exposição abrange 222 anos (1582-1805, do P^e Ricci até José Bernardo de Almeida) e os jesuítas, principalmente portugueses, que presidiram, em Pequim, ao célebre Tribunal das Matemáticas (Astronomia e Geografia) – verdadeiro Ministério do Interior, encarregado de elaborar o Calendário Imperial e onde se empregavam cento e cinquenta a duzentos funcionários, sem contar os serviços inferiores [...]. Restam desses sábios missionários três legados: os mapas da China e do mundo, milhares de obras impressas em xilografia (catálogo em dois volumes de Maurice Courant) dos exemplares guardados na Bibliothèque Nationale de Pa-

---

[1] Rui Manuel Loureiro, *Cartas dos Cativos de Cantão*, Macau, ICM, 1992, p.15.

ris, e num tomo de cerca de mil páginas, «Catalogue of Chinese Books and Documents», preparado já para o prelo pelo Pe Albert Chan S. J., após a sua investigação no ARSJ, secção Jap.-Sin., e as cerca de cem estelas funerárias com epitáfios em latim e chinês, no que se conserva do velho Cemitério Português de Pequim, em processo de restauração»[2]

Para além da importância documental e informativa, estes textos recomendam-se por outras razões: enquanto nos primeiros textos sobre a China está demasiado presente a ideologia da expansão e da conquista, através de propostas e diversificadas expressões de afrontamento e incompreensão, nos últimos é patente a atitude de simpatia e de vontade de colaboração pacífica, em ordem ao bem comum.

Tal atitude nos parece dever ser aproveitada para uma pedagogia de diálogo e aproximação, porque esse é também o objecto de uma aprendizagem que não deve ser meramente literária.

Sob este aspecto, é de realçar a tão interessante reflexão de um bom conhecedor da mentalidade chinesa, o jesuíta Benjamim Videira Pires que, na sua obra *Os Extremos Conciliam-se*, dedica um capítulo inteiro a analisar os «pontos de encontro entre o homem português com o chinês».[3]

Começando por observar que o verdadeiro significado da expressão "raça amarela" não se baseia em quaisquer características étnicas ou de cor de pele, mas tão somente em motivações de nomenclatura geográfica, excluindo radicalmente qualquer interpretação racista, aponta uma lista de afinidades, qualidades, defeitos e complementaridades, entre o português e o chinês.

E o lugar privilegiado para essa análise encontrou-o Videira Pires na compilação do Chantre António André Ngan, *Concordância Sino-Portuguesa de Provérbios e Frases Idiomáticas*.[4]

---

2 Benjamim Videira Pires, *Os Extremos Conciliam-se*, Macau, ICM, 1988, pp. 5-6

3 *Ibidem.*

4 Chantre António André Ngan, *Concordância Sino-Portuguesa de Provérbios e Frases Idiomáticos*, Macau, 1973.

196 Da Lusitanidade à Lusofonia

Aí se verifica como é grande a concordância ideológica e até metafórica entre muitos provérbios portugueses e chineses, evidenciando grandes referências existenciais e psicológicas comuns.

Nota Videira Pires, que no quadro das diferenças entre a psicologia colectiva do Ocidente (objectiva e sintética) e do Oriente (analítica e subjectiva), o português foge a muitas das características de objectividade do Ocidente, e se posiciona muito próximo de maneiras de ser orientais: «ao enumerarmos esta diferença não de constituição mas de funcionamento psicológico do chinês e do ocidental, devemos ter notado que o português é possivelmente o carácter menos metafísico e mais lírico da Europa e, por isso, o que se achou vivencialmente mais próximo do chinês. Já falamos do aspecto dos provérbios e dos aforismos populares. O parnasianismo descritivo e o amor da natureza ou bucolismo, o gosto pela história a vitalidade rítmica da sua arte – esforço ou compensação das repressões do rígido sistema familiar –, o modo rural da vida considerado como ideal, o pacifismo até à indiferença pela política (atitude social que, frequentemente, se torna necessária, em virtude da ausência de protecção legal e egoísmo dos grandes) a simplicidade de hábitos, a frugalidade e sobriedade para conservar a saúde física e moral, o cepticismo perante os entusiasmos e idealismos radicais e revolucionários da juventude inexperiente, o tradicionalismo, eis outras tantas semelhanças entre a natureza humana e o temperamento do chinês e do português».[5]

Mas, nem só a documentação histórica e documental deve servir o ensino do português. Também deve contemplar outras áreas tais como as do comércio e turismo luso-chinês.

Aliás, foi pelas relações comerciais que tudo começou, desde que o junco de Jorge Gonçalves rumou para Macau em 1513, e mais tarde se viria a fazer o «assentamento» com Wang Pé depois das negociações conduzidas pelo capitão-mor da viagem comercial Goa-Japão, Leonel de Sousa, pelo que, muito provavelmente, foi a partir de 1557 que os portugueses se fixaram em Macau.

[5] *Ibidem*, p.82

Não surpreende, pois, que nos tratados e descrições da China, esse verdadeiro tópico da literatura de viagens que aconselhava a descrição dos recursos e produtos das terras visitadas, tivesse também, nesses textos, lugar relevante.

O boticário Tomé Pires privilegiou, naturalmente, nos seus textos «certas drogarias» como o ruibarbo, a cana fistula, o ópio, a mirra, o aljôfar. Frei Gaspar da Cruz, em quatro capítulos sucessivos (IX-XII) do seu *Tratado* dissertou sobre navios, sobre o aproveitamento da terra, os oficios e mercadores, sobre a fartura da terra.

Do mesmo modo, Álvaro Semedo encarece o valor e a abundância das terras percorridas, logo no capítulo primeiro da sua Relação. Depois de uma descrição geral do reino logo acrescenta: «Quanto à abundância, como este reino se dilata muito, participando de latitudes e climas diversos, é tanta a variedade de fruta que produz e de que goza, que parece ter a natureza ali acumulado aquilo que repartira pelo resto do mundo. Adentro das suas portas existe tudo quanto é necessário para a vida humana e ainda toda a abundância de delícias».[6] E Semedo refere-se, nomeadamente, à abundância do trigo, da cevada, do milho e do arroz, para além das carnes, peixes e frutos (laranjas, uvas, etc.).[7]

E o mesmo afirma António de Gouvea no capítulo XIX da sua *Ásia Extrema* resumindo: «Abunda de todo o mantimento europeo: trigo, cevada, milho e sobretudo arroz, que é o ordinário mantimento, particularmente nas províncias do sul».[8]

Mais documentada é a relação de Gabriel de Magalhães que ao assunto consagra três capítulos (VIII, IX e X) chamando a atenção para o comércio do sal, das madeiras e «da grande abundância de todas as coisas que se encontram na China»[9], detendo-se em considerações

---

[6] Frei Gaspar da Cruz, *Tratado em que se Cõtam muito por Esteso as Cousas da China*, in *Informação das Cousas da China*, Lisboa, INCM, 1989, p.147.

[7] Pe Álvaro Semedo, *Relação da Grande Monarquia da China*, Macau, Fundação Macau, 1994, p. 27.

[8] António de Gouvea, *Ásia Extrema*, Lisboa, Fundação Oriente, 1995, p. 303.

[9] Pe Gabriel de Magalhães, *Nova Relação da China*, Macau, Fundação Macau, 1997, p. 167.

também sobre a prata e o ouro, a seda branca e a cera da China, para além de encarecer a excelência da carne, do peixe, das frutas e outras provisões

Obviamente que estas descrições não obedecem simplesmente ao tópico da abundância das novas terras visitadas, e descritas como não inferiores às da Europa, mas visam também uma informação com intenções futuras comerciais.

Tradição esta que nem com o tempo se perdeu, quer devido ao excessivo custo dos transportes para vencer grandes distâncias, quer em resultado da concorrência feita pelos mesmos produtos originários de países mais próximos.

Contudo, algum comércio se mantém modernamente, e poderá reforçar-se, no futuro, até porque, para além do seu valor económico é também factor de aproximação cultural e política.

Segundo os dados do ICEP relativos ao ano de 1998, a balança comercial entre Portugal e a China mantém há anos um fluxo de trocas que se saldam por um volume de exportações da China para Portugal quinze vezes superior ao volume das importações.

O que significa que o natural esforço para o equilíbrio da balança de pagamentos em muito pode fazer aumentar e melhorar o intercâmbio actualmente existente.

A título de curiosidade, acrescente-se que as exportações portuguesas para a China foram, por ordem decrescente, polímeros de etileno, legumes secos, colofórios e ácidos resínicos, amendoins não torrados, cabos de fibras sintéticas, granito, pórfiro, basalto e outras pedras de cantaria, brinquedos.

Outros, com maior conhecimento de causa, poderão facultar dados mais completos.

Envolvendo todas estas questões históricas, culturais, científicas e técnicas, o ensino do português como língua estrangeira deverá ter em conta duas situações condicionantes: a de que o ensino deve ser dirigido, especialmente, para grupos especializados, e a de que, pelo tipo de usos é que se deve regular a sua metodologia.

Ensinar, por exemplo, em Macau, o português a toda a gente que a escolaridade abrange é muito pouco sensato, porque esse ensino de massa não tem finalidade própria, não vai ter continuidade futura, a não ser para alguns pequenos interesses muito transitórios.

É a grupos especializados que ele deve dirigir-se, isto é, àqueles que no futuro irão usar a língua portuguesa na sua profissão: professores, juristas, médicos, funcionários administrativos, historiadores, linguistas, sacerdotes.

Em consequência, não deve ser principalmente, muito menos exclusivamente, um ensino baseado em textos literários, mas que parta de um outro tipo de textos: comerciais, jurídicos, religiosos, etc.

Uma das práticas mais seguidas, sob este aspecto, por outras línguas estrangeiras, é a de privilegiarem a comunicação comercial, tendo elaborado um conjunto coerente e eficaz de dicionários, léxicos e gramáticas de uma utilidade evidente.

Em Portugal, ainda não se foi muito longe nesta área, e é já tempo de se multiplicarem esse tipo de edições, continuando o esforço pioneiro do livro de Maria de Lourdes Paulino, *Português Comercial — 40 Lições* editado pelo Icalp em 1988, sob a coordenação do Prof. Malaca Casteleiro, ou o *Português Médico* de Carlos V. Silva e Sara Gonçalves Santos, editado pelo Ipor.

Do mesmo modo, deviam apoiar-se e desenvolver-se mais manuais e métodos pedagógicos que ajudam os turistas a comunicar-se no essencial, sem a sobrecarga de uma aprendizagem sistemática e global. Vocabulário e métodos esses que deveriam ter em consideração que o turista não pretende aprender uma segunda língua estrangeira, mas conhecer a comunicação essencial nas línguas dos países que visita.

Naturalmente que tal simplificação deverá assentar sobre o "português fundamental", e daí partir o desfecho comunicativo eficaz das mais variadas situações.

Um último aspecto gostaria ainda de referir, o de que, sendo a língua usada por especialistas em seus trabalhos habituais, com recurso cada vez maior à Internet, o ensino deverá insistir mais na competência escrita que oral.

É caso para lembrar o conceito de "lusografia", posto a circular por Jean-Michel Massa, entendido na perspectiva de que a maior parte dos utilizadores estrangeiros da língua só esporadicamente tomam contacto com a língua falada.

Por outras palavras, no ensino do português como língua estrangeira, especialmente nos países mais afastados da Europa, a escrita deve prevalecer sobre o uso oral, a lusografia sobre a lusofonia estritamente considerada.

Assim sendo, há que tirar como consequência prática o insistir-se no bom domínio da estrutura gramatical, no exercício da capacidade de compreensão e redacção, na posse de amplo vocabulário e de terminologia adequada, deixando para segundo plano os aspectos prosódicos.

Em suma, ensinar português como língua estrangeira deve fazer-se privilegiando usos especializados, e seguindo as preferências mais de quem aprende do que quem ensina.

Pequim. Seminário da Língua e Cultura Portuguesa no Oriente,

Junho de 1999

O direito à diferença linguística e cultural

A situação linguística, cultural e social do nosso país, no último quartel do século XX, sofreu profundas modificações.

Após a independência das antigas colónias, depois de 1975, grande número de migrantes daí provenientes demandaram Portugal, trazendo consigo as suas línguas e culturas. Anos mais tarde, vieram juntar-se--lhes os brasileiros, em número nunca antes registado, não tardando grandes contingentes, desde 1999 até 2003, dos países de leste (após o colapso da união Soviética em 1991), a completar uma situação multicultural, também com presença, embora reduzida, de asiáticos.

Entretanto, tomando como ponto de partida as tradicionais relações luso-brasileiras, tinha-se elaborado, a pouco e pouco, desde os anos 20 ou 30 do século passado, a ideia da criação de uma Comunidade de língua portuguesa especialmente incentivada, nos primeiros tempos, pelo brasileiro Sílvio Romero, e pelo português o poeta Fernando Pessoa. Esse projecto de um bloco de países que falassem português foi ganhando corpo com a adesão dos novos países africanos, que, todos escolheram o português como sua língua oficial, e assim se chegou à actual organização da Lusofonia. Organização essa estruturada politicamente na CPLP – Comunidade dos Países de Língua Portuguesa –, e com outros órgãos em formação, como o Instituto Internacional da Língua Portuguesa.

Situação e organização que não alteraram, antes tornaram mais amplo e flexível o estado linguístico-cultural em que vivíamos, segundo o qual continuávamos, praticamente, monolingues e monoculturais.

Com a grande migração de leste, e a elaboração de novas doutrinas decorrentes da Declaração Universal dos Direitos do Homem de 1948, e de outros documentos das nações Unidas, organizações dependentes ou afins, como a Declaração Universal dos Direitos Linguísticos, de Barcelona, de 1999, e a Declaração Universal da Diversidade Cultural da UNESCO de 2001, as línguas e culturas de todos os migrantes passaram a gozar de direitos que, progressivamente, todos os Estados deviam respeitar e promover.

Se, em Portugal, a chegada do multiculturalismo foi inesperada, o mesmo aconteceu em boa parte da Europa, pois também nesta área linguístico-cultural os anteriores migrantes não tinham, praticamente, senão os direitos que as comunidades de acolhimento tomavam a iniciativa de lhes conceder.

Sinal disso foi, por exemplo, o teor das comemorações do Ano Europeu das línguas de 2001 que, embora celebrasse e glorificasse a pluralidade linguística, quase só pensou nas línguas originais e antes faladas na Europa, e muito pouco ou nada nas outras línguas europeias que se falam, efectivamente, fora do continente europeu.

1. Direitos linguísticos e culturais do multiculturalismo

Convém, pois, antes de mais, analisar quais os direitos reconhecidos ao multiculturalismo, pois também outros direitos e deveres assistem à nação – comunidade de acolhimento –, e à comunidade de países que ela ajudou a formar, para se evitarem equívocos e conflitos.

O documento de Barcelona, elaborado por instituições e organizações não governamentais, assenta no estabelecido pela Declaração Universal dos Direitos do Homem da ONU de 1948, e nos dois pactos de 1966 sobre os Direitos cívicos e políticos, e dos direitos económicos, sociais e culturais, e ainda na Declaração das nações Unidas de 1992 sobre os direitos das minorias nacionais ou éticas, religiosas e linguísticas. Comecemos aqui por considerar, especialmente, alguns itens extraídos dos Preliminares, Preâmbulo, e dos 54 artigos e disposições finais da Declaração de Barcelona.

Conceitos que julgámos de charneira axiológica, sem os quais não é possível articular-se, hoje, qualquer política linguística realista, em ordem ao diálogo e ao equilíbrio social.

O direito à diferença linguística e cultural

Eles são, essencialmente, três:

O primeiro enuncia o que entendemos, nesta esfera, por "Língua": a expressão de uma identidade colectiva, e de uma maneira distinta de apreender e descrever a realidade" (artigo 7), e "o resultado da convergência e da interacção de factores de natureza político-jurídica, ideológica e histórica, demográfica e territorial, económica, social, cultural, linguística e sociolinguística, interlinguística e subjectiva" (do Preâmbulo).

O segundo estabelece claramente a distinção e hierarquização entre "comunidade linguística e "grupo linguístico".

O terceiro consagra o direito de manter e desenvolver a própria cultura.

2. Comunidade linguística e grupos linguísticos

É considerada "Comunidade Linguística" qualquer sociedade humana que, instalada historicamente num espaço territorial determinado, reconhecido ou não, se identifica como povo e desenvolve uma língua comum como meio de comunicação natural e de coesão cultural entre os seus membros. Por seu lado, a "língua própria de um território" designa o "idioma da comunidade historicamente estabelecida nesse mesmo território" (...) a plenitude dos direitos linguísticos no caso duma comunidade linguística histórica no seu espaço territorial, entendido não somente como a sua área geográfica onde habita esta comunidade, mas também como um espaço social e funcional indispensável ao pleno desenvolvimento da língua. Desta premissa decorre a progressão ou o contínuo dos direitos dos grupos linguísticos (...) e das pessoas que vivem fora do território da sua comunidade" (artigo 1, n.º 2, c/ referência também à alínea 5 do mesmo artigo).

E, em conjugação e hierarquização de direitos e deveres, a declaração entende por grupo linguístico "qualquer grupo social partilhando uma mesma língua instalada no espaço territorial duma outra comunidade linguística, mas não tendo aí antecedentes históricos equivalentes, o que é o caso dos emigrados, refugiados, pessoas deslocadas ou membros das diásporas" (artigo 1 n.º 5).

Pode servir de exemplificação, no primeiro caso, em Portugal, a língua portuguesa como a nossa língua histórica, comum a todo o território e elo aglutinador e fautor da identidade nacional.

Exemplificam o segundo caso, o do grupo, as línguas dos ucranianos, romenos, etc., residentes em Portugal.

E quanto à cultura, assim a define a UNESCO: "conjunto de traços distintivos espirituais e materiais, intelectuais e afectivos, que caracterizam uma sociedade ou um grupo social que ela engloba, além das artes, das letras, os modos de vida, as modalidades de vida comum, os sistemas de valores, as tradições e as crenças", definição esta resultante da conferência mundial sobre as culturas (Mondialcultur), realizada no México em 1982, da Comissão Mundial da Cultura e do Desenvolvimento de 1995, e da Conferência Intergovernamental sobre políticas culturais para o Desenvolvimento, realizada em Estocolmo em 1998.

No mesmo sentido, a declaração da UNESCO chama a atenção para o facto da "cultura tomar formas diversas através do tempo e do espaço (...) essa diversidade encarna-se na originalidade e na pluralidade das entidades que caracterizam os grupos e as sociedades que compõem a Humanidade. Fonte de trocas, inovação e de criatividade, a diversidade cultural é, para o género humano, tão necessária como a biodiversidade na ordem dos seres vivos". Daí acrescentar que "o pluralismo cultural constitui uma resposta política ao facto de os direitos culturais serem parte integrante dos direitos do Homem, universais, indissociáveis e interdependentes".

Voltando ao documento de Barcelona, nele se insiste na importância de se clarificarem as relações entre a Comunidade e os Grupos, para que seja possível o exercício dos direitos, sem conflitualidade: "Os direitos das pessoas e dos grupos linguísticos, atrás citados, não devem, em nenhum caso, entravar as relações entre os grupos linguísticos e a Comunidade Linguística sua hospedeira ou a sua integração nessa comunidade. Mais, não devem prejudicar o direito da Comunidade hospedeira ou dos seus membros em utilizar, sem restrições, a sua própria língua em público, no conjunto do seu espaço territorial" (artigo 3, n.º 3) .

O direito à diferença linguística e cultural

Chama-se assim a atenção para a necessidade de hierarquizar e distinguir entre os direitos da Comunidade e os do Grupo, com vista a um correcto relacionamento;

3. A hierarquia indispensável e os modos de pertença

Para a Comunidade nacional de acolhimento, impõe-se o dever de respeitar, promover e fazer cumprir os direitos dos grupos, especialmente dos que nas áreas da língua e da cultura se constelam à volta da reafirmação da identidade e do direito à diferença; para os grupos dos que chegam, a Declaração recomenda o dever de se integrarem, ou mesmo, de se assimilarem, evitando situações de *guetto*, e assim facilmente se transformarem em ambientes de tolerância social.

E, ao referir-se aos direitos ou deveres de integração ou assimilação, a Declaração explicita claramente como esses conceitos devem ser entendidos: "Define-se integração como uma socialização complementar, de modo que essas pessoas conservem as suas características culturais de origem, ao mesmo tempo que partilham com a Comunidade de acolhimento, referências suficientes dos seus valores e comportamentos para que ela não se confronte com mais dificuldades que os membros do grupo hóspede, na sua vida social e profissional" (artigo 4, n.º 1).

E quanto à assimilação, tão rejeitada no passado colonial por ser forçada, é agora admitida como opção livre:

"A presente Declaração considera, mais ainda, que a assimilação, ou seja, a aculturação das pessoas na sociedade que as acolhe, de tal modo que elas substituem as suas características culturais de origem pelas referências, valores e comportamentos próprios da sociedade de acolhimento, se faça sem que tal ocorra de maneira forçada ou induzida mas, ao contrário, como resultado de uma escolha deliberada".

Esta outra forma de inclusão parece basear-se em circunstâncias em que, quem escolhe, opta não só por evitar qualquer tipo de discriminação social, racial ou outra, mas também por querer uma verda-

208 Da Lusitanidade à Lusofonia

deira reconversão pessoal de adesão completa a outras formas existenciais ou culturais.

4. Os direitos em presença

Recapitulando: são, em síntese, considerados "direitos pessoais inalienáveis", tanto da sociedade como dos grupos, quanto ao uso da língua:

— Ser reconhecido como membro de uma comunidade linguística; falar a sua língua em público e em privado; usar o seu próprio nome; contactar com a sua comunidade linguística de origem; manter e desenvolver a sua própria cultura; direito ao ensino da sua língua e cultura; poder dispor de serviços culturais próprios; ter presença da sua língua e cultura nos media; responder na sua própria língua nas relações com os poderes públicos, e nas relações sócio-económicas.

E quanto aos direitos culturais, também em síntese:

— Liberdade para se exprimir, criar, difundir as suas obras na língua da sua escolha e, em particular, na sua língua materna; direito a uma educação e a uma formação de qualidade que respeitem a sua identidade cultural; poder participar na vida cultural da sua escolha e exercer as suas próprias práticas culturais até aos limites que impõem o respeito pelos direitos do Homem e das liberdades fundamentais (artigo 51).

E para além destes direitos ligados à pessoa, os direitos gerais da "livre circulação das ideias pela palavra e pela imagem, para que todas as culturas possam exprimir-se e fazer-se conhecer; liberdade de expressão, de pluralidade nos media, do multiculturalismo, igualdade de acesso às expressões artísticas, ao saber científico e tecnológico (…) possibilidade de presença nos meios de expressão e difusão que são garantes da diversidade cultural" (artigo 6).

O direito à diferença linguística e cultural

E são direitos da Comunidade de acolhimento:

— Utilização da língua nacional sobre todos os seus territórios, como língua oficial; serem nela redigidos todos os actos jurídicos, administrativos públicos e privados, dos tribunais, sem que qualquer pessoa possa desculpar-se com o seu desconhecimento; o mesmo se dizendo para qualquer espécie de documentação; direito a decidir qual o grau de presença da língua, enquanto língua veicular e aspecto de estudo, em todos os níveis de ensino, com o correspondente direito a todos os meios necessários para o fazer; direito a que a língua nacional ocupe lugar prioritário nas manifestações e serviços culturais (bibliotecas, videotecas, cinema, teatro, museus, arquivos, folclore, indústrias culturais, representação internacional (especialmente os artigos 24,25,35,45).

5. A necessária articulação de direitos e deveres

Todo este conjunto de direitos e deveres, resultantes da situação miltilinguística e multicultural em que também se encontra o nosso país, postula dois tipos de acções complementares: o da formação da comunidade nacional para uma mentalidade multicultural e multilinguística (com acções especiais nas escolas e nos media), e o da tomada de iniciativas que permitam aos "novos portugueses" exercerem os seus direitos.

Quanto à primeira, ela já se processa nas escolas, desde que em 1991 foi criado o *Secretariado Intercultural* e, em 2004, o *Gabinete de Acção e Formação* realizando acções de formação para professores e alunos. Mas ainda se está demasiado no estádio da informação e da documentação, sendo necessário ir mais longe, alargando esse tipo de mentalização a toda a população portuguesa, sobretudo através da comunicação social. Mas é, sobretudo, no reconhecimento *de facto* dos direitos dos migrantes, linguísticos e culturais como atrás foram lembrados, que tem de se agir.

210 Da Lusitanidade à Lusofonia

Não temos a pretensão de traçar aqui um quadro geral dessas acções, mas desejamos, ao menos, alinhar algumas sugestões que julgamos exequíveis e capazes de contribuir para uma mentalização geral e uma efectiva prática dos direitos que se enunciam teoricamente, mas que na prática não se cumprem, com o argumento sempre aduzido de que faltam recursos financeiros.

5.1. E a primeira delas é a de que se impõe partir do princípio, elaborado a partir dos factos, de que a mentalidade e prática multiculturais não se opõem às ideias e realidades da nação e da Lusofonia, desde que se respeite a relação e proporção grupo – comunidade. Pelo contrário, os novos contributos linguísticos e culturais, alargam e enriquecem a realidade da nação, e o seu também direito à diferença.

A ideia e realidade "nação" embora construída, tem provado ser uma forma estrutural e estruturante eficaz na construção da paz, do desenvolvimento e do bem-estar, apesar de algumas perversões nacionalistas e xenófobas. Construída sobretudo a partir da formação das cidades, do século IX, e afirmada pela centralização do poder real, e pela evolução económica, desmantelando o feudalismo, já era uma realidade no século XV, e não parece que tenha surgido depois uma forma organizativa social melhor.

Num território em que cada vez mais se enraizou, a nação foi recolhendo e consolidando tradições e valores, assim construindo uma identidade assente também num projecto de futuro.

E quanto à Lusofonia, que meio mais eficaz do que este de oito nações unidas pela língua e algumas dinâmicas culturais, representando mais de 210 milhões de pessoas, poderem reivindicar e defender fronteiras e valores que entendem serem os seus? Hoje, uma voz isolada não tem probabilidades de ser ouvida. Deste modo, o esforço do dinamismo da comunidade nacional e da Lusofonia serão o melhor antídoto contra as confusões e cepticismo da realidade cultural.

Daí que se imponha o reforço de medidas conducentes à tomada de consciência e valorização da identidade e diferença nacionais, e se exija outro dinamismo às passivas CPLP e IILP que tão timidamente

O direito à diferença linguística e cultural

211

assumem as suas funções, e que deviam traçar planos de "ilustração e defesa".

E que, sobretudo, não se criem situações de separatismo, como a da recente infeliz medida do Ministério da Educação para os ensinos básico e secundário introduzindo uma nova terminologia linguística, a TLEBS, ignorando duas coisas verdadeiramente elementares: que a alteração de terminologia deve ser resolvida pelos oito países lusófonos, devendo ser seu instrumento de concertação o Instituto Internacional de Língua Portuguesa e, em segundo lugar, que terminologia não é só um problema de linguística, porque a linguística não é a língua. É também problema de cultura, de tradição, de convencionalismos pedagógicos e didácticos. E se agora o Brasil resolvesse adoptar outra terminologia, e Angola fizesse o mesmo? Para que andamos a fazer acordos de lusofonia? Em suma, um verdadeiro atentado à Lusofonia!

E para quando a entrada em vigor do acordo ortográfico, senhores da CPLP?

E quando teremos nós um *Thesaurus* das melhores obras da cultura lusófona, em letras e ciências, em edições de grande tiragem, a preço reduzido, para nos conhecermos melhor?

E para quando suprimir algumas obrigações de depósito legal para bibliotecas do país que bem o podem dispensar e, entender-se esse regime em situação de reciprocidade, às Bibliotecas nacionais dos outros países lusófonos?

5.2. Não são o multilinguismo e multiculturalismo impraticáveis no interior da nação, nem eles ameaçam a integridade nacional, desde que a relação comunidade/grupo seja respeitada.

Há pois que cumprir as normas das Declarações, modernizando e tornando mais justa a política linguístico-cultural.

Para tanto, é necessário que se crie uma entidade nacional que lidere e acompanhe todo o processo e que, para o pôr em prática, se relacione com as entidades, para tal credenciadas, dos países de origem dos migrantes (Ministério da Educação? Da Cultura? Institutos especializados?) e com as associações que os migrantes já constituíram em

Portugal, para, com elas encontrar formas de execução dos seus direitos e necessários apoios.

Direitos esses muito condicionados pela escolarização, pela presença/ausência nos media nacionais, pela necessidade de juntar elementos significativos dos seus patrimónios, ou nos nossos museus, casas de cultura, etc., ou em espaços próprios.

No que toca à escolarização, não é necessário criar uma rede paralela à que existe, pois podem-se apoiar as suas associações para esse fim. E bem podem e devem ser dadas a conhecer a toda a comunidade escolar as suas culturas especialmente através do instrumento privilegiado que são os manuais escolares.

Em todos eles, na rede geral de ensino, essa divulgação pode ser feita, mantendo uma proporcionalidade hierarquizada.

5.3. Na medida em que reconhecemos e consagramos entre nós os direitos linguísticos e culturais dos que recebemos, ganharemos alguma autoridade para também exigirmos que os nossos migrantes no exterior sejam tratados da mesma maneira.

Se não for suficientemente convincente a autoridade das entidades que formularam as duas Declarações, que, ao menos, os nossos diplomatas exijam iniciativas de reciprocidade.

Santarém, Congresso da CIVILIS, Novembro de 2006

Érico, o escritor brasileiro
mais popular em portugal

Um testemunho: o meu conhecimento de Érico Veríssimo data dos anos 50, quando o romance *Olhai os Lírios do Campo*, editado pela Livros do Brasil, de Lisboa, em 1946, dava a conhecer o escritor gaúcho. Logo a seguir, na mesma década, outros romances se seguiram, criando um entusiasmo extraordinário entre a juventude, incentivado pelas feiras do livro e pela mesma onda de popularidade das obras de Stefan Zweig e Aldous Huxley, então imensamente populares.

Quando, na década de 60, frequentava a Faculdade de Letras, era já no magistério de Vitorino Nemésio que me familiarizava com a civilização gaúcha, do orgulhoso homem sempre a cavalo na vastidão dos gerais. Mas então não progredi muito sobre a obra de Érico, porque o Rio Grande do Sul era para Nemésio, sobretudo, uma região cultural e um conjunto de escritores e personalidades diferentes de Érico: Otávio de Faria (foi o meu primeiro tema de tese), até porque situado na prestigiada plêiade dos então chamados grandes autores do «romance católico» (Léon Bloy, Bernanos, Mauriac...), e outros como Mário Quintana, Simões Lopes Neto, Moisés Velhinho.... O Brasil de Nemésio era, sobretudo, o do triângulo Pernambuco-Baía-Minas Gerais, com suas tragédias e esplendor barroco.

E foi levado pela áurea do escritor que, jovem assistente procurando um rumo para caminhos futuros, me atrevi a pedir uma entrevista ao autor de *O Tempo e o Vento*. Recebeu-me magnificamente na sua casa da Rua Felipe de Oliveira, em 13 de Agosto de 1969, como regista o meu caderno de viagem, e longamente conversámos, depois da «janta», sobre as suas raízes portuguesas do Ervedal, e mais demoradamente sobre Graciliano Ramos, pois então já estava inclinado a estudar a obra do nordestino.

216   Da Lusitanidade à Lusofonia

Mas nem por isso deixei de seguir a obra de Érico, tendo-me interessado, entre outras coisas, por indagar qual a sua recepção em Portugal, integrada no conjunto de autores que estavam a influenciar o neo-realismo português.

É que era notável o sucesso das edições brasileiras dos seus autores nordestinos, que circulavam entre nós, aliciando os editores portugueses a fazerem edições próprias.

Recepção da obra de Érico

Foi ele o autor brasileiro que, durante os anos da sua vida (morreu em 1975), maior número de edições teve em Portugal. Era detentor de um grande prestígio, quer como pessoa, quer como escritor, como ficou bem demonstrado nas apoteóticas visitas que fez ao nosso país.

A avaliar pelos registos da Biblioteca Nacional de Lisboa[1], o seu primeiro livro editado entre nós foi o romance *Olhai os Lírios do Campo*, em 1946, na edição da Livros do Brasil, de Lisboa. No ano seguinte, juntaram-se-lhe *Um Lugar ao Sol*, *Saga*, *Clarissa*, *Caminhos Cruzados*, o que testemunha a aceitação do escritor, pois não é comum que alguém veja editadas, num só ano, quatro obras suas.

Além das obras já citadas, apareceram, em 1948, *Gato Preto em Campo de Neve*, *A Volta do Gato Preto*, *Música ao Longe* e a tradução de um livro infantil, de Rinehart, *O Mistério da Escada de Caracol*.

A década concluir-se-ia com a publicação, em 1949, de *O Resto é Silêncio*, o que perfez, para este período, se incluirmos traduções, um total de dez obras.

Deve acrescentar-se que, nesta época, a tiragem de uma obra era, em média, de dois mil exemplares, às vezes três mil. A "Livros do

---

[1] Por mais incrível que pareça, muitas edições, sobretudo da Livros do Brasil, nesse tempo, não tinham ficha catalográfica, e nem sequer indicavam o ano da publicação em lugar algum da obra. Daí que esta estatística, sujeita a correcções, foi feita a partir do Depósito Legal da Biblioteca Nacional de Lisboa.

Brasil" tinha como política editar mil exemplares e, ainda no mesmo ano, proceder a uma reedição de dois mil, ou vice-versa.

Só em determinados casos de editoras e colecções especiais, obras já consagradas atingiam tiragens mais elevadas. Por exemplo, a Editora Verbo, em 1971, fez uma tiragem de *Clarissa* de treze mil exemplares; em 1973, os Editores Associados fazem, para *Um Certo Capitão Rodrigo*, uma tiragem de trinta e cinco mil exemplares; o Círculo de Leitores, no mesmo ano, para *Olhai os Lírios do Campo*, lançou-se numa tiragem de cinquenta mil. E quando passou na televisão a telenovela *Olhai os Lírios do Campo*, as tiragens subiram para mais de cem mil, para pouco depois irem descendo quase abruptamente.

Na mesma década de 40, a obra de Érico sobrelevava a de outros autores muito populares e em crescendo, como Jorge Amado, que veria publicado, entre nós, *Jubiabá* em 1948, e José Lins do Rego, *Eurídice* em 1949. Quanto a Graciliano Ramos, teria de esperar por 1957 para ver publicado *S. Bernardo*.

Para a década de 50, os ficheiros da Biblioteca Nacional de Lisboa não registam qualquer edição portuguesa de Jorge Amado, limitando--se a mencionar várias edições brasileiras existentes na Biblioteca. Em contraste com oito edições de José Lins do Rego, e uma de Graciliano Ramos, foram vinte, entre edições e reedições, as de Érico, e tanto de obras suas como de traduções: *O Retrato*, *O Resto é Silêncio*, *O Continente*, *Noite*, *Caminhos Cruzados*, *Viagem à Aurora do Mundo*, *Saga*, *Olhai os Lírios do Campo* (em 4.ª edição), *México*, *Gato Preto em Campo de Neve*, *Vida de Joana d'Arc*, bem como traduções de Maquiavel, Huxley, S. Maugham.

Na década de 60, em concorrência com as dezanove edições de Jorge Amado, a subir na aceitação do público, e de José Lins do Rego, Érico viu vinte edições e reedições, nos títulos *Olhai os Lírios do Campo* (8.ª edição em 1966), *A Volta do Gato Preto* (em 4.ª edição), *O Continente*, *O Retrato*, *Saga*, *Um Lugar ao Sol*, *Caminhos Cruzados* (em 5.ª edição), *O Senhor Embaixador*, *O Prisioneiro*, *Clarissa*, para além de várias traduções.

Na década de 70, com Jorge Amado a disputar-lhe a liderança com trinta e três edições, e apenas duas de Graciliano e cinco de José

Lins do Rego, foram trinta e sete as edições e reedições de Érico nos títulos *O Senhor Embaixador*, *Israel em Abril*, *Música ao Longe*, *Olhai os Lírios do Campo*, (16.ª edição em 1978), *Clarissa* (9.ª edição em 1977), *Viagem à Aurora do Mundo*, *O Retrato*, *Saga*, *Fantoches*, *Um Lugar ao Sol*, *O Resto é Silêncio*, *Noite*, *Solo de Clarineta*, *A Volta do Gato Preto* e traduções várias.

A morte surpreende Érico Veríssimo em 1975, precisamente no tempo em que, em Portugal, a sua popularidade estava no auge.

Em complemento a esta resenha, pode perguntar-se: porquê recepção tão notável da obra do escritor gaúcho?

Em nosso entender, devido à conjugação de três factores.

O primeiro deles, de natureza comunicativa, facilitou a sua penetração em todas as camadas sociais. Érico escreve com fluência, a estrutura da sua prosa é simples, tanto na composição como no vocabulário, mesmo à custa de repetições várias, e de alguma vulgaridade.

Por outro lado, os seus textos são atravessados por poderosa força lírica de ambiência tropical calorosa que agradou muito às gerações jovens, sobretudo em *Olhai os Lírios do Campo*, *Caminhos Cruzados* e *Clarissa*.

E com não menos poder persuasivo, a obra de Érico, tal como a sua pessoa, estavam envoltas numa áura contestatária, depreciadora de regimes e atitudes ditatoriais, criticando a miséria, as prisões, a tortura, para além de manifestar simpatia pelas políticas de oposição e de esquerda.

Tudo isto se tornou evidente nas visitas triunfais que fez a Portugal em 1959 e 1966, e tanto nos contactos que então teve, como nos elogios que recebeu dos intelectuais que o acompanharam.

A voga do romance nordestino, sempre a subir, acabaria por se impor em Portugal, até porque o neo-realismo, que já tinha vencido entre nós o presencismo de introspecção e do «romance numa cabeça», também preferia à crónica de costumes e à saga histórica das famílias, de Érico, a saga das tragédias e injustiças sociais nos limites do desespero da seca, do cangaço, da tirania dos coronéis do açúcar, do cacau, ou das fábricas de fumo.

Lisboa, Faculdade de Letras da Universidade de Lisboa, 2005.

TEXTOS DE APOIO

Unidade e diversidade da Lusofonia

A leitura das obras citadas, donde os textos seguintes são tirados,
pode completar as reflexões anteriores.

I. Conceitos

Unidade e Diversidade da língua

"Será admissível a hipótese de que Portugal nos cedeu a utilização do idioma e, por isso, dêle deve ter para sempre o contrôle normativo?

Preliminarmente, caberia ponderar que, se Portugal nos cedeu o idioma, não foi precisamente o que hoje utiliza.

Cedeu-nos, se êste é o têrmo adequado, a língua que falava no século XVI. Aplicando um raciocínio de Amado Alonso e Angel Rosenblat, podemos dizer que dos portuguêses do século XVI uma parte ficou em Portugal e outra se foi para longes terras, entre elas as receptivas terras da América. É indubitável que os portuguêses que nos cederam o idioma foram os que para cá se transportaram.

Será que os colonizadores perderam a propriedade da língua por se haverem expatriado? Ou por acaso seus filhos, nascidos em terra americana, falavam uma língua que, sendo a de seus pais e a que haviam aprendido com o leite das suas mães, não lhes era mais própria porque a sua propriedade a tiveram registrada os que permaneceram em Portugal? E os filhos dos primeiros crioulos não falavam também uma língua própria, pois que falavam a língua de seus pais? Chega-se assim à evidência de que para a geração atual de brasileiros, cabo-verdianos, angolanos, etc., o português é um língua tão própria, exatamente tão própria, como para os portuguêses.

E em certos pontos, por razões lingüísticas justificáveis, na România Nova a língua se manteve mais estável do que na antiga Metrópole.

O ideal humano seria que todos falassem uma só língua. Na impossibilidade de conseguirmos êsse ideal, devemos lutar por manter a unidade relativa onde ela existe.

A luta pela pureza do idioma foi o anseio do século XIX; "hoje não pode ser mais o nosso principal objetivo: nossa luta tem que ser para impedir a fragmentação do idioma comum".

Para lutarmos pela conservação da unidade relativa de nossa língua, é necessário, òbviamente, partirmos da realidade atual, isto é, da forma por que a utilizam efetivamente os meios cultos de cada país da comunidade idiomática.

É essa unidade superior da língua portuguêsa dentro da sua natural diversidade que nos cabe preservar como fator interno de unidade nacional do Brasil e de Portugal e como elo mais forte da comunidade luso-braslleira."

CELSO CUNHA, *Uma Política do Idioma*, Rio, Liv. São José, 1964,
pp 33-34.

Várias normas (línguas) cultas dentro da "língua de cultura"

"Opõem-se, correlatamente, línguas naturais (equivalentes das línguas ágrafas como as conceituadas acima) e línguas de cultura. Esta oposição terminológica e tipológica, embora muito relevante, é verbalmente ambígua, senão contraditória: quase todas as línguas são "naturais", pois se afeiçoaram sem intervenção voluntária consciente dos seus usuários e não se opõem às línguas "artificiais" ou "voluntariamente convencionais". Todas são "culturais", no sentido de que todas as línguas, sem exceção, são oriundas de uma cultura e são instrumentos de comunicação e expressão dentro dela. Há que distinguir, no entanto, línguas cujas sociedades e culturas são pouco diferenciadas do ponto de vista manual e mental, com baixa tradição e acumulação de saber, e, de outro lado, línguas cujas sociedades e culturas são mosaicos de alta complexidade estrutural, por causa das fortes diferenciações de classes e imensa divisão do trabalho, com ininterrupta tradição escrita e quase ilimitada riqueza lexical.

Outras terminologias oferecem oposição: por exemplo, de um lado, as línguas ágrafas (equiparadas às "línguas naturais") e, de outro, as línguas históricas, que são tanto as línguas com alta tradição gráfica, como também as línguas de alta pesquisa metalingüística, e, em particular, as do tronco e ramos do indo-europeu, tanto nos seus períodos ágrafos como nos seus períodos gráficos.

Cumpre salientar ainda que a oposição entre "língua inculta" e "língua culta" não se faz apenas entre línguas, mas também dentro e uma língua. Sobre essa oposição é que se forjou a noção de norma culta, escrita ou falada, extensiva a uma língua gráfica ou histórica com foco político, cultural e estético dominante (Atenas, na Grécia clássica; Roma, no auge do império; Paris, para a língua francesa, até hoje, etc.). A emergência de variedades lingüísticas postulou a existência de duas ou mais normas cultas dentro de uma mesma lingua de cultura. É o que ocorre com o nosso idioma no Brasil, em Portugual, em Angola, em Moçambique, em Cabo Verde, na Guiné-Bissau e em são Tomé e Príncipe. O conceito de língua culta, conexo ao de norma culta, não coincide, pois, com o de língua de cultura. As línguas de cultura oferecem uma feição universalista aos seus milhões de usuários, cada um dos quais pode preservar, ao mesmo tempo, usos nacionais, locais, regionais, setoriais, profissionais."

Ministério da Educação do Brasil, *Diretrizes para o Aperfeiçoamento do Ensino/Aprendizagem da Língua Portuguesa*, Brasília, Janeiro 1986, p. 5.

Lusitânia una e múltipla

"A exemplo do sentido que se deu à palavra *Românía* no mundo neolatino, vou chamar *Lusitânia* ao espaço geo-lingüístico ocupado pela língua portuguesa, no conjunto de sua *unidade* e *variedades*.

Esse será o espaço próprio da *lusofonia*; os seus usuários serão os *lusofalantes*. Como "estágio atual da língua portuguesa no mundo", considerarei a situação da Lusitânia após a Segunda Guerra Mundial.

Nessa perspectiva, vejo cinco faces na Lusitânia atual, que assim denominarei: *Lusitânia Antiga, Lusitânia Nova, Lusitânia Novíssima, Lusitânia Perdida e Lusitânia Dispersa.*

224 Da Lusitanidade à Lusofonia

A Lusitânia Antiga compreende Portugal, Madeira e Açores.

A Lusitânia Nova é o Brasil.

A Lusitânia Novíssima abrange as cinco nações africanas constituídas em conseqüência do processo dito de "descolonização" e que adotaram o português como língua oficial: Angola, Moçambique, Guiné-Bissau, Cabo Verde e São Tomé e Príncipe.

A Lusitânia Perdida são as regiões da Ásia ou da Oceania onde já não há esperança de sobrevivência para a língua portuguesa.

Finalmente, Lusitânia Dispersa são as comunidades de fala portuguesa espalhadas pelo mundo não lusófono, em conseqüência do afluxo de correntes imigratórias."

Vocabulário Crítico

"*Língua de cultura*: língua que permite o acesso à cultura, e que é ela mesma patrimônio cultural, pelo que possui de cultura acumulada (literária, científica, filosófica, teológica) através dos séculos.

São caracteres da língua de cultura: disciplina gramatical, tradição escrita, património do saber. O português é exemplo de uma língua de cultura.

Língua franca: a expressão designou a princípio uma língua de contato, e base românica, que, com o nome e *sabir*, foi utilizada pelos marinheiros e comerciantes em portos do Mediterrâneo Oriental. Segundo alguns autores, o *sabir* deve ter desaparecido no decorrer do século XIII (fim das Cruzadas). Schuchardt (*Die Lingua Franca*) ainda admitia remanescentes no século XIX, opinião esposada no recente *Dictionnaire de linguistique*, de Dubois et alii. O termo *língua franca*, porém, alargou-se e hoje se estende a qualquer língua mista auxiliar ou de contato. Por ser língua mista, a expressão *língua franca* não pode ser confundida com *koiné* ou língua geral."

SÍLVIO ELIA, *A língua Portuguesa no Mundo*, Rio, Ática, 1989,
pp. 16, 17, 67.

O Português Língua Franca

"Esta situação é já muito antiga. Fora de Portugal pouca gente sabe que o português foi a língua mundial antes que o francês começasse a desempenhar este papel e, mais tarde, o inglês. Esta velha língua franca portuguesa assumiu várias formas mais ou menos crioulizadas segundo os lugares e as circunstâncias. Além deste português crioulo ou baixo português, coma se dizia em Ceilão, os oficiais holandeses e portugueses, por exemplo, falavam o português alto ou literário (ver na presente colectânea os estudos n.os IV e VI).

Depois, alguns povos africanos fizeram muito mais: adoptaram o português, transformando-o e simplificando-o segundo os seus hábitos linguísticos. Assim se criaram as chamadas línguas crioulas: o cabo-verdiano (com os seus dois dialectos, de Barlavento e de Sotavento), o guineense, o são-tomense e o principense. Só mencionamos aqui os crioulos africanos portugueses; há também crioulos ingleses, franceses e outros, e houve crioulos portugueses na Ásia, no Brasil e nas Antilhas. Visto que, até há poucos anos, as línguas crioulas foram as enteadas desprezadas dos linguistas, os autores da Miscelânea Luso-Africana consagraram-lhes muito espaço (n.os, I, II, III, V, VIII, IX, XI).

Por exemplo., a criatividade que nos mostram as línguas crioulas é surpreendente: o seu sistema dos aspectos verbais, contrastando com o sistema dos tempos das línguas europeias) distingue-as claramente umas das outras (sobre os aspectos verbais, especialmente o n.º VIII).

No arquipélago de Cabo Verde os crioulos e outros habitantes (portugueses, imigrantes) criaram uma literatura cabo-verdiana tanto em português como em língua crioula (n.º III). Temos a prazer, de editar pela primeira vez fora de Cabo Verde um conto e nove poemas quase inéditos do velho poeta Sérgio Frusoni, com traduções portuguesas (n.º X). Também a jovem etnógrafa americana Deirdre Meintel publica"

MARIUS F. VOLKHOLF, *Miscelânea Luso-Africana*, Lisboa, Junta de Investigação Cientifica do Ultramar, 1975.

O QUINTO IMPÉRIO

"TRISTE de quem vive em casa,
Contente com o seu lar,
Sem que um sonho, no erguer de asa,
Faça até mais rubra a brasa
Da lareira a abandonar!

Triste de quem é feliz!
Vive porque a vida dura.
Nada na alma lhe diz
Mais que a lição da raiz —
Ter por vida a sepultura.

Eras sobre eras se somem
No tempo que em eras vem.
Ser descontente é ser homem.
Que as forças cegas se domem
Pela visão que a alma tem!

E assim, passados os quatro
Tempos do ser que sonhou,
A terra será theatro
Do dia claro, que no atro
Da erma noite começou.

Grecia, Roma, Cristandade,
Europa — os quatro se vão
Para onde vae toda edade.
Quem vem viver a verdade
Que morreu D. Sebastião?"

FERNANDO PESSOA, *Mensagem*, Lisboa,
Liv. António Maria Pereira, 1934

História do Futuro – O Quinto Império

"O Mundo que conheceram os Antigos se dividiu em três partes: África, Europa, Ásia; depois que se descobriu a América, acrescentou-lhe a nossa idade esta quarta parte; espera-se agora a quinta que é aquela terra incógnita já reconhecida, que chamamos Austral.

Este foi o Mundo passado, E este é o Mundo presente, e este será o Mundo futuro; e destes três mundos unidos se formará (que assim o formou Deus) um Mundo inteiro. Este é o sujeito da nossa *História*, e este o império que prometemos do Mundo. Tudo o que abraça o mar, tudo o que alumia o Sol, tudo o que cobre e rodeia o Sol, será sujeito a este Quinto Império; não por nome ou título fantástico, como todos os que até agora se chamam impérios do Mundo, senão por domínio e sujeição verdadeira. Todos os reinos se unirão em um ceptro, todas as cabeças obedecerão a uma suprema cabeça, todas as coroas se rematarão em um só diadema, e esta será a peanha da cruz de Cristo.

Temeu César (se foi receio) que um corpo tão enormemente grande não se pudesse animar com um só espírito, não se pudesse governar com uma só cabeça, não se pudesse defender com um só braço; ou não quis (se foi inveja) que viesse depois outro imperador mais venturoso, que trespassasse as balizas do que ele até então conquistara e fosse ou se chamase maior que Augusto. Tal foi, dizem, o pensamento de Alexandre, o qual, vizinho à morte, repartiu em diferentes sucessores o seu império, para que nenhum lhe pudesse herdar o mome Magno. Não é nem poderá ser assim no império do Mundo que prometemos; a paz lhe tirará o receio, a união lhe desfará a inveja, e Deus (que é fortuna sem inconstância) lhe conservará a grandeza.

Aqui acaba o título desta *História*, e mais claramente do que dissemos agora o provaremos depois. Entretanto, se aos doutos ocorrem instâncias e aos escrupulosos dúvidas, damos por solução de todas a mão omnipotente."

P. ANTÓNIO VIEIRA, História do Futuro, 1718.

O Quinto Império do Espírito Santo

"Se o primeiro passo dos Impérios está sempre no espírito dos homens – e por aí se destroem todas as filosofias e todos os procedimentos materialistas, e em que incluo grande parte dos que se dizem espiritualistas, como nestes últimos ponho grande parte dos que se dizem materialistas, e que são tantas vezes pelo seu ódio à miséria dos homens os verdadeiros cristãos – muito mais o estará para este Quinto Império de que falamos, o Império do Espírito Santo, a que iam portugueses do século XV e a que podem, quando quiserem, ir os portugueses de hoje, o que significa os que hoje no Mundo falam e sentem português.

Mas toda a revolução individual, e só por uma revolução individual ele se poderá iniciar, tem como seu reflexo uma organização colectiva. Os homens que por uma nova metanóia tiverem passado a ser crianças terão fatalmente de se organizar, e o tipo de organização terá que ser o de ordem religiosa, não de uma só religião, mas de qualquer religião, e considerando já como uma religião o próprio estabelecer-se criança. Uma só ordem de todas as religiões, uma ordem fundada nas três liberdades tradicionais e essenciais da não possuir coisas, de não possuir pessoas e de não se possuir a si próprio. Os três votos, como diríamos.

Essa ordem nova para o mundo terá que tomar a si os três grandes jogos do universo. O primeiro é o de criar beleza, integrando definitivamente neste reino o que diz respeito às ciências e às técnicas: é preciso que a matemática ou a engenharia sejam reconhecidas como formas e que se não reservem os arroubos estéticos – e até desgraçadamente o nome de cultura – para o que é literatura – tão frequentemente subcultural –, ou música ou arte plástica. Todo o indivíduo pode ser um criador de beleza: a única coisa de que precisa é não ter medo.

O segundo é o de servir. Deverá caber à ordem dos homens decididos a criar o Quinto Império o tomar conta de tudo o que for organização e administração dos serviços públicos e o fazer que cada

Textos de apoio – Unidade e diversidade da Lusofonia

dia seja mais absorvido por eles o que anda até hoje na esfera da chamada iniciativa privada. Governar passará a ser uma tarefa de natureza religiosa, moral e litúrgica e não, como hoje, a detenção do poder ou o emprego apenas.

O terceiro é o de rezar, o que significa que todo o melhor do pensamento se concentrará na meditação do Espírito e na instauração do seu Reino; que nada se pedirá a Deus nem a seus santos em especial senão que se cumpra o que estiver em seu plano e sejamos nós os seus dóceis, fiéis e preparados instrumentos, finalmente, que nenhum estudo ou nenhum conhecimento ou nenhum procedimento haverá que não se dirija ao louvor de Deus e ao agradecimento do milagre que somos; do maravilhoso milagre que é a vida."

AGOSTINHO DA SILVA, *Tempo Presente*, Set-Out, 1960.

II. Identidade e diferença nacionais e regionais

ANGOLA

Ser Africano de Angola

"Ces Angolais vont puiser dans l'exemple et le souvenir des batailles livrées par les générations précédentes. D'abord à cœur ouvert, en affrontant directement le pouvoir d'état colonial, puis dans les conditions organisées de la clandestinité, cette jeunesse des villes eut le rôle de s'ériger en militants intellectuels. Ils furent les porteurs d'un nouveau discours adressé à l'ensemble du peuple.

On retrouvera ici une autre dynamique débouchant sur la prise de conscience politique.

Sur la base des connaissances acquises sur les techniques d'organisation et de mobilisation populaire, ces jeunes intellectuels vont se placer, quelques années plus tard, a la tête mouvement nationaliste. C'est là d'ailleurs, une caractéristique commune à l'ensemble des pays sous domination coloniale portugaise.

Leurs réflexions s'ordonnent autour d'une réévaluation des œuvres de leurs prédécesseurs, à la lumière de la situation présente, pour en 1'aire un rempart culturel contre 1'assimilation colonialiste.

Les premières œuvres de création littéraire, constituées essentiellement par des *poèmes de circonstance,* témoignent de cette nouvelle appréhension de la réalité politique, sociale et économique de la colonie. Mais il y a là une revendication culturelle fondamentale qui se ramène au simple fait d'assumer 'la condition *indigène,* autrement dit, de s'affirmer en tant qu'africain de 1'Angola.

L'évolution des thèmes de la poésie angolaise est en relation avec l'affermissement des convictions politiques.

L'expression littéraire traduit les contours de la prise de conscience nationale. Dans une première phase, les poètes traitent simultanément les thèmes de 1'enfance, de la mère, de la terre, et de 1'africanité.

II s'ensuit la phase de la dénonciation (ou le cri de la protestation) qui cède bientôt au chant de la libération dans les trois registres — 1'appel au combat, 1'exaltation de la lutte armée et la fraternité dans la victoire.

Les créateurs littéraires cumulent le rôle de pamphlétaires et de rédacteurs des documents politiques."

> MÁRIO DE ANDRADE, "Contribution des hommes de culture à 1'évolution de la conscience politique en Angola", in AA. VV, *"Mélanges"* (1947-1967), *Présence Africaine,* Paris-Dakar, Présence Africaine, s. d.p. 156-157.

A Língua Materna (Angola)

"a língua mãe cresce connosco e ao mesmo tempo inaugura e aprende a distinguir os cheiros fortes da terra ou o sabor do pão de batatadoce, que como ela também leveda e tem que ser cuidado sob risco de passar do ponto e abater... Como as pessoas, a língua alarga--se á convivência com as outras, oferecendo-se mesmo ao acto de incorporar no seu próprio corpo outras sonoridades, outros empréstimos. Sempre observei com gosto a alquimia generosa da língua portuguesa engrossando ao canto umbumdo, sorrindo com o humor quimbumdo ou incorporando as palavras de azedar o leite, próprias da língua nyaneka. O contrário também é válido e funciona para todo o universo das línguas bantu e não só faladas nos territórios, onde hoje se fala também a língua portuguesa.

Continuando, a língua materna vai connosco à escola e aprende a domesticar-se e a fingir. Assimilada, calçada e de bata branca durante certas horas do dia, solta-se selvagem e descalça na hora do pontapé, do futebol e da pancada. Pode lá disparatar-se sem ser em língua materna?

Enfim, a língua é uma espécie de segunda pele, impressão digital, única, pessoal, mas transmissível, contagiosa poderia mesmo dizer-se.

Os contadores de histórias do meu país, sabem como usar as suas línguas maternas para realizarem as tarefas de Deus, a transmutação do corpo em voz e, uma vez voz, repetir o murmúrio da tradição que assim se fortalece e se transforma em pedra de tanto durar."

ANA PAULA TAVARES, O Sangue da Buganvília, Praia-Mindelo, CCP, 1998

BRASIL

O Homem Cordial

... "seria preciso fixar bem o que se entende por *homem cordial*, primeiro para evitar que se confunda cordial com "polido", ou *gentleman;* segundo, para que no "cordial" entre apenas o traço específico do brasileiro, que Sérgio indicou na 1.ª edição mas descaracterizou na segunda quando – sem o querer, talvez – pela ampliação do significado, fez do cordial um atributo de todo homem, daqui ou de alhures.

Em síntese:

a) Que estamos elaborando uma civilização de fundo mais motivo que a dos outros povos, – não há dúvida.

b) Que o brasileiro se deixa levar, ou consegue vencer, mais pelo coração do que pela' cabeça, é coisa que me parece incontestável.

c) Que somos muito mais propensos a ideologias do que a ideias, – quem o negará?

d) Que detestamos a violência porque o nosso estilo de vida é o da mansidão social, – certíssimo.

e) Que até na inimizade e mesmo na hostilidade o brasileiro é "menos cruel" que os outros povos – muito bem. Menos odioso – nada mais verdadeiro.

f) Que a história nos demonstra esse "menos cruel", como acontece na própria conquista da terra – é ponto pacífico.

g) Que a bondade (ao invés da cordialidade) é a nossa contribuição ao mundo, – é uma verdade que a observação dos fatos confirma plenamente.

h) Que o brasileiro (quando mais polido) sabe tirar partido da própria bondade, e que esse seu *ricorso* se poderia chamar "técnica da bondade" – é tese que me pareceu não só procedente como original.

i) Que essa bondade, no plano social e político, é o primeiro fundamento de nossa democracia social – sempre me pareceu certo.

j) Que somos individualistas mas que o nosso individualismo encontra, em grande parte, o seu corretivo natural na bondade específica do brasileiro – nada mais justo.

k) Mas que "cordialidade" seja, no sentido em que tomamos e praticamos essa palavra (polidez), a nossa contribuição ao mundo, não se me afigura aceitável nem cabível."

CASSIANO RICARDO, *O Homem Cordial*, Rio de Janeiro, MEC/NL, 1959, pp.21-22

Textos de apoio – Unidade e diversidade da Lusofonia

CABO VERDE

Convivência do Crioulo com o Português

"C. F. – (Corsino Fortes) «Carta de Bia d'Ideal» é, por exemplo, um poema interessante, na medida em que mistura o português e o crioulo de forma imprevisível, numa experiência de convivência cultural e linguística existente na nossa literatura, mas que vai encontrar o seu filão, na tradição oral, antes do movimento claridoso, na morna «Maria Bárbara». A imbricação das duas línguas no poema, com bivalência cultural e sociológica, surge num cadinho diferenciado de estádios de espírito.

P. – Embora, tanto em português como em crioulo, haja uma vontade de construção…

C. F. – Ah, sim! Não há dúvida nenhuma. Agora, o clima, a emoção, o aspecto sentimental é outro. Eu, por exemplo, quando vou escrever, já sei que vou escrever e ponho em crioulo, porque tem outra música. Pode dizer-se que, quando escrevo o poema em crioulo, escrevo-o através de uma melodia – embora a melodia não esteja explícita. O poema é escrito quase cantado. Não sei se isso é influência de uma certa tradição oral, da nossa cultura, muito presente em nós mesmos, da morna… A letra e a música formam quase como um matrimónio, elas nascem conjuntamente…, mas também uma forma, por exemplo: «Tchon de pove tchon de pedra» – «Roste dbô fidje ta brada pá mar / c'ma panela morte c'ma panela vive / morte / vive / na íogon pagode / Plon calode fogo pagode / na vulcon / viola dbô coraçon / boca de pove na fog dnôs fogon pagode (…)» Está a ver? Aí eu lembro-me mesmo desse ritmo, dessa música própria, do cantar do poema para o escrever…

No poema em português, há uma seriedade para o canto, e no poema em crioulo há um cântico para uma seriedade. Se eu fosse músico, poderia escrever a melodia. Há esses dois aspectos completamente distintos, embora um poeta nosso me tivesse dito acerca de

«A lestada de lés-a-lés» que, ao ler o poema em português, ele não via lá o português, porque todo o seu conteúdo, toda a sua atmosfera, todo ele é tipicamente cabo-verdiano. Isso também é um dos aspectos que para mim é primordial. Na minha poesia, embora em português, todo o mobiliário deverá ser de identificação cabo-verdiana, na sua fatia universal, da sua experiência humana, da sua coexistência, do seu conteúdo e, pode-se dizer até, da sua semântica."

MICHEL LABAN, Cabo Verde, *(Entrevista a Corsino Fortes)*
Encontro com Escritores, II vol., Porto,
Fundação Eng. António de Almeida, 1992

GUINÉ

Tradições e Costumes da Guiné

"É muitas vezes difícil delimitar sistematicamente a área reservada, por um lado, às superstições crioulas que acabámos de estudar e, por outro lado, às tradições e costumes. Na verdade, a maior parte das vezes, confundem-se e explicam-se simultaneamente, de tal maneira que uma determinada tradição ou costume teria cabimento no capítulo das superstições, e vice versa. Como definir tradição e costume? alguns aspectos dos costumes e tradições crioulas – hospitalidade, respeito pelos anciãos, casamento, *manjuandadi,* viagens, etc.; e, para cada caso desta literatura oral crioula, citaremos, em apoio, provérbios ou expressões proverbiais, seguidas de um comentário.

Hospitalidade

Na Guiné, a *osprindadi* – hospitalidade – é sagrada, como aliás em todos países africanos.

O mais pequeno nistagmo é interpretado como prenúncio da chegada de um hóspede. Diz-se então com prazer não dissimulado: *uju na bajan* (literalmente, o olho está a dançar-me). Outros presságios da vinda de um hóspede: uma criancinha que, fora dos seus hábitos, como atrás vimos, começa a varrer um quarto ou o quintal; as galinhas que se dispersam em debandada, sem motivo aparente; enfim, pequenas fagulhas na panela que está ao lume. E como em África, em geral, e na Guiné, em particular, há sempre hóspedes que podem chegar de um momento para outro, após esses prenúncios, o anfitrião terá sempre a satisfação de ter sido avisado dessa chegada.

Ao receber um hóspede, deseja-se-lhe as boas vindas:

Respeito pelos velhos

Com a idade madura, o Guineense torna-se *garandi*. Tem, portanto, o direito de abandonar todo e qualquer trabalho muscular... *Garandi,* na Guiné-Bissau, não significa de forma alguma qualquer indivíduo senil, com faculdades mentais enfraquecidas, que está reduzido a um estatuto dependente de outrém física e intelectualmente; dá-se a *garandi* o sentido de pessoa de idade que desempenha um papel na sociedade guineense, que é, por assim dizer, o garante ético, detentor do património cultural guineense.

O discurso proverbial crioulo dirige-se especialmente a jovens, é essencialmente a partir deste ponto de vista que são formuladas as recomendações referentes a pessoas de idade. Insiste-se no respeito que sempre foi devido aos *garandi*. Porquê esse respeito? pergunta-se.

A idade madura é, por excelência, para o crioulo, a idade de sabedoria, reforçada pela experiência adquirida. Essa ideia vai de encontro ao conceito empírico da aquisição do saber: o velho sabe porque viu e ouviu; *ouvi da boca do meu pai*

Manjuandadi

A *manjuandadi*, uma velha tradição, escrupulosamente respeitada na Guiné, consiste em reuniões de pessoas da mesma idade, mais ou menos, para uma confraternização, com almoços e jantares, danças e outras manifestações tradicionais, com o único objectivo de estreitar ou cimentar ainda mais o já sólido convívio dos *manjua,* pessoas da mesma idade. Daí as expressões que podem, segundo as circunstâncias, veicular ironia, humor, repreensão, etc.: *Ami i ka bu manjuna,* não sou da tua idade; *bu kuda kuma abo i na manjua,* pensas que és da minha idade!"

BENJAMIM PINTO BULL, *O Crioulo da Guiné-Bissau Filosofia e Sabedoria*,
Lisboa, ICALP, 1989, pp.165-174.

MOÇAMBIQUE

Cultura Moçambicana

"Além de muitas das crónicas jornalísticas dos primeiros escritores moçambicanos, só pela sua análise temática é que chegamos à conclusão de que se trata de uma visão moçambicana da realidade. Desses textos ainda estão ausentes o ritmo, a cor, a cor, a imagética, que virão mais tarde a enriquecer e dar carácter à Literatura Moçambicana.

Nos anos 50 e 60 produz-se muito do que até este momento existe de mais importante na Literatura Moçambicana. Por um fenómeno de polarização social, os nossos escritores, principalmente os poetas, assumem-se vigorosamente como voz colectiva, transcendendo os limites estéticos e políticos da pequena burguesia local donde na sua grande maioria são oriundos. E aqui entra em cena a reafricanização que, de acordo com Mário de Andrade, «teria tido como grande via e campo de realização, justamente, a literatura». Esta é a fase em que a Literatura Moçambicana viveu a sua maior animação: multiplicam-se as páginas literárias, surgiram revistas, antologias, edições individuais e colectivas, faziam-se recitais de poesia. Alarga-se, concomitantemente, o universo ledor.

A Literatura Moçambicana já não se produz apenas para exclusiva fruição dos colonos (que são contra quem se escreve) e das camadas intelectuais. Os moçambicanos já soletram os seus poetas, já se identificam com as situações que narram os seus contistas. Afinal de contas, conclui-se, embora escrevam em Português, os nossos escritores (de quem de momento pouco interessa discutir a origem) escrevem para combater a opressão colonialista."

> Luís BERNARDO HONWANA, *Sobre Cultura Moçambicana,* Cadernos de Consulta (N.º 2), Maputo, Associação dos Escritores Moçambicanos (AEMO), s.d., p. 5.

A Fraternidade das Palavras

"Amigos:
as palavras mesmo estranhas
se têm música verdadeira
só precisam de quem as toque
ao mesmo ritmo para serem
todas irmãs.

E eis que num espasmo
de harmonia como todas as coisas
palavras rongas e algarvias ganguissam
neste satanhoco papel
e recombinam em poema."

> JOSÉ CRAVEIRINHA, *Karingana ua Karingana,* 2.ª ed.,
> Maputo, INDL, 1982.

PORTUGAL

Cultura portuguesa

"A cultura portuguesa tem carácter essencialmente expansivo, determinado em parte por uma situação geográfica que lhe conferiu a missão de estreitar os laços entre os continentes e os homens. Este carácter expansivo tem raízes bem fundas no tempo, se quisermos lembrar a cultura dolménica, que, segundo grandes autoridades, teve como centro de difusão o litoral português nortenho. Porém, a expansão portuguesa, ao contrário da espanhola, é mais marítima e exploradora do que conquistadora.

(...) O português é um misto de sonhador e de homem de acção, ou melhor, é um sonhador activo, a que não falta certo fundo prático e realista. A actividade portuguesa não tem raízes na vontade fria, mas alimenta-se da imaginação, do sonho, porque o português é mais idealista, emotivo e imaginativo do que homem de reflexão. Compartilha com o espanhol o desprezo fidalgo pelo interesse mesquinho, pelo utilitarismo puro e pelo conforto, assim como o gosto paradoxal pela ostentação de riqueza e pelo luxo. Mas não tem como aquele um forte ideal abstracto, nem acentuada tendência mística. O português é, sobretudo, profundamente humano, sensível, amoroso e bondoso, sem ser fraco. Não gosta de fazer sofrer e evita conflitos, mas ferido no seu orgulho pode ser violento e cruel. A religiosidade apresenta o mesmo fundo humano peculiar ao português. Não tem carácter abstracto, místico ou trágico próprio da espanhola, mas possui uma forte crença no milagre e nas soluções milagrosas.

Há no português uma enorme capacidade de adaptação a todas as coisas, ideias e seres, sem que isso implique perda de carácter. Foi esta faceta que lhe permitiu manter sempre a atitude de tolerância, e que imprimiu à colonização portuguesa um carácter especial inconfundível: assimilação por adaptação.

O português tem vivo sentimento da natureza, e um fundo poético e contemplativo estático diferente doados outros povos latinos. Falta-lhe também a exuberância e a alegria espontânea e ruidosa dos povos mediterrâneos. É mais inibido que os outros meridionais, pelo grande sentimento do ridícula medo da opinião alheia. É, como os espanhóis, fortemente individualista, mas possui grande fundo de solidariedade humana. O português não tem muito humor mas um forte espírito crítico e trocista e uma ironia pungente.

A mentalidade complexa que resulta da combinação de factores diferentes e, às vezes, opostos dá lugar a um estado de alma *sui generis* que o português denomina: saudade. Esta saudade é um estranho sentimento de ansiedade que parece resultar da combinação de três tipos mentais distintos: o lírico sonhador – mais aparentado com o temperamento céltico – o fáustico de tipo germânico, e o fatalístico de tipo oriental. Por isso, a saudade é umas vezes um sentimento poético de fundo amoroso ou religioso, que pode tomar a forma panteísta de dissolução na Natureza, ou se compraz na repetição obstinada das mesmas imagens ou sentimentos. Outras vezes é à ânsia permanente da distância, de outros mundos, de outras vidas. A saudade é então a força activa, a obstinação que leva à realização das maiores empresas; é a saudade fáustica. Porém, nas épocas de, abatimento e de desgraça a saudade toma uma forma especial, em que o espírito se alimenta morbidamente das glórias passadas e cai no fatalismo de tipo oriental, que tem como expressão magnífica o fado, canção citadina, cujo nome provém do étimo latino, *fatu* (destino, fadário fatalidade)."

JORGE DIAS, *Os Elementos Fundamentais da Cultura Portuguesa*, Colecção "O Essencial", Lisboa, Imprensa Nacional Casa da Moeda, 1985.

SÃO TOMÉ E PRÍNCIPE

Identidade Santomense

"O Solo sagrado da Terra é uma contribuição da identidade socio-política e cultural do país insular «na encruzilhada das rotas atlânticas», ao processo imparável da humanidade no sentido de romper as contradições que situam os povos no combate sem tréguas para se situarem «no mesmo lado da canoa».

Identidade cultural, compromisso com a luta dos povos oprimidos do mundo, testemunho e militância no continente africano, luta e acção mobilizante na epopeia sangrenta de cinco séculos de estagnação, esta colectânea de poemas surge das raízes da terra, identificada com o processo da luta.

... «Milhas marinhas ao longo do continente africano» constitui o prólogo que se apresenta como a geografia humana que identifica o país de Amador, país insular, a 300 milhas do continente, entreposto de escravos no século XVI, os porões da morte gritam, no silêncio das águas marinhas, a história das galeras vomitando homens bestas, nas ilhas confinadas, onde o marulhar das águas era testemunha dramática dos negros empilhados em navios negreiros, fardos armazenados em demanda do porto, do mercado-tráfico.

«Fantasmas da rota atlântica», símbolo, tradução do ignóbil comércio de escravos, que rumando às Américas escreveu a longa odisseia dos homens «que construíram mundos maravilhosos do outro lado do Continente» (Agostinho Neto, in *Sagrada Esperança*)."

> ALDA ESPÍRITO SANTO, "Prefácio", in Alda Espírito Santo, *É Nosso o Solo Sagrado da Terra,* Poesia de protesto e luta, Lisboa, Ulmeiro, 1978, p. 10.

TIMOR

"Como vive, morre e ressuscita o povo timor, ou como convive e sobrevive, parece ao autor, como autóctone de antiquíssima tribo-reino da ilha de Timor, na Oceânia, dever estar na base de toda e qualquer informação acerca dos diversos povos que a habitam e se pressentem unidos no essencial. Por isso subordina o autor a sua tese não aos aspectos imediatos, mas aos mediatos, visto que principalmente lhe interessa apresentar o homem e o povo timor na sua capacidade teleológica.

O autóctone de Timor, ilha do arquipélago de Sonda, tem uma vida espiritual intensa. Isso o leva a sentir-se ligado fraternalmente a toda a gente de que tem notícia e a considerar irmandade o núcleo social a que pertence. Os que não conhece são tão seus irmãos como os do convívio, e no seu coração, seja qual for o número de amigos que já possua, há sempre um lugar para o amigo desconhecido que se pressente. No seu viver de todos os dias os mortos contam tanto como os vivos, e entre os vivos são tão reais os conhecidos como os desconhecidos. Os mortos, os vivos conhecidos e os vivos desconhecidos movimentam-se no campo real e no campo ideal tão naturalmente que nas paisagens, nas casas e nos objectos há sempre marcas indeléveis dos que passaram e dos que permanecem, como se o espírito e a matéria no tempo se interpenetrassem no intempo.

Os povos do arquipélago de Sonda são todos assim. Vivem consigo e com o desconhecido numa profunda fraternidade e por isso o seu presente o não inscrevem no tempo em que vivem, mas o objectivam no tempo passado de seus avós e na certeza de que são trisavôs de quem ainda não receberam o sinal de vida. Assim, cada um sente que o seu tempo de vida não apenas precedeu o seu nascimento, como se prolonga para além do seu último suspiro. Cada homem sabe que o seu tempo de vida é de trezentos ou quatrocentos anos. Daí o timor desconhecer a pressa, não a utilizar, não inscrever no tempo o seu quotidiano. Sente que vive trezentos ou quatrocentos anos e que esse tempo chega para cada um se cumprir. E os que se apercebem do ritmo estonteante da vida nos outros quadrantes não se atemorizam. Entendem sempre que o homem que apenas sabe viver cinquenta ou setenta anos, oferecendo embora à vida o surpreendente da sua inventiva e da sua dinâmica, não pode dispensar as experiências e as lucubrações dos que vivem três séculos."

FERNANDO SYLVAN, *Como Vive, Morre e Ressuscita o Povo de Timor*, Congresso Internacional de Etnografia de 1963, Junta de i. Ultramar, 1965.

OS OUTROS LUSÓFONOS

EM MALACA

Papiá cristão

"A *saudade*, palavra que só existe onde corre sangue português, essa dor do coração lusitano, sentimento provado por todo aquele que de Portugal se desterrou, não podia faltar no vocabulário cristão. Lá, como cá, a palavra é a mesma e aparece em várias cantigas de Hilir.

Vejamos uma dentre tantas:
QUANDO CHEGA PEDÍ,
RASCUNDÊ COM MAL VONTADE;
CHEGA BABA; SÁ DÔR PARTIDA
CURÁ NONA COM *SAUDADE.*

CANTIGAS DE MALDIZER

ALA BANDA ÊSTI BANDA
COZE BREDO PAPAIA;
FILA-FILA DI AGORA
NUM SABE COSÊ CABAIA.
MI PAI QUE JÁ MORRÊ,
BOM HERDANÇA JÁ DESSÁ,
UNGHA BIOLA, UNGHA GUITARRA
MANDA COM EU ALEGRÁ!

CANTIGAS DE AMIGO

MINHA FLORES DI BOTÃO,
MIA ROSA DI ENCARNADA,
CHABE DI MIA CORAÇÃO,
MUITO TANTO ESTIMADA.

Textos de apoio – Unidade e diversidade da Lusofonia

AMOR, MINHA AMOR,
NUM QUERÊ AMOR MAIS;
AMOR JÁ TEM LONZE,
SENTIMENTO NÃO TOMA.

O NONA, MIA NONA,
NONA, MIA CORAÇÃO;
JÁ COCÁ FILO GALINHA,
JÁ TOCÁ FILO DI LEITÃO"

ALDINA DE ARAÚJO OLIVEIRA, *Papiá Cristão e Dialetos Portugueses de Malaca*,
Lisboa, Sociedade de Língua Portuguesa, 1974.

EM MACAU

"Quem percorrer hoje a Rua da Felicidade, nada encontrará de singular. É presentemente uma rua meia-residencial e meia-comercial, pejada de casas de pasto e pouco mais. Mas quem evocar o seu passado, saberá logo que ela foi o coração do bairro de amor de Macau, fazendo parte do antigo Bazar, cujos restos são hoje incaracterísticos, desde que vias novas a rasgaram e os chineses se modificaram radicalmente, pelo menos, nos seus hábitos exteriores.

O Bazar era a retinta cidade chinesa de Macau, onde no dédalo das suas vielas, becos e calçadas, trepidava uma população ruidosa, azafamada, entregue a mil e um afazeres, tão diferente dos bairros em que viviam predominantemente os portugueses que formavam, nos tempos que já lá vão, a "cidade cristã", esta calma, sonolenta, como um burgo provinciano. Partindo da raia traçada pelos bairros do Lilau, S. Lourenço, Sto. Agostinho, Largo do Senado, Monte e Sto. António, começava a "cidade chinesa" que ia desaguar, em leque, no Porto Interior. Todo o comércio ali se concentrava, acotovelando-se uma multidão, trabalhando de sol a sol, nas vielas mal cheirosas e pouco higiénicas que muito deprimiam quem chegasse, pela primeira vez, à Cidade do Nome de Deus e desembarcasse pelo rio.

A sua população não era só constituída pelos autóctones de Macau. Havia gente oriunda das mais diversas partes da "terra-china" fronteiriça à cidade que ali chegava para os seus ócios e negócios. Macau abastecia todo o distrito de Heong San e era o escoadouro natural do mesmo e o Porto Interior monopolisava um largo movimento de transacções com o rico "hinterland". E não esqueçamos ainda de acrescentar que havia toda uma população flutuante *e* piscatória, ancorada no rio que punha pé em terra para os seus lazeres.

Havia de tudo no Bazar. Hospedarias e estalagens, ourivesarias e cambistas, casas de pasto, os chamados "fántims" e "cou-laus", algibebes e casas de penhor, lojas de quinquilharias e outras actividades as mais dispares, uma viela inteira de ferros-velhos, uma rua completa vendendo sedas e outros panos. No tutano daquela cidade, distinguiam-se as casas de fantan, com as suas fachadas típicas, as lojas de lotarias, os fumatórios, as "casas das flores" e outros lupanares de menor categoria.

O tráfico era principalmente feito por "rickshaws", carros puxados a tracção humana que lentamente substituíram as cadeirinhas. As ruas andavam abarrotadas de vendilhões ambulantes, com os seus nostálgicos pregões. Típicos também, os homens de ferros-velhos, os célebres tin-tins que devassavam as vias, batendo um ferrito no prato metálico, produzindo o som que lhes deu o nome.

Ora, cortando do alto da Rua da Alfândega até o velho restaurante Fat Siu Lau e prolongando-se até a Rua Cinco de Outubro, abria-se a Rua da Felicidade, com as suas genuínas casas chinesas, de tijolo cinzento e portas de espaldar, um friso em relevo, no alto da fachada, contando cenas de velhas lendas chinesas e com inscrições certamente alusivas à função da rua. Era ali o centro do bairro do amor que se espraiava depois por vielas e becos transversais, formando um conjunto destinado a um fim somente: o prazer."

HENRIQUE DE SENNA FERNANDES, *Nam Van*, Lisboa, 1978

NA GALIZA

13.

"Adios rios, adios fontes,
Adios regatos pequenos,
Adios vista dos meus ollos
Non sei cando nos veremos.

Miña terra, miña terra,
Terra donde m' eu criey,
Ortiña que quero tanto,
Figueiriñas que prantey.

Prados, rios, arboredas,
Pinares que move ó vento,
Paxariños piadores,
Casiña do meu contento.

Muhiño d' os castañares,
Noites craras de luar,
Campaniñas trimbadoras
Dá igrexiña dó lugar.

Amoriñas d' ás silveiras
Qu' eu lle dab' ó meu amor,
Camiñiños antr' ó millo,
Adios para sempr' adios!

Adios groria! adios contento!
Deixo á casa onde nacin,
Deixo á aldea que conoço,
Por un mundo que non vin!

Deixo amigos pro estraños,
Deixo á veiga pó lo mar,
Deixo, en fin, canto ben quero...
¡Que pudera non deixar!...

. . . .

Mais son prob' e mal pecado
A miña terra n' é miña,
Qu' hastra lle dán de prestado
A veira por que camiña
O que naceu desdichado.

Téñovos pois que deixar,
Hortiña que tanto amei,
Fogueiriña dó meu lár,
Arboriños que prantei,
Fontiña do cabañar.

Adios, adios que me vou
Herbiñas do camposanto,
Donde meu pay s' enterrou,
Herbiñas que biquey tanto,
Terriña que vos criou.

Adios tamén, queridiña...
Adios por sempre quizais!...
Dígoch' este adios chorando
Desd' á veiriña do mar.
Non m' olvides, queridiña,
Si morro de soidás...
Tantas legoas mar adentro...
¡Miña casiña!, ¡meu lar!

ROSALÍA DE CASTRO, *Cantares Gallegos*,
Vigo, D. Juan Campañel, 1863.

NA ÍNDIA

Goa, Damão, Diu, Mangalor, Cochim, Ceilão, Choromândel, etc.

"As colossais fortalezas com que se depara a cada passo, e que são como os padrões na África ; o padroado eclesiástico, que, se bem que cerceado, ainda cobre uma vasta área; e os apelidos portugueses que ressoam por toda a índia, atestam eloquentemente a sua passagem luminosa, que, embora efémera em várias partes, exerceu todavia poderosa influência e deixou vestígios duradouros por todo o Oriente.

«Mas – quem sabe! – a acção do tempo, e, ainda mais devastadora, a acção dos homens desmoronarão as fortalezas, e dissiparão os últimos restos do poderio temporal. O padroado, coartando-se ainda mais, desaparecerá por fim sob o conjunto de várias circunstâncias. Os mesmos apelidos passarão, por conveniência política ou social, por diversas transformações, e, como vi com meus próprios olhos em Bengala e Ceilão, os Correias serão Currie, os Contos serão Cout, e os Soares e Gomes serão Swarees e Gomeesse.

«Ainda assim não se romperão por completo os laços que prendem a Índia a Portugal; não se apagará totalmente da memória dos índios a conquista dos portugueses, que se distancia das demais, anteriores e posteriores, pela sua acção civilizadora toda especial e pela sua política altamente igualitária e fusionista.

«A influência que a língua lusitana exerceu no Oriente zombará certamente da acção corrosiva do tempo e dos esforços dos homens, *e* será um monumento vivo e perene da dominação e civilização portuguesas.

«É quando porventura, pelo perpassar de séculos, o português não for falado na pátria de Valmíqui e Viassa, contudo, os vocábulos da bela língua de Camões, adoptados e naturalizados nos idiomas indígenas, não perecerão jamais, mas perdurarão juntamente com os mesmos idiomas".

SEBASTIÃO, RODOLFO DALGADO, *Glossário Luso-Asiático – I*,
Hamburg, Helmut B. Verlag, 1919.

Rishi

No silêncio da noite, pensativo,
Enquanto o vento geme nos juncais
E ruge o mar, feroz, nos vendavais,
É, na treva o rishi contemplativo.

Enlevado nos xastras, nobre e altivo,
Da sua alma os obscuros tremendais
Passam-lhe pela mente, e ele jamais
Curva-se ao mundo, sente-se cativo

Impassível na dor como um herói
Ele é no bosque a força que constrói
E a voz que os vedas místicos proclama;

Em sua volta cantam moluonis
Passam na sombra tigres e reptis,
E ele só diz baixinho: — Rama! Rama!

ADOLFO COSTA, Suryanas, Nova Goa, Sadamanda, 1937.

Textos de apoio – Unidade e diversidade da Lusofonia

LUSÓFONOS/LUSÓFILOS

Traduzindo *Os Lusíadas* **(CHINA)**

Canto I

第一章

威武的船队和英勇的水手，
离开了卢济塔尼亚的西部海岸，
跨越了亘古及今无人航行的海洋，
驶过了达普罗巴纳岛的水面。
重重的艰险，连绵的搏战，
远远超出了人力的极限。
终于在远方民族中建立了
新的王国，令人称颂赞叹。

还有那令人骄傲的回忆，
铭记着那些帝王将相，
他们传播信仰，扩充帝国，
在亚洲和非洲那异教之邦逞强。
对于建树了丰功伟绩的人，
死神已不再追究他们。
我要走遍全球把他们讴歌颂扬，
愿上天赋予我艺术的灵感、才干和力量。

希腊的名士和特洛伊的圣贤，
停止了规模宏大的海外扬帆。
亚历山大和特拉亚诺也无声无息，
羞于启齿胜利战绩话当年。

Canto II **(HUNGRIA)**

A Luziáda

2. ének

34

S a mint repüle búsan, izgatottan,
Arczúlatán oly büvös báj lehelle,
Hogy valamerre jár, legott kilobban
A lég, az ég, a csillagok szerelme.
S a hol Cupido fészkel leghonosban,
Szemébül oly láng-áramot lövelle,
Hogy a fagyos földsarkak is kigyúlne!
A jégövek megolvadnak, puhúlnak.

35

Nagy Jupiternek mindig állt kegyében,
De hogy hevüljön jobban szenvedélye,
Mint Ida bérczén Páris látta régen,
Azon mezében tűnék most eléje.
Látná csak a vadász, a kit lesében
Vaddá büvölt Dianának szeszélye,
Előbb bizony, semhogy kopók megölnék,
Sovár kivánati agyonqvötörnék.